フェティッシュ

西澤保彦

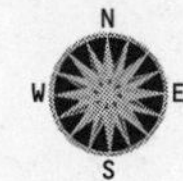

コスミック文庫

目次

フェティッシュ

fetish

物神、呪物、盲目的崇拝物、迷信の対象、崇物愛の対象物

『小学館英和中辞典』より

江口は枕に片肘突いて娘の手をながめながら、「まるで生きているようだ。」とつぶやいた。生きていることはもとより疑いもなく、それはいかにも愛らしいという意味のつぶやきだったのだが、口に出してしまってから、その言葉が気味悪いひびきを残した。

川端康成『眠れる美女』

それから寝る時には、この瓶を持って行かれてな、
中の薬液を、すっかりお飲みになるがよい。
とたちまちそなたの血管中を、冷たい眠いものが駆けめぐってな、
平常の脈搏は動かなくなって、止まってしまう。
体温もない、呼吸もない、生きた兆しは少しもない。
唇や頬のバラ色も、すっかり血の気のない
灰色に変り、ちょうど死の手が生命の光を
閉め出すように、眼の窓も自然に閉じる。
手も足もすべて、しなやかな動きは失われ、
硬く、つめたく、こわばって、まるで
死人同様に見えてくる。そしてこのあわれな

仮死の状態が、四十二時間つづくとだな、
まるで快い眠りからでも覚めるように、
自然に蘇(よみがえ)ることになる。さて、そこで朝になって、
花婿殿(はなむこ)が起しに見えてもだな、
そなたは死んでいるというわけ、

W・シェイクスピア『ロミオとジュリエット』

意匠（表）

毎朝、起きると朝食前にまず地元新聞の葬儀告知欄をチェックする。それが直井良弘の日課だ。

その日に執り行われる予定の告別式もしくは通夜のなかから、参列しようと思うものをひとつ選ぶ。といっても特に選定基準はない。条件になるとすればせいぜい斎場の場所で、できれば自宅から近いほうがよい。徒歩で行けるところはまずないので、路線バスの初乗り運賃区間内が目安だが、適当なものが見つからない場合は臨機応変に判断し、遠出をしたりもする。

以前は時間調整をして日に二件、三件とかけもちしてみたこともあったが、かず撃ちゃ当たるというわけでもないと学習して以来、葬儀巡りは一日あたり一件までと決めている。そして、できれば通夜よりは昼間の告別式のほうが望ましい。七十歳を過ぎてもまだまだ精力的に遊んでいる同級生もいたりするが、良弘はこの頃めっきり夜の外出がしんどい。年齢のせいばかりではあるまいが、唐突な立ち眩みとともに視界が暗転し、ほんの一瞬、意識が遠のいたりする。クモ膜下出血、なんて不吉な言葉が嫌でも頭をよぎる。集中力にも自信がなくなったため自家用車を処分し、運転もやめている。

この日に赴く告別式を決めると、告知欄の部分を切り抜き、手帳に挟んだ。もしも写真の収穫があれば、後でいっしょにフォトアルバムに日付別に整理するためだ。

トーストとコーヒーの簡単な朝食を摂るあいだ、デジタルカメラのバッテリーを充電する。この不器用で時代遅れの自分が、まさかこの歳になって、こんなものを購入することになるとは。

最初は良弘もいわゆる使い捨てカメラを使っていた。適当な斎場を選んで赴き、いかにも親族か知人の一員のふりをしながら、極力不自然とは疑われないタイミングで何回かシャッターを切る。近所のカメラ屋に現像を頼んでも不審を買う恐れのない、ごくありきたりな葬儀風景ばかりだが、そのなかに撮りそこねを装い、ややアングルが下がり気味のスナップをまぎれ込ませる。葬儀場で目をつけた女性、もしくは女性たちの腰から下が背後から撮影されている。良弘のお目当てはこれだ。

だが、この方法は効率が悪い。ほんとうに欲しい図柄は一日に一枚撮れるか撮れないかなのに、それを手に入れるためにその何十倍もの無駄な写真を撮影しなければならない。手間がかかるし、だいいち現像代がもったいない。そこで良弘は思い切って、不要な画像データはその都度消去できるデジタルカメラに切り替え、ついでに家庭用プリンタも買い揃えたというわけだ。といっても画像データをCDに焼き付けて保存するのがどうも性に合わず、一旦プリントしてフォトアルバムに整理するあたりがまだまだアナログ人間だが。

充電が終わるのと前後して朝食のあとかたづけを済ませた良弘は、さきほど選んだ葬儀の時刻に合わせて準備をする。黒いズボンを穿いて、買い置きしてある香典袋に自分の名前を書く。以前は架空の名前と住所をでっちあげ、斎場の受付でもそれを記帳していたのだが、あるとき、たまたま良弘がまぎれ込んだ告別式で香典泥棒騒ぎがあって以来、へたな偽装は逆効果かもしれないと反省した次第だ。うっかり偽名を使ってしまったのが祟って痛くもない腹を探られてはたまらない。

香典袋のなかには小額紙幣を一枚だけ入れる。もったいないので五回に一回くらいは入れ忘れたふりをしてからっぽのまま差し出すこともあるが、毎回そうするのは危険な気がした。地元には大手の葬儀社が複数あるが、限られたエリア内だと毎回同じところが取り仕切っていたりする。香典は遺族がとりあつかうだろうとはいえ、世間は狭い。どこからどんなふうに噂が流れるか予測できない。同じ名前で常にからっぽの香典を置いてゆく男として、いつ業界筋で良弘のことが話題にならないとも限らないではないか。もちろん詳しい内部事情は知らないので単なる自意識過剰かもしれないのだが、なるべく目立たぬよう、用心するに限る。

大きめの手提げ袋に香典、そして充電したばかりのデジタルカメラを忍ばせ、良弘は出かけた。数年前に妻が病死して以来、ひとり暮らしだ。娘夫婦は県外に住んでいる。孫が小さかった頃にはよく実家へ顔を見せにきたものだが、最近は正月もろくに訪ねてこない。孫娘も、大学を卒業して就職したらしいのに、その報告すらない。冷たいものだ。以前は腹立たしかったが、就職祝いに消えていたかもしれない金を代わりに自分の趣味に注ぎ込めてよかったと、いまは思っている。やはり人間、持つべきものは趣味だ。地元の食品メーカーを定年退職して年金生活に入った当初は妻のいない老後なんて考えられもしなかったものだが、誰に気兼ねすることなくいつでも外出できる境遇を、ようやく良弘も楽しめるようになっている。

路線バスに乗り、良弘は優先シートに座った。ジャケットを脱ぎ、手提げ袋に入れてきた黒いスーツを着る。毎日毎日、喪服姿で出かけているところを近所の住人に目撃されたら不審を買う恐れがあるため、こうしてバスのなかで改めて着替えることにしているのだ。黒いネクタイをしめると、良弘は手帳を取り出した。挟んであった切り抜きで今日の葬儀の場所を確認する。山の麓に在る斎場。これまで何度も行ったことがある、お馴染みのところだ。

故人の名前は筈谷由美。喪主は夫の利道、息子が秀治とある。四十八歳だったというから、ずいぶん若くして逝去したものだ。病気だったのかな。そういえばこの名前、最近どこかで見たことがあるような気がする。それもテレビか新聞で、じゃなかったっけ？　ひょっとして地元の名士かなにかかな。良弘は心当たりを探ってみたが、憶い出せない。まあいい。どうでもいいことだ。

デジタルカメラを取り出し、電源を入れてみる。撮影画面にゆらゆら揺れるバスの内部が映った。今日はこれが、ちゃんと活躍してくれるだろうか。どうも心許ない。もちろん、何枚か撮影してみたもののコレクションに加えられる収穫はひとつもなく結局香典の払い損になってしまうケースのほうが本来圧倒的に多いのだが、それにしてもこのところ連続してヒットなし。

理由は簡単。良弘が欲しい写真の構図が極めて限定されているからである。狙うは喪服姿の女性たちの脚のショット。それのみ。だが脚は脚でも、素脚ではいけない。素肌の魅力を強調するという意味で巷間一時流行った「ナマアシ」なんて良弘にしてみれば下品で猥雑、もっとも忌むべき日本語である。その点、葬儀場なら素脚で来る女性なんてまずいないので安心だ。良弘は透け感の控え目なタイプが好みで厚手の黒タイツが理想だが、ナイロンの光沢を具えたロングストッキング全般ならば一応反応して心躍れる許容範囲。

さらに盗み撮りをむつかしくしている要因は良弘の趣味の偏りだ。ではストッキングさえ穿いていてくれれば万事ＯＫかというと、ちがう。女性の太腿から膝の裏、ふくらはぎ、かかと、そして足の裏を巡って爪先へと至るラインが生地にすっぽり包まれたそのかたちにこそ良弘は欲情する。つまり靴は邪魔で、叶うことならば履いていて欲しくない。しかし哀しいかな地元の斎場はたいていが土足で、たまに座敷が会場として使われる例もないではないが、極めて稀だ。この傾向は若い参列者が正座を嫌うのが原因ではないか、と良弘は邪推している。

以前、個人の住宅での葬儀にまぎれ込んだことがある。大きな旧家で、昔ながらの畳敷きの広間での葬儀だった。参列する者たちはみな靴を脱ぎ、座布団に座って焼香の順番を待つ。その際、二十代と思われる若い女が良弘のすぐそばに座っていて、彼女の子供だろう、二、三歳くらいの男の子をあやしていた。良弘は座布団に座る直前、広間の様子を撮影するふりをしてその女の姿を背後から捉えた。決して意図した結果ではなかったが、ちょうど彼がシャッターを切ったその瞬間、はしゃいで棺のほうへ走り寄ろうとしたその子をつかまえるために女は腰を浮かせた。偶然にも這うような姿勢になったのである。思わぬ僥倖に、がに股気味になりながら良弘は、そそくさとその家を後にした。

帰宅し、プリントした写真を見て良弘の興奮するまいことか。やや肥り肉の女のウエストから下の部分が我ながら驚くほどうまく、きれいにキャッチされている。黒いスカートに包まれた丸い臀部から、まさに彼の理想通りの黒タイツを穿いた脚が、くの字に膝を折り畳んでいる、そのえもいわれぬ、かたち。ちょこんと座布団に爪先を立てることで突き上げられた両かかとの部分に肌色が混ざり、うっすらピンク色につっぱっているのも鮮明に撮れている。このところ勃起不全気味の良弘も、ひさびさに回春を堪能したことだった。これまでのコレクションのなかでも最高傑作で、良弘はこれを拡大プリントしたパネルを、トイレの便座に座ったらすぐ眼に入る位置にいまも飾ってある。極めて稀有な成功例であるが、根気よく続けていれば再びこういうショットが撮れるかもしれない。その期待に衝き動かされ、良弘は葬儀巡りにいそしむのである。

ところが最近の風潮なのか、個人住宅での告別式というのは滅多にない。たまにあっても部外者がまぎれ込んだら目立ちそうな規模だったりして、ためらっているうちに入りそびれたりする。仕方なく土足の斎場へ赴き、会場に並べられたパイプ椅子の後方から、座っている女性たちの脚をこっそり狙ってみる。ふくらはぎのみのかたちも決して嫌いではないが、やはり靴を履いているのがもの足りない。かかと、そしてできれば爪先の部分が露出しているショットを撮りたい。厚手の黒タイツの生地が女性の爪先の部分で肌色に混ざり、うっすらピンク色につっぱっている図柄を良弘は、まだ一枚も手に入れていない。

斎場によっては葬儀の後、骨揚げの時刻まで遺族が待てるよう控室を用意してあって、これがたまに畳敷きの部屋だったりする。当然女性たちは靴を脱ぎ、思いおもいの座布団に座るから、親族もしくはその知人のふりをしてもぐり込めば、かるく横に流した女の足の裏がお尻の下からこちらを覗いているという垂涎（すいぜん）ものの構図を目の当たりにすることもあり得る。しかしそこでいざカメラを取り出して撮影するとなると、これはかなり度胸が要る。堂々としていれば大丈夫かとも思うのだが、根が小心者の良弘、なかなか実行に移せない。

そもそも盗み撮りを目的とした葬儀巡りというアイデアを思いついたのは、良弘が臆病な性格だったからという側面もある。妻の遺品の整理が一段落して虚脱していた頃、新聞を読むと、自分の靴にカメラを仕込んだ男が歩行中の女性のスカートのなかを盗撮しようとして逮捕されたという記事が載っていた。ん。ん？　なぜスカートのなかなんだ？　なによりも良弘がひっかかったのがその点だった。わざわざ手間をかけ、リスクを冒してまでそんなもの、なぜ撮りたいんだ？　ばかばかしい。局部なんていかにも即物的でロマンのかけらもないではないか。せっかくの工夫が、もったいない。わしならもっとちがうものを撮ってやるのに——そう思ったときだった、彼の裡で箍が外れたのは。

なるほどそうか、盗撮か。妻に先立たれて抜け殻になっていた男は俄然そう奮い立つ。どうせ老い先みじかいこの身、最後の花火を上げるつもりで、好きなことをやってみよう。さいわい年金と退職金に加え、まめに貯金していたお蔭で経済的には余裕があるし。

良弘の頭に浮かんだのは昔、性生活指南書の口絵で見たモノクロ写真だった。黒い全身タイツのようなものを装着した若い男女モデルが性交のさまざまな体位を示している。男女は互いの身体を直接からませず、二分割された写真の右側で男が、左側で女がそれぞれポーズをとっている。ひとり仰臥し、誰もいない虚空を見上げながら腰を浮かせ股を遠慮がちに開いている女の姿は、無表情な人形のように間が抜けているようでいて、ひどくエロティックだった。黒く包み込まれた女の脚。ふくらはぎ、かかと、爪先。そのかたち。優美なラインに己れの舌を這わせるところを夢想しながら何度自慰行為に耽（ふけ）ったことか。そうか。そうだ。わしはあれが好きだったんだ。黒い靴下に包まれた女の脚が好きなんだ。よし。いまこそ思う存分、耽溺（たんでき）しよう。そういうオリジナル写真ばかりを蒐（あつ）めてみよう、と。

　思い立ったものの、街なかで盗み撮りを敢行する度胸はなかなか出てこない。それにも増して問題なのは黒いストッキングが季節限定ものだということだ。ちょっと温かくなったら誰もタイツなんて穿きゃしないし。まあ肌色やカラーストッキング各種も悪くはないが。そう悩んでいるときに、なんの気なしに見たのが新聞の葬儀告知欄だったのである。おおそうか。そうだ。葬式のときはオールシーズン、女はみんな黒い装いをしておるじゃないか。それに戸外とちがって、こちらがカメラをかまえても不審を買う恐れは低い。これだ。これじゃて。よし、やるぞ。と、古稀（こき）を過ぎてすっかり血迷ってしまった良弘だが、収穫らしい収穫はこれまでに、まだフォトアルバムの半分にも満たない。

　なかなかうまくいかないもんだ。今日行く斎場には畳敷きの広間もあるはずだが、もっぱら控室専用になっているらしく、告別式の会場として使うのに当たった例（ため）しがない。土足の部屋だとしたらまた空振りに終わるかもしれんなあ、そろそろ新しいときめきが欲しいもんだが。溜息をついた良弘は、バスの窓から外を眺める。ちょうど住跡川のほとりを通っているところだ。

土手に並んだ木々を見て思わず息を呑んだ。なんと、十月だというのに視界一面、桜の花びらが風に舞っているではないか。しかも一瞬本気で己れの正気を疑ってしまうほど色鮮やかで、ほんの数日前まで満開だったことを窺わせる。このところの台風や水害の頻発などの異常気象が原因で、樹木の季節感覚がおかしくなっているらしい。

長いこと生きてきたつもりだが、こんな光景は初めて見るな……妙に不吉な気持ちにかられながら、良弘は最寄りのバス停で降車した。

坂道を徒歩で上がり、斎場に入る。筈谷家葬儀の受付へ行くと香典を差し出し、本名と住所を記帳する。香典返しを受け取って手提げ袋に入れると、読経の響きわたる会場へ入った。やれやれ、やっぱり土足の部屋だ。

菊の花に囲まれた遺影を見ながら、焼香を済ませる。故人はすばらしい美人だった。四十八歳か。女盛りじゃないか、もったいない。こんないい女の生前の黒タイツ姿を一度でいいから拝んでおきたかったものだと不謹慎なことを考えながら、良弘は神妙な顔つきでリノリウムの床に並べられたパイプ椅子の列へ向かった。他の参列者たちの様子を見渡せるよう、いちばん後ろの席に座る。当然のことながら老いも若きも女はみんな靴を履いている。おまけに黒いストッキングの着用率が低く、なぜか肌色のものが主流だ。

うーむ。誰か椅子の下で靴を脱ぎ、爪先でもういっぽうの足を掻いたりしていないかと思ったが、そんな不作法な真似をしている女はいない。少なくとも良弘の位置からは見当たらない。

良弘はそっと前屈みの姿勢で立ち上がる。焼香台の前に立つひとたちの後ろ姿がよく見えるように、参列者用スペースの最前列の席へ移った。

焼香の順番を待つひとびとを観察しながら良弘はデジタルカメラを取り出した。故人の友人たちだろうか、四十くらいの女の三人組が、ハンカチで目頭を押さえながら相次いで焼香台の前に立つ。そのうち二番目の女が良弘の眼を惹いた。参列者のなかでも、とびぬけて体格がいい。女としては逞(たくま)しすぎると感じる向きもあろうが、脚がすらりと長く、腰の位置が高い。日本人離れした、ダイナミックなスタイルだ。限りなく透明に近い薄手の黒のストッキングがよく似合っている。スカートの裾の下から伸びている二本のふくらはぎ、そのかたちのよさに良弘は生唾(なまつば)を呑んだ。

つとめてさりげなくその女の後ろ姿を撮影する。少し角度が高かったか？　カメラを一旦仕舞うふりをしつつ良弘は、こっそり撮影画面を覗き込む。まちがえて押してしまったふうを装い、もう一回シャッターを切った。カメラを持ちなおすと、踵(きびす)を返して列から離れる女を正面からも一枚撮っておく。描いた眉毛が細すぎて、ふくよかな顔だちとバランスがとれていないせいか、はっきり言って不細工、連れのふたりに較べても老けて見える。

まあいい、顔のことはどうでも。

さらに半時間ほど粘り、八回シャッターを切る。撮影対象はだいたい五十代までが射程範囲で、なにより脚のかたち優先。肌色のストッキングが三人。薄手の黒がふたり。グレイと白の中間みたいな色がふたり。やはり気候のせいか、厚手の黒タイツを穿いていたのはひとりだけだった。

最初に撮った、細すぎる眉毛の女がいちばんよかったなあ。撮影画面で映り具合をチェックしてみると、彼女の下半身を背後から捉えた二枚とも、なかなかの出来だ。ひさびさに胸のときめく、ふくらはぎのかたち。これで黒タイツを穿いて靴を脱いでいてくれれば最高だったのだが、まあ贅沢を言えばきりがない。このところ失敗続きだったことを思えば大収穫である。

焼香の列が途切れがちになってきた。そろそろ帰るかと良弘が椅子から腰を上げかけた、そのとき。ふと、ある人物が眼に留まった。しかし焼香台の前に立つその姿がどうしてそんなに気になるのか、良弘は自分でもまったく判らない。

その人物は、スカートも着用していなければ、黒タイツも穿いていない。黒いスーツを着た男なのである。

歳は十五、六か。中学生か高校生くらいだろう。長めの髪を肩に垂らした少年。これまで見たことがないほど中性的で美しい顔だちをしている。が、いかに美形であろうと良弘は男にはまったく興味がない。なのになぜか、さきほどの細い眉毛の女のときよりも妖しい胸騒ぎを覚える。眼を離せない。いったいなんなのだこれは。

良弘に観察されていることに気づいたふうもなくその少年は焼香を済ませると、出入口でお手拭きを受け取り、さっさと出ていった。

その後を追うような恰好で、良弘も慌てて会場を出た。少年の姿を探したが、今日は複数の葬儀が重なっているせいか斎場のロビーは混雑していて、あっさり見失ってしまう。

おいおい、なにをやっとるんだわしは？　我に返り、良弘は苦笑した。女ならともかく、なんで男なんかを……小心者ゆえ盗撮のためにそこまでやる気はさらさらないが、もしもストーカーの真似ごとをしたいのなら、標的はさっきの細い眉毛の女のほうにすべきだろう。な。しかし。

しかし、気になる。気になって気になって仕方がない。なぜだ？　そういえばあの少年、どこかで見たことがあるような……

「よう」と、いきなり肩を叩かれ、心臓が止まりそうになる。良弘が振り返ると、葛城という男が立っていた。妻に先立たれて独身に戻った連中ばかりで集まって飲む〈やもめ会〉に参加しているかつての同級生のひとりで、良弘とちがい、まだまだ車も夜遊びも現役タイプだ。

「奇遇だな、こんなところで」さっき良弘が出てきたばかりの、筈谷家葬儀会場の出入口を葛城は指さした。「きみ、由美先生のこと、知ってたの」

「あ。いや」思わぬ知人の出現で内心大いに慌てたが、とっさになんとかごまかす。「直接会ったことはないんだが、生前女房がなにか付き合いがあったらしくて。その義理で、な」

「ほう、そうだったのか」もちろんまったくのでたらめだが、葛城は疑っていないようだ。

「顔がひろかったものな、きみの奥さんも」

「そういうおまえは？　どういう縁で」

「同じところに勤めてたことがあるんだよ。といっても、もうかれこれ二十年以上も昔だが」

葛城は元小学校教諭だ。退職時には教頭だったと聞いている。

「学校の先生だったのか、彼女？」

「知らないひとのほうが多いよ。なにしろ、たしか二年くらいしか勤めなかったからな。見合いですぐに寿退職して。彼女に憧れていた独身の男連中は、みんな歯嚙みをしたもんさ」

「ふうん」

「しかし美人薄命たあ、ほんとだね。あんな殺され方をするとはいったいどんな」

「なんだって」なにかが記憶を刺戟し、良弘は声をひそめた。「……殺された？」

「知らなかったのか？　おいおい。新聞くらい読んでるだろ。テレビでだってけっこう、連日報道してるぜ」

先週、住跡川の河川敷で他殺体で発見された主婦の一件を聞き、ようやく良弘もそのニュースを見たことを憶い出した。

「あれが彼女だったのか……」

「そう。ひどい話さまったく。人間いつどこで、どんな目に遭うか、判ったもんじゃないや。最近、変なやつが多いしな。気をつけろよ、きみも。ひとり暮らしなんだからな」

半ば上の空で、良弘は葛城と別れた。

なにかが気になった。無性に気になったが、それがなんなのか、さっぱり判らない。

いつもなら帰宅して真っ先にその日の収穫をプリントしてみるところだが、良弘はデジタルカメラが入った手提げ袋を放り出したまま、キッチンの勝手口へ向かった。ビニール紐で縛ってひとまとめにしてある古い新聞をひっぱり出してみる。

筈谷由美殺害事件の詳報は、十月七日付けの朝刊を皮切りに、全部で三回掲載されていた。それらを隅から隅まで熟読してみたが、なにもピンとくるものはない。食事をし、風呂に入るあいだもずっと考え続けてみたが、なにも思い当たらない。

諦めて、例の眉毛の細すぎる女のふくらはぎをプリントした。いい出来だ。いい出来なのだが、斎場で撮影したときにも増して彼女が履いている靴が邪魔くさく感じられる。

就寝前に良弘はパソコンを起動させた。デジタルカメラと同様、この歳になって、こんな文明の利器を自身の手でいじることになるとは夢にも思わなかった。遠くに住む友人とメールのやりとりをしたさに亡妻がノート型を購入したときはその新しもの好きぶりに閉口させられたものだったが、いまとなっては生前に半ばむりやり手ほどきしておいてくれた彼女に感謝している。初代の機械は古くなったので処分したが、新しいパソコンを買ってインターネットに親しむようになったお蔭で、世のなかには自分と似たような趣味を持つ人間がたくさんいることを知ったからだ。

タイツやストッキング全般、レオタードなどタイトフィット系フェティシズムを楽しむウェブページのいくつかに良弘はブックマークしている。しろうとっぽいモデルにタイツを穿かせていろいろポーズをとらせたプライヴェート写真コレクションをアップしている某サイトがお気に入りで、自分の趣味に極めて近いものを感じる。が、ひとことでタイツフェチといってもさまざまだ。女のふくらはぎからかかとへのラインにこだわる良弘としては、せっかくのタイツの足にハイヒールを履かせたりするだけでも耐え難いというのに、くだんのサイトではさらにブーツやルーズソックスなどで肝心のものを覆い隠してしまっている画像まである。良弘にしてみればまさに凌辱の限りを尽くされたがごとき無惨な眺めだが、これは趣味のちがいというやつだろう。タイツフェチという、極めて狭い括りのなかですら十人十色なわけだ。つくづく人間の業というものを実感する。こういうサイトを見ていると、同類がゆえの対抗意識なのだろうか、無性に自分の趣味を主張したい誘惑にかられるが、もちろんウェブページを立ち上げて管理できるほどの能力は良弘にはない。そもそも他人さまに披露できるほど自信たっぷりのコレクションもまだ揃っていないんだし。

お馴染みサイトの更新状況をひと通り見て回った良弘は、ネットショッピングのページへ移る。通販用タイツ、パンスト、レオタード、サスペンダーストッキング、ボディストッキング等々。実際に購入したりはしないが、美しいモデルたちがそれらを穿いてポーズをとっている画面を見るだけで楽しい。

こういう写真を自由に撮らせてくれる、自分専属のモデルがいればいいのになあ。ネットサーフィンをするたびに良弘はそう夢想する。そしたらもう葬儀巡りなんてめんどくさい手間も必要なくなるし。なんとかならんもんかなあ。もちろん誰でもいいわけじゃない。できれば若くて、美しい。例えば、そう、例えば今日会ったあの……

昼間、斎場で見かけたスーツ姿の少年のことを頭に思い浮かべている己れに気づき、良弘は大いにうろたえた。な、なんだなんだ、おいおい。男じゃないって。女だ、女。わしは、女にこういうタイツとかストッキングを穿かせてポーズをとらせ、思う存分、撮影してみたいの。いくら美形とはいえ、男じゃ話にならん。だいたい、なんであの子のことをこんなときに――

はっと天啓のように閃（ひらめ）いた。慌てて良弘は押入れへ駆け寄る。これまでの葬儀巡りの記録をまとめてあるフォトアルバムを手に取った。

そうか、あれだ。

あれは……

あれは、いつだった？　春くらい？　いや、もう夏になっていたっけ？　はやる心を抑え、ことさらにゆっくりと良弘はフォトアルバムをめくっていった。新聞の葬儀告知欄の切り抜きと、そのときの成果である写真が整然と並んでいる。

良弘の手が止まった。六月の日付の分。

思わず息を吸い込み、「あった……」そう唸（うな）り声が出た。

六月末日に参列した葬儀だ。告知欄には『贄土師華子（にえはしはなこ）』と故人の名前が記されている。七十近い年齢だったが、伴侶も子供もおらず、長年音信不通だったという姪（めい）が喪主をつとめていた。生前あまりひと付き合いがなかったらしく、参列者も少ない上、やたらに平均年齢が高い。香典返しの袋のなかに故人が自費出版したという詩集が入っていたのも、なんだか勘弁して欲しいというか、うらぶれた雰囲気を醸していたっけ。こんなところで自分が欲しい写真なんて撮れそうにねえな、失敗しちまったなあと帰ろうとしかけた、そのとき。

焼香に入ってきたその人物とすれちがう直前、良弘はその日初めて、カメラのシャッターを切った。なんの脈絡もなく真正面から相手を捉えてしまったが、不自然に思われるかもしれないと配慮する余裕もなく、身体が勝手に動いてしまった感じで。

「……この子だ」

そこには今日の昼間目撃した、あのスーツ姿の少年が写っているではないか。ただし、写真のなかの彼はスーツなど着てはいない。

髪は三つ編み。地元屈指の有名私立学園の制服であるセーラー服姿だ。短めのプリーツスカートの裾から、学校指定とおぼしき厚手の黒タイツに包まれた太腿が覗いている。どこからどう見ても可憐な女子高生だが、しかし。

「この子だ……」

良弘は呻くように、そうくりかえした。

異物A

（……いつの間にこんな、つかえないやつになっちゃったんだろうなあ、あたしって）

そう嘆息する及川由衣（おいかわゆい）はこの日、深夜勤務で内科病棟のナースステーションに詰めていた。

時刻は午前四時過ぎ。あと二時間ほどで申し送りのミーティング。それを済ませば勤務交替。もうちょっと。あとちょっとで深夜勤が明ける。そしたら着替えてファミレスか喫茶店のモーニングでカロリー補給をして、ひたすら眠りをむさぼるぞと、早くも気持ちは自宅のベッドのなかへ飛んでいる。由衣の下半身は、いま鉛のように重い。足腰はゴム製の人形のようにむくみ、ぱんぱんに張っている。ただでさえ業務の過酷な看護師の疲労がピークに達する時間帯だ。

眠気覚ましのコーヒーの残りがカップに半分ほど残っている。頭は朦朧（もうろう）としているのに妙にテンションは高いまま。そのせいで感覚が普段より敏感になっているのか、コーヒーが液体ではなく黒い固形物のように見える。あるいはカップのなかにうずくまった未知の不定形生物で、いまにも黒い鎌首をにゅっともたげてきそうな、そんな子供じみた妄想と戯れてしまったりもする。

由衣はいまひとりだ。いっしょに深夜勤務シフトに入っているはずの同僚たちの姿は見当たらない。気分転換に病棟見回りにでも出ているのか、仮眠室に引っ込んで休憩しているのか、あるいはトイレで用を足そうとしたまま眠り込んでいるのかもしれない。由衣もまた頭の芯だけは妙に冴えざえとしているのに、うっかりすると現実と夢の区別がつかなくなりそうになる。

ここ〈諸井(もろい)病院〉に由衣が勤め始めて三年目。最近、自分の人生、ほんとにこれでいいのかとしばしば疑問を感じるようなった。このまま看護師の仕事を続けていいんだろうか、と。

（ほんと、いったいどうしちゃったんだろう。こんなやわな性格じゃなかったはずなのに）

激務であることは充分承知の上、自ら希望して入ってきた世界だった。普通高校を卒業後、看護大学へ進み、国家試験に合格した後、看護大学院で修士課程を修了。実務経験も積み〈諸井病院〉に赴任した段階では、由衣も至って順調に看護師として成長していたはずなのに。

子供の頃は、看護師といえばよく消毒薬の臭いを連想したものだが、いまにして思えばあれは、この仕事にどこかしら清潔感が伴う、お気楽でむしのいいイメージを抱いていたからだとよく判る。現実の医療業務はまさにその正反対。消毒薬のそれを何倍も何倍も上回る血臭、そして汚物臭にまみれる日々である。

そんなものは現場に入ればすぐに自分の体臭と区別がつかなくなるし、いちいち気にしていては看護師は勤まらない。実際、由衣自身も昨年までは汚物臭にまみれた環境にすっかり馴染んでいたつもりだったのだが、このところどうも調子がおかしい。患者の排泄物や吐瀉物の処理、痰の吸引などの作業諸々が急に苦痛になってきたのだ。もちろんその都度その都度、素知らぬ顔できちんと仕事をこなしてはいるのだが、どうかすると嫌悪感に押しつぶされようになる。そんな精神的脆弱さをかかえていた己れが意外で、愕然となる。

患者の便や痰どころか、ときにはただの汗や唾液ですら耐えがたく感じたりするのだから重症だ。あの独特の臭気、そしてぬるぬるした感触が嫌で嫌でたまらない。自分が潔癖症だとは決して由衣には思えない。だって以前はこんなこと、まったく平気だったじゃないの。なのに、いったいあたしはどうして急にこんなふうに、悪い意味で繊細になってしまったのだろう？　子供の頃からひと一倍図太いタイプだと自負していた由衣にとって、望んで入ったはずの職場で想定外の壁を前にして怯む己れがただ、なさけない。

どうやらあたしは、と由衣はつらつら考える。例えば排泄物は不潔だからとか、そんな理由で忌避しているわけではないような気がする。単なる無神経か私的な悪意ゆえかはともかく、おしめを交換してやっているタイミングをわざわざ狙って糞便をまきちらす患者もたまにいて、それはそれでとても不快にさせられるが、そのこと自体が大して問題なわけではない。さほど身体が汚れているとは言えない絶対安静患者の清拭のときでさえも、ふと反射的に手が引っ込み、危うくあとずさってしまいそうになることがあるからだ。なんていうのだろう、要するに他者のみならず自身のそれも含め、人間が分泌する体液全般の臭いや感触に、なにか根源的な拒否反応を由衣は覚え始めたのだ。きっと。

（原因は……やっぱり、あれ？）

　昨年夏、由衣は生まれて初めて男とのセックスを経験した。相手は高校時代のクラブの先輩で、妻帯者。同窓会後の流れでなんとなく、ふたりでその手のホテルに入ることになったのだ。二十代も後半に突入したし不倫でもなんでもいいから早く処女を捨てなきゃとか、そういう陳腐な焦りにかき立てられたとは思わないが、やっぱりちょっと失敗だったかもと由衣は後悔している。

　といっても、相手の男がハズレだったというわけではない。むしろ逆だ。手慣れた感じで行為はスムーズだったし、それなりに紳士的に振る舞ってもくれた。また彼に会いたいという気持ちに素直になれたのだから、まあ上物の部類だろう。以降、由衣は時間を見つけては同じ男と会い、セックスした。肌を重ねるたびに互いの呼吸が合ってゆき、肉体的な悦びもきちんと味わえるようになる。至って理想的な展開……のように思えたのだが。

いつしか由衣のなかで、絶頂を覚えれば覚えるほど、その一方で味気ない空白が募るようになった。決して満足感がないわけではないので、機会さえあればセックスする。期待通りの快楽がきちんと得られる。なのにそこで、すっきりと心の区切りがつかないのだ。ふうん、まあね気持ちいいわよ、でも、だからなんなの？　みたいな釈然としない憾（うら）みがわだかまる。なぜなのだろう。

自分でも自分の心理がよく理解できず困惑していた由衣はあるときふと、これは譬（たと）えるなら料理のようなものではあるまいか、そう思い当たった。

手づくりカレーが趣味の兄が以前、こんなことを言っていた。自分で材料を厳選しスパイスを調合してみたらこれがすばらしく美味しくできあがる。気を好くして次はちがう工夫をすると、さらに美味しくなった。もっともっと美味しくしてやるぞと張り切り、より研鑽（けんさん）を積む。ところが材料やつくり方に凝れば凝るほどたしかに出来栄えは洗練されるが、味そのものはどんどんフツーになってゆくというのだ。あれれ？　しかもまてよ、このフツーさ加減には覚えがあるぞとよくよく考えてみれば、そう、これはレトルトカレーの味にとてもよく似ているではありませんか、というオチ。

あるいは単に兄の技量の問題かもしれないので一概に普遍化して論じられないが、少なくとも由衣はこの逸話に敷衍（ふえん）して己れのセックス観を語らずにはいられない。そう。決して美味しくないわけじゃない。気持ちよくないってわけじゃないのよ。うん。だからやるけど、でもね、フツーなの。フツー。譬えるならばレトルト食品のフツーさに通じる。他者の肉体を用いて己れの求める快楽を引き出そうとする以上、性行為の技巧が上達すればするほど、それは私的ファンタジーに裏打ちされる自慰行為の味わいに、すごくよく似てくる。となると、得られる結果が同じならば、よけいな手間がかからない分だけオナニーのほうがましなのではないか、という理屈にも当然なりかねない。

むろん由衣とて、手づくりカレーは料理の過程こそを楽しむべきだということは判っている。現に兄も、この前は某社のチキンカレーみたいな出来だったけど今回はキーマカレーそっくりの味になっちまったなあなどと毎回ぼやきながらも、この趣味から足を洗う様子はまったくない。カレーをつくる作業自体が好きだからだろう。セックスだってエクスタスィ以前に、相手とのフィジカルコンタクトのプロセスそのものが大切なわけだ。それは判っている。充分判っているのだが。

セックスに限らず人間の肉体的接触とは、常に病気の感染というリスクを背負う。コンドームを装着すれば大丈夫、とはいかない。ディープキスで虫歯が伝染る可能性だってあるのだ。由衣にしてみればそのリスクに見合うだけの特別な快楽をセックスが保証してくれるならばまだしも、結局オナニーとさほど変わらぬ成果しか得られないとなると、非常に損をした気分になるのである。互いに汗や各種体液の分泌物にまみれた皮膚をこすり合わせたり、もしかしたら黴菌や排泄物が付着しているかもしれない部分を舐めたり、舐められたり。それに値する見返りがあればいいが、ないとしたら無駄ではないか。無駄というより、もったいない。由衣はそう思うのである。厳選食材やスパイスを買い揃えるお金がもったいない、料理にかける手間と時間がもったいない。セックスなんかに使ってしまった自分の身体がつくづく、もったいない。

まるで詐欺にでも遭ったような気分でいるうちに由衣は、セックスのみならず他者に直接触れる行為全般に嫌悪感を抱くようになる。例の高校時代の先輩とも別れた。男は未練があったのか、理由を言えと迫ってきて、ちょっと揉めた。仕方なく由衣が、不倫関係が負担とかじゃなくてセックスそのものに飽きちゃったのよねと適当に言い訳したところ、それはね単にきみが性的に未開発だからにすぎないんだよ、ときたもんだ。ぼくといっしょにいればもっといい女に成熟させてあげよう、女として幸せになりたいと思うのならそうするべきだよ、と説教し始める始末。その自己陶酔的で恩着せがましい態度にかっとなった由衣は、もう放っておいてくれないのならこれから奥さんに会いにゆく、あんたがあたしにしたこんなことやあんなことも全部ぶちまけてやると脅し、なんとか男とは縁を切った。

あるいはその一件でいたく自尊心を傷つけられたのがきっかけで、セックスがいかに無益で有害であるかを自分のなかで理論武装しておく必要にかられたのかもしれない。むきになるあまりいささか論理を飛躍させた由衣はとうとう、有機生命体一般が営む新陳代謝そのものに対して生理的嫌悪を覚えるに至った。排泄物や分泌物が汚い云々以前に、なにかが生きているという物質現象そのものが、ひどく醜く感じられ始めたのである。それが高じた挙げ句、こうして看護師の業務に――かろうじて精神的なレベルに留まっているにせよ――支障が出るほどになってしまったというわけだ。多分。

　でも仮にそうだとすると、問題は仕事のことだけじゃないよね。これからのあたしの人生、すべてが絶望的じゃん。由衣は暗澹となる。性行為に使う身体がもったいないというのなら、出産だって同じこと。子育ても含め、なにもかも無駄という理屈だ。必然的に由衣はこのさき他者との交流にからむ人生の喜びを全部、諦めざるを得なくなる。家族を持つことにさほど執着はないけれど、歳をとって寝たきり老婆になったりしたら困るしなあ。介護する側も嫌だけれど、される側になるのも肉体的接触が避けられないわけで、ぞっとする。叶うことなら身体が動くうちに死んでおきたいよね――等々。深夜勤務の過労と眠気がもたらす独特のハイテンションゆえか、由衣の思考はどうしても極端なほうへ、極端なほうへ流れがちになる。

　ふと由衣は我に返った……なに考えてんの、わたしったら。ばかばかしい。悲観的なのにもほどがある。だいじょうぶ大丈夫。いまちょっと仕事に自信を失いかけているせいで弱気になってるだけ。こんなのしょせん一過性の悩みだってば。そうよ。実習時代もちゃんとやれてたことだもん。変な心理的抵抗なんて、そのうちきれいに解消される。まだぎりぎり三十代にもなっていない歳なんだしさ。人生これから。そのうちどんな辛い試練もさっさと、歯磨きと同じような感覚で乗り越えられるように、きっとなりますって。うん。

コーヒーの残りを流しに捨て、さて新しいのを淹れなおそうか、それともどうせなら同僚たちが戻ってくるのを待ってみたほうがいいかと迷う由衣の耳にふと、小走りに廊下を駈けてくる足音が飛び込んできた。

視線を上げると、由衣よりも身長が低そうな小肥りの中年男が、まるで迷子になったみたいにきょろきょろ周囲を見回している。起き抜けなのか頭髪が乱れ、はあはあ息遣いが荒い。

「えと、き、きみ、すまないけど」ずり落ちそうになる銀縁メガネをなおすと、男は血走った眼つきでナースステーションにずかずか入ってきた。「矢部（やべ）さんは。矢部さんは、どこ？」

このひと誰だっけと、しばし困惑してから、由衣は驚いた。諸井猛（たけし）医師ではないか。院長の息子で、いまは内科部長という肩書だが、いずれは父親のあとを継いでこの〈諸井病院〉の経営者になるはずの男である。これまで白衣姿しか見たことがなかったせいか、印象が全然ちがう、普段からいまひとつ頼りなげなイメージの先行する御仁（ごじん）だが、いまはさらに輪をかけてだらしない恰好。シャツの下からパジャマのものとおぼしき裾がはみ出しているのだ。危うく、ここは関係者以外立入禁止です、と一喝してしまうところだった。

「しゅ、主任さんは今日は」なかなか血の巡りがもとに戻らず、由衣の舌はもつれる。

「あの、矢部主任は今日、深夜勤じゃないんですけど」

「そうだったよね」最初からその答えを承知していたかのような諦念もあらわに溜息をつくと、首を横に振り「それじゃ、きみ」と諸井は由衣の胸もとのタグを指した。「及川さん、か。申し訳ないけど、ちょっと手を貸してもらえる？　早く」

「え」ナースコールは鳴っていないはずだが、さては睡魔に襲われている最中に聴きそびれたかと、由衣は慌てた。「急変ですか。誰が？」

「いや」眠気が飛んでコーリングパネルを確認しようとする由衣をなだめるみたいに、諸井は声を低めた。「そ、そうじゃなくて、どちらかといえば、えと、そうだな、急患……みたいなもんか」

「ERで」

「いや、そうでもなくて」

「緊急入院の準備を。救急カートを持」

「そうじゃない。あのね、ちがう。ちがうんだ。そういうことじゃないんだ」

「はあ？」

「全然、その、そういうことじゃなくて」

「あのう……どういうことでしょう」

「ともかく来てくれ」せかせか足早に廊下に出たかと思うや、いきなり振り返り「あ。それからこのこと、くれぐれも他の者たちには内密に。ね」と妙に芝居がかった口調で釘を刺す。

わけが判らぬまま、ともかく由衣は諸井のあとをついてゆくことにした。

高慢な自信家、気配りの人格者、なにを考えているのか判らない変人など、この〈諸井病院〉にもさまざまなタイプの医師たちがいるが、程度の差こそあれ、いずれも専門家としてのオーラめいたものを一応まとっている。諸井にはそれがない。白衣を着ていてさえ事務職員か、男性看護師の見習みたいに見えてしまう。

諸井は若い頃、まったく畑ちがいの大学を一旦卒業していたらしい。医師免許を持つ女性と将来見合結婚して病院を継いでもらうことを絶対条件にしてやっと父親に許可された進路だったが、適当な縁談に恵まれなかったからか、それとも先方に断られたからなのかはともかく、彼は青写真通りには結婚できなかった。結局、方針転換せざるを得なくなり、卒業後に医大に入りなおしたという。それも莫大な寄附を積んでの裏口入学としか思えない、三流私大に。看護師たちのあいだでときおり交わされる無責任な噂ゆえ真偽のほどは不明だが、たしかに諸井には、いわゆる医師っぽいイメージは皆無で、カルテや検査票に関する言葉の選び方ひとつをとっても未だにしろうと臭く、まるで学生アルバイトみたいな安っぽい雰囲気が漂う。

エリート医師と結婚しての寿退職こそ看護師のステータスだとする風潮は根強いが、同僚たちのなかで諸井を対象と看做す向きにはついぞお目にかからない。そんな男とふたりきりで薄暗い院内をうろつくのは由衣としては正直、ご勘弁願いたいのだが、なにしろこう見えても将来の院長だ。おとなしくついてゆくしかない。

諸井は相変わらずせかせかと、緊急搬送口とは逆方向へ進んでゆく。検査室、そして内科病棟の病室ドアをひとつ、またひとつと通り過ぎる。いっこうに足を止める気配がない。

備品室とリネン室のあいだの通路にたまたま置かれていたストレッチャーを指さし「ちょうどいい、それを持ってきて」と由衣に指示しながらも諸井は歩を進める。いったいどこへ行くのだろうと思っていたら、職員たちのあいだでひそかにバカンスルームと称されている個室がずらりと並ぶ、特別棟へやってきた。同じ敷地内にあるとはいえ厳密には医療施設ではなく政界人、文化人の類いが急病や過労を口実に偽装入院するための部屋であることは公然の秘密だ。

〈諸井病院〉は前院長の代から実に半世紀にわたり、地元の名士や中央政財界のお歴々に便宜をはかり、強大なパイプを築いてきたと言われている。いわゆる休養を必要とする各界の重鎮たちの隠れサロン化にもっとも熱心なのが諸井の父親、つまり現院長で、病院の移転新築にあたって確保したこの広大な土地のすぐ横に、その直後、田舎には珍しい六車線が電撃的に開通したのも、ゆえなきことではない。その道路沿いには郊外型巨大ショッピングモールも近日オープンする予定で、さびれていたはずの界隈が急速に一等地として発展し始めている。これらのコネのもっとも端的な象徴と囁かれているのが、この特別棟なのである。

噂はよく耳にするものの、由衣はまだ一度もこの特別棟に足を踏み入れたことがない。彼女だけではなく、ほとんどの職員たちにとってバカンスルームとの通称のみ名高い棟の内部を、実際に目の当たりにする機会はない。出入りできるのは諸井院長とその息子、そして諸井一家のほんのひと握りの側近のみとされている。

ストレッチャーを押しながら由衣はちょっと、どきどきしてきた。自分はいま、いわば禁断の聖域へ乗り込んできているわけだ。いったいなにごとなのだろう？ さっきまでの困惑が俄然、好奇心にとってかわる。ひょっとしてテレビでしか観られないような有名人が、急病かなにかで運び込まれてきたんだったりして。

諸井はホールを抜けると、非常口から裏の駐車場へ出た。駐車スペースには指定されていない、ドアのすぐ眼の前の路上にセダンが一台停まっている。諸井の姿を認めてか、運転席のドアが開き、明かりが灯った。黒いひと影が降りてきて、後部座席のドアを開ける。

「申し訳ございません、どうもどうも。すっかりお待たせしてしまって」

ひと影に向けられた諸井の言葉遣いは由衣が思わず失笑しそうなくらい、へりくだっている。

「きみ」と諸井は由衣を手招きした。

段差の手前でストレッチャーを停め、由衣はセダンの後部座席を覗き込んだ。

そこには華奢な体軀の男の子がいた。無抵抗にうなだれ、眼を閉じている。高価そうなパジャマを着ており、ぐっすり眠り込んでいる感じ。歳の頃は中学生くらいか。由衣がこれまで見たことがないほど美しい顔だちをしている。ひょっとしてアイドルかなにかの芸能人かしら？

後部座席のドアの把手を握ったまま強張った表情で佇むひと影は、中年の女性だ。ぱっと見、少年とよく似た印象。年齢的に言って、この子の母親だろうか。

ずいぶん日本人離れした女優ばりの美貌——と思ってよく見たら、髪こそ黒っぽいものの、彫りの深い碧眼。明らかにコーカソイドだ。常夜灯の明かりの下でもそれと判るほどきめこまかな肌は、しっとりとした艶を放っている。肉食人種にありがちな、ざらついた陰影がまったくない。例えば西欧人が生まれたときから玄米や大豆などの純日本食で育ったとしたら、こんなふうに妖しいハイブリッドな美しさが結実するかもしれない。健康志向から最近マクロビオティックに凝っている由衣は、そんなやくたいもない想像をする。

「及川くん、手を貸して」

命じられるまま由衣は、後部座席から少年の身体を引きずり出した。ぐんにゃりしていて、まるで手応えがない。熟睡しているからだとしてもこの力の入らなさ。これは少し異常だ。ひょっとしてなにか薬でも投与されているのか？

諸井といっしょに少年の身体をかかえ、ストレッチャーに乗せた。シーツをかぶせる。

「あとはわれわれのほうで善処いたしますので」介助作業に由衣ほど慣れていないとおぼしき諸井は、明日は確実に筋肉痛になっていることだろう。見苦しいばかりに息切れしながら、ぺこぺこ女性に頭を下げた。「どうぞご安心なさいまして。ゆっくりおやすみくださいませ」

女性は無言で頷くと、運転席に戻る。エンジン音を響かせ、車は走り去った。

「さ。行こうか」

諸井は、ストレッチャーを押すのは由衣に任せ、非常口のドアを開けた。特別棟専用エレベータを呼び出し、乗り込む。四階のボタンを押す。

箱がゆっくり上昇するあいだ、由衣は仰臥している少年の顔を見た。昇降機内の照明が淡いせいだろうか、驚くほど青白く見える。眠り込んでいるというより、これはまるで。

まるで死んでいるみたい。

看護師の習性で、つい由衣はシーツに手をもぐり込ませ、少年の手首をさぐった。脈。

脈は。え。脈が。

脈が、ない？　そんな。

そんな……気の。気のせい、よね？

そんな由衣を諸井は横眼でじろりと見たが、なにも言わない。

四階に到着する。非常階段にいちばん近い、角部屋へ向かった。

諸井は鍵を取り出し、ドアのロックを外す。

部屋に入った由衣は唖然となった。豪奢なダブルベッドや応接セット。まるで一流ホテルのスイートルーム並みである。それに小型冷蔵庫はまだいいとして、クリスタル製の趣味の悪い花瓶や灰皿は、いったいなに？　かたちばかりでも病室としての体裁をととのえるつもりなんかさらさらないって感じ。噂には聞いていたが、実際にこの眼で見ると、さすがに呆れてものも言えない。

「ベッドに寝かしてあげて」

言われた通りに由衣は、少年の身体をストレッチャーからベッドへ移した。

さっきこの子の脈がないと思ったのは、気のせいよね、きっと？　でも……でも、それにしては肌が異様に冷たく感じられる、無意識に由衣は、少年の口もとに掌をかざした。

息。

息を。

息をしていない、全然。これは。

死んでいる……？　少年は死んでいる、としか思えないのだが。しかし。

「心配ない」

と諸井は首を横に振ってみせた。

「でも先生、この子……」

「心配ないと言ってるんだ。あと、そうだな」と腕時計を見る。「連絡をもらったのが三時ちょっと前だったから、ええと、どんなに遅くても明日。じゃなくて、もう今日か。今日の午後三時くらいまでには彼は正常に戻るよ。完全に」

「先生、で、でもこれは、どう見ても……」

「だから大丈夫だと言ってるだろ」ひと息ついて眠気が襲ってきたのか、諸井の声はいらだたしげに尖った。「ぼくを信用してくれ。あ。それからさっきも言ったけど、このこと、くれぐれも他の職員たちには内密に。いいね」

「判りました。けれど、あの」

「なんだ」

「主任さんには、えと、このことを……?」

「ああ」興味なさそうに諸井はあくびをした。「矢部さんには、ぼくのほうから伝えておく。きみはなにも心配しなくていい。この子のこと、それからこの部屋のこと、すべてを誰にも秘密にしておいてくれれば、それでいい」

急かされて、仕方なく由衣は角部屋を出た。エレベータで一階へ降りる。諸井はそのま、彼女にねぎらいの言葉もかけず、眠気によろめくような足どりで、非常口から駐車場へ出ていった。

　釈然としなかったが、どうしようもない。由衣もナースステーションへ戻った。

「あらまあ、やっとお帰りですか」いつの間に戻ってきていたのか、同僚の坂上百合子（さかがみゆりこ）が、からかうような笑顔を向けてくる。「いったいどこへ雲隠れしてたの」

「ん」さきほどの一連の出来事が夢のように思えてきた由衣は、全身を覆う鉛のような疲労がぶり返して、寝ぼけたような声しか出ない。「んー」

「なんだなんだおい。まるで幽霊でも見たような顔をして」

　幽霊……その言葉がなんだか、ひどく禍々（まがまが）しく聞こえる。

「ごめん、実は」ようやく由衣は、そうとりつくろった。「うっかり眠り込んでた。トイレで」

「あー。よくあるある。しんどいもんね。ま、もうひとがんばりだよ」

　しばらくぼんやりしていた由衣は、ふと思いついて、看護記録のファイルを調べてみた。が、半ば予想通り、特別棟関連と思われる書類はひとつも見当たらない。ま、そりゃそうだよね。あの豪華な部屋に滞在するひとたちは、別に血圧測定や採血が必要で来ているわけじゃないんだろうし。

　だが施設を部外者が利用する以上、公式ではないにせよ、なんらかのかたちで記録を残している可能性はある。仮にそうだとすると、そのファイルはどこに保管されているのだろう。院長室か、それとも内科部長室か。いや、普通に考えれば院内には置くまい。院長の自宅だろう。となると、それを盗み見るのはほぼ不可能、か。

あれこれ思い悩んでいるうちに勤務交替時間になった。申し送りのミーティングを終えた由衣はロッカールームで着替え、病院をあとにする。

「うっしゃ。朝ご飯、どうする？」私服になった百合子は解放感に酔うように何度も伸びをする。「やっぱ、例のモーニングっすかね」

いくらマクロビオティック関連の本を読んだり玄米などの材料を買い込んできたりしても、連日の激務のなか、実際にはなかなか健康食を自炊する余力はない。結局いつもこうして外食で済ませてしまうわけだ。ぼんやりした頭で由衣はそう自嘲する。

すっかり夜が明け、しらじらとした陽光の下に佇むと、自分がほんとうに怪談の類いに遭遇したかのような気分になってくる。

あれって、いったいなんだったの。あの子、ほんとに大丈夫なのかしら？　だってどう見ても、死んでいるとしか思えなかった……よね。

「ねえ？　ねえったら。由衣、どうしたの」

「ごめん」ふいにあることを憶い出し、由衣は踵を返した。「忘れ物した。えっと。先に〈はしの屋〉で席とって、注文しておいてくれる？　あたし、洋風モーニング、特盛で」

「おっけー。じゃ、あとで」

由衣は小走りに裏の駐車場へ行くと、迂回して特別棟の建物へ向かった。今朝方の非常口の位置の見当をつけながら。

えと。たしかこの辺。

あった。

左右を見回し、ひと目のないことを確認しておいてから、非常口のドアを開ける。足音を忍ばせ、専用エレベータに乗った。四階のボタンを押す。

そうなのだ。憶い出した。今朝方あの角部屋を出てゆくとき、眠気で朦朧としていたのだろう、諸井は鍵を掛けなかった。たしかに掛けなかった。オートロックでさえなければ、いま、あそこは開いているはず。

どきどき、はやる気持ちを抑えながら、角部屋の前に立った。そっとドアのハンドルレバーを回してみる。

よし、開いた。

ドアの隙間から室内を覗いてみた。おそるおそる足を踏み入れると、はたしてベッドの上には、あの少年が仰臥したまま。

眼を閉じた少年は微動だにしない。青白く硬直するその様子は明らかに呼吸していないと知れる。

ベッドへにじり寄ると、由衣は少年の手首をさぐってみた。脈は。

やっぱり、ない。脈はまったくない。

少年のパジャマの前をはだけ、白い胸に耳をあててみた。心音は。

聴こえない。いっさい。

閉じている彼の目蓋(まぶた)を指でこじ開けてみた。

瞳孔も。

ひらいている。完全に。

死体だ。由衣は確信した。生きている証(あかし)はひとつもない。これは死体だ。まぎれもなく。

死体がひとつ。霊安室でもない部屋で、ぽつねんと横たわる。しかも豪奢なダブルベッドに。

悪夢のなかへさまよい込んだような、とろんとした心地で由衣は室内を見回した。

心肺モニターもなければ、酸素吸入調節機器もない。点滴台もない。点滴バッグも集尿袋も、なにひとつない。そんな室内の光景がひどく滑稽に、そしてグロテスクに映る。

献身一

志自岐幸夫は悪酔いしていた。

今夜も一段とひどくまずい食事、そしてまずい酒だった。適当に選んで飛び込みで入った店。和風だったか洋風だったかすらもはや記憶が定かではないが、なにを口にしても、これなら自分でこしらえたほうがよほどましだと思えるものばかりだった。それはたしかだ。

不快な後味を消すため、つい二軒三軒とバーの類いを回って深酒する。限界を超えてもなかなか切り上げられないため、たいてい帰路の途上ですべて吐いてしまうはめになる。新年が明けたばかりだというのに毎晩毎晩、金をドブに捨てているようなものだ。いずれにしろ外食は割に合わない。自炊するほうがいいに決まっていたが、そんな日常に慣れてしまう己れを想像するのが幸夫は嫌だった。朝や昼はともかく、夜も自宅でひとりきりの食卓につくなんて。なにをどうつくろうとも、すべてが紙みたいな味になりそうで。

だから夕闇が迫ると幸夫は街へ出て、徘徊する。どこでもいい、目に留まった店に入ってみる。しかし総じて飲食店は初めての客に冷たい。和食は特にそうだ。寿司など常連にならなければ絶対にいいネタにはありつけない。かたちばかり、まずい食事をまずい酒で胃に流し込んで勘定を済ませたら、せめてもの腹いせにその店へは二度と近寄らないようにする。そんな世間を狭くするだけの苦行を虚しく、くりかえす。

幸夫とて、味そのものがどうこうより気分の問題が大きいことは判っている。初めての店では当然、顔馴染みの従業員などいない。偶然知人に出くわしたりすることも滅多にない。どんなに周囲がにぎやかだろうと孤独な食事にならざるを得ない。なにをどんなふうに食べてみても、すべて紙の味がしてしまうという意味において、自宅でくすぶるのとなんら変わりはない。

かつては幸夫にも行きつけの店が何軒かあった。洋食屋、イタリアン、フレンチ、小料理屋、ワインバーなど。それらの店自体はどれもまだ営業しており、行こうと思えばいつでも行ける。長年通いつめたところばかりなので味は保証つきだし、いずれも顔馴染みの従業員が接客している。彼らは幸夫を歓待してくれるだろう。しかし以前とは決定的にちがってしまった事実が、ひとつある。店側ではなく、幸夫側に。

(——今夜は、おひとりですか?)

もしも幸夫がひとりで現れたら顔馴染みの従業員ほど、かなりの確率でそう訊いてくるだろうと予想される。はたしてどう答えたものか、それが幸夫には判らない。子供の頃から感情がすぐに顔に出てしまう質だ。それは四十を半ば過ぎた現在もまったく改善されていない。無粋な質問をしてしまったと相手に気まずい思いをさせることなく適当に受け流せる自信が幸夫にはないのだ。

いっそ友枝は死んだ、ということにしてしまおうか。そんな露悪的な誘惑にかられたりもする。もちろん、いくらそれがいわゆる主観的真実というやつかもしれぬにせよ、つまらぬ嘘はしょせんつまらぬ嘘。地元ではけっこう有名な陶芸家であり大学で芸術学科講師もつとめている友枝について変なことを言いふらしているなんて風評が立ったりしたら、こちらの人格を疑われてしまう。

おれはいったい、なんのために生きているんだろう……最近そんな自問ばかりする。いったいどうして、こんな寂しく虚しい思いをかかえてまで生き続けなければならないのか。いったいなんの意味があるというのか。

死ぬことを真剣に考える。具体的な方法を決め、下準備をしたりもする。しかし結局いつも思い切れないのは、なぜなのか。現世への未練か、それとも惰性か。いずれにしろ、これほど絶望しながらもなお一方で生への執着を捨てきれない己れに対する嫌悪が幸夫のなかで日々募ってゆく。自分を呪縛する生。それでいてその生において意義のあることは、なにひとつないのだ。せいぜいが両親の遺産を整理する程度で。そう。

そうだ。おれはそのために生きているようなものだ。両親がのこした不動産、有価証券、貴金属や美術品などの山。それらを少しずつ処分する作業で生をすり減らしている。相続税を支払った後もなお個人資産とは思えないほどの額面の預金も税理士と相談して、毎年いちばん波風の立たないかたちで寄附に回している。いくら財産があっても相続させる子供はいないし、なるべく身軽になりたいから仕方なくやっているのだが、世間は幸夫のことを働かなくても食べてゆけるけっこうなご身分だと羨ましがっているようだ。本人にしてみれば、ひとりっ子とはいえどうして相続権を放棄しておかなかったのかと後悔する日々。少なくとも、これが自分の人生のすべてなのだとしたら哀しすぎる。

　意義のある仕事とか、生き甲斐とか、あるいは大切な家族やパートナーとか。そういうものを持っている立場ならともかく、おまえみたいになにもない人間がただいじましくだらだら生き続けるなんて、冒瀆的なほどくだらない。虚しく、ばかばかしい。死ね。幸夫は己れを罵る。こんなみっともない姿を晒すより、潔く死んでしまえ、と。

（……どうして……どうして、いまさら？）

　できることなら幸夫は友枝に、そう訊いてみたかった。去ってゆく彼女を引き留めたかった。

（十年以上もいっしょに生きてきたのに、どうして？　どうしてなんだ、いまさら……）

　百万言を費やしたところで友枝は二度と自分のところへ戻ってきはしない。それが判っていたから、幸夫はなにも言えなかった。しかし。

あのとき自分は無駄と判っていながらも、なにか言うべきだったのではあるまいか。どこへも行かないでくれと、醜態を晒すのも厭わず慈悲を乞うべきだったのではないか。たとえ失敗するにせよ、彼女への想いの丈をぶちまけておいたほうが、いま頃すっきり立ちなおれていたかもしれない。幸夫は最近、そんなことをよくよく考える。

しかし結局なにも言わず、ただ友枝を見送ったのが正解だったのだろう。そうも思う。他者への執着や束縛、それこそが彼女にとってもっとも唾棄すべきものだったから。もし未練がましい態度を覗かせたりしたら幸夫は軽蔑されていたかもしれない。いや軽蔑どころか、彼は友枝にとって有象無象の範疇に格下げとなっていたはずで、同時にそれまでふたりが築き上げてきた関係も想い出にすら値しない無駄な過去へ一気に貶められていただろう。幸夫はそれが怖かったからなにもできず、ただ円満を装って彼女と別れる他はなかった。

いや、だったらむしろ自分の気持ちに正直であるべきだったのではあるまいか——酔っているせいで幸夫の思考は同じところを堂々巡りする。別れ際をきれいにまとめるよりも、いっそ泥沼劇を演じ、なにもかもぶち壊しにするべきだった。友枝と過ごした歳月はその場で放擲しておくべきだったのだ。良くも悪くもおれにとって、それしか人生をリセットする方法はなかったのだから。いまさらながらそう痛感する。なのに痩せ我慢して、最後までものわかりのいいふりを貫いたせいで未だに友枝のことを引きずり、精神的にぼろぼろの毎日だ。

友枝に、幸夫個人に対する悪意などないことは判っている。というか、そう思いたい。思いたいが、十年近くに及ぶ彼女との共同生活を反芻すればするほど、自尊心と引き換えにしてまで大切にとっておこうとした想い出は実はガセだったのではないか、自分はとんでもない詐欺に遭い、長年虚仮にされ続けてきただけの話なのではあるまいかという被害妄想が募り、友枝への思慕が憎悪に反転する。

幸夫は、なんでもいいから物を壊したくなった。ちょうど近道のために児童公園を横切ろうとしたところだ。遊具のひとつも叩き壊せそうな怪力が己れに宿った錯覚に一瞬かられたが、周囲の街灯が意外に明るく、少し頭が冷える。しかし却ってその分、抑えつけた破壊衝動は腹の底の、より深いところに沈殿し、ゆっくり発酵してゆく。

死にたい。やっぱり死んでしまいたい。改めてそう思った。もうこんな惨めな思いをかかえてまで生きてゆくのは嫌だ。こんなに嫌なのに、なぜ思い切れない？　なにかがおれを縛りつけている。それはなんだ。友枝への未練か。それとも他のなにかか。正体がなんであれ幸夫はそれを、ひたすら憎んだ。壊したいと思った。

激情にまかせて石ころを蹴飛ばそうとしたが、空振りする。幸夫の身体がよろめき、ふらっと頭が揺れた途端、嘔吐感とともに眩暈がした。いかん。かなり限界にきている。外は寒いが、帰宅する前にどこかで腰を落ち着け、ひと休みしておいたほうがいいかもしれない。道で転んだり交通事故に遭ったりしないように、などと考えている自分に気づき、幸夫は自嘲を禁じ得なかった。おいおい。死にたい死にたいと喚いている人間が、そんなことを心配してどうするんだ、と。だがまあとりあえず、いまはどこかへ座ろう。そう思いベンチを探そうとした幸夫の眼に、ひと影が留まった。

かかとをベンチの縁にかける姿勢で、自分の両膝をかかえ込んでいる。ジャケットにスリムジーンズ姿が少し寒そうだ。遠目にはセミロングヘアの女の子のようにも見えるが、華奢で丸みのない身体つきからして男の子だと知れる。街灯の明かりの下に浮かび上がったその青白い相貌に、幸夫は我知らず心を奪われていた。

声をかけようとして、はたと我に返った。な、なにをしようとしているんだ、おれは……？　まだ歳の頃十五、六とおぼしき少年が、こんな時間帯にひと気のない公園で、ひとりぽつねんと座っているなんて。とてもまともな雰囲気じゃない。かかわり合わないに限る。

そう思いなおして通り過ぎようとした幸夫の視界の隅で、背中を丸めるやベンチに横たわる少年の姿が見えた。おいおい、ひょっとしてここで夜を明かすつもりか？　幸夫は腕時計を見た。午前零時を数分回っている。

迷いながらも幸夫はベンチへ歩み寄った。思い切って「きみ、起きなさい」と声をかける。

幸夫のほうへ背中を向けていた少年は、ひょっこり首だけ起こし、彼を見上げた。

その深くて昏い、まなざし。いったいなんと形容したものだろう。悪寒のようなものを覚えつつ、幸夫は少年から眼が離せなくなった。己れの背筋を貫いているのが実はセクシュアルな疼きであると、酔いのせいで少し遅れて自覚する。

そんな……そんな、ばかな。愕然として幸夫は、かぶりを振った。そんなばかなこと、あるはずがない。たしかにこの子は、薄闇のなかでも隠し切れないほど鮮烈なオーラを放つ、整った顔だちだが、おれにはそっちの趣味はない。断じてない。ないはず……だが。だが、なんだ。なんなんだ、この畏怖にも似た変な気持ちは？

いまなら、まだ引き返せる……頭の片隅で理性がそう囁きかけてきた。いけない。この子とかかわり合いをもってはいけない、と。

だが幸夫は、自分のなかで確実に芽生えつつある未知の官能をなんとしてでも否定したかったがために、ことさらに気安く、こう続けてしまった。

「こんなところで寝たりしちゃ、だめだろ。夏場ならともかく。凍え死んでしまうぞ」

少年は幸夫を見つめている。その双眸。なにか年齢不相応なものをかかえ込んでいるようだ。例えばいま幸夫の心に巣くっているのと同種の寂寥？　あるいは虚無？

「……ひょっとして」と訊く自分の声に、そうであって欲しいという願望が明確に混ざっていることを幸夫は、まったく自覚していない。「行くところがないの？」

こくりと少年は頷いた。

家出してきたのかなと幸夫は思ったが、この場で詮索しても始まらない。

「よかったら、いっしょに来なさい」

少年はむくりと身体を起こし、ベンチに座りなおした。困惑した眼で見上げてくる。

「ぼくは別に怪しい者じゃない」どうしておれがこんな言い訳がましいことを口にしなければならんのだと不条理な気分になったが、いまさら提案を引っ込めるわけにもいかない。

「今夜ひと晩くらい、布団を提供してあげようって言ってるだけさ。少なくともここで夜を明かすよりは、ましだろ」

ようやく少年は薄く微笑み、頷きながら立ち上がろうとした。後から考えれば彼はこのとき空腹であったのだろう、下腹に力が入らぬ様子で足をふらつかせ、よろけていた。

「おっと。大丈夫か」

なんの気なしに幸夫が手を貸そうとした、そのとき。

びくん、と少年は背後に跳びすさった。それまでの弱々しい物腰が嘘みたいな勢いで。まるで幽霊に出くわしたかのように大きく見開いた眼は、恐怖の念で濁りきっている。

あまりの過剰な反応に、幸夫は気を悪くするというより、呆気にとられてしまった。

「す……」はっと我に返ってか、少年は見ていて気の毒になるくらい、うろたえた。「すみません、ぼく、つ、つい……ごめんなさい」

「いや」

なにかわけあり、なのか……少年の怯えように尋常ならざるものを感じた幸夫は、彼に声をかけたことを少なからず後悔したが、いまさら見捨てて立ち去れない。

「いや、いいんだいいんだ。さ、行こうか」

促すと少年は、うなだれながらもついてくる。その様子をじっとり見守る自分の心の動きに幸夫は不穏なものを感じたが、深く考えないことにした。

とはいえ、さすがに初めて会った素性も知れぬ人間をいきなり自宅マンションに上げるほど幸夫は無防備ではない。現在は誰も住んでいない実家のほうへ連れてゆくことになる。年内にも取り壊す予定だが、遺品の整理のため月に数回は泊まり込んでいるので、電気もガスもまだ通じている。

実家へ到着し、幸夫は裏門の鍵を開けた。

少年は家屋のシルエットを見上げ、おずおず呟いた。「……立派なお宅ですね」

「なに、古びているだけさ。ちょっとここで待っていてくれ」

真っ暗な土間を手探りで進んだ幸夫は、母屋へ辿り着き、明かりを点けておいてから裏門に戻り「さあどうぞ」と少年を招き入れた。「びっくりしたんじゃないか？　巨大なおばけ屋敷みたいで」

「いいえ、そんな」

「あ。そっちは便所なんだ」母屋とは逆方向へ足を踏み出しかけた少年を呼び留める。

「仰々しく欄間なんかがあるから、まぎらわしいだろ。なにしろ百年ものの物件でね。いまどき汲み取り式なものだから、まったく使っていないけど」

幸夫に案内されながら少年は、土間の中央あたりで塗り固められている、円形のコンクリートの台座をしげしげと見下ろした。

「それは井戸の跡」ひさしぶりに他人と会話を交わす幸夫は、自覚する以上に饒舌になっている。「昔はそこから生活水を汲み上げていたらしい。もっともぼくが物心ついたときにはもう、そうやって塞がれていたけどね」

少年は幸夫の説明にいちいち頷き、ものめずらしげに広い土間を見回した。二階分ほどの高さの頭上で太い梁が交差している。

「うちは代々、造り酒屋で、祖父の代まではここが住居を兼ねた仕事場になっていた。だからこんなに無駄に広いんだ。もちろん、もう住居としても使っていないから、近いうちに家屋もすべて取り壊すことになっている。目利きの方々は、いまはもうなかなか手に入らなくなった貴重な材木をふんだんに使った家なのにもったいない、なんておっしゃるんだけど、管理が大変なんだこれが」

「ではいまはお酒は？」

「新しい工場でつくっている。事務所も他へ移転した。親父の代で一気に拡張した成果さ。

いろいろ畑ちがいの事業にも手を出して。一応成功した、と言えるのかな。市内にビルまで建てたわけだから。でもそんなにがんばっても人間、病気になったら呆気ないものだ」

「じゃあお父さまはもう……？」

「母もね。長年しゃかりきになって働く父についてゆくだけで精一杯だったので気が抜けたんだろう、あとを追うようにして、ぽっくりと。ちなみに現在ぼくは一応会社の役員に名前をつらねてはいるが、実質的な経営にはいっさいタッチしていない。全部ひと任せ。どうもこの仕事には熱心になれないもんで。親不孝者と親父もあの世で、さぞ怒っているだろう」

土間の屋根が切れると、そのまま中庭へ出られるよう広い出入口が開いている。月明かりが池の水のように溜まった広大な庭をどこかぼんやり見つめている少年に、幸夫は笑いかけた。

「不用心なもんだろ？　塀さえ乗り越えれば、あの出入口から屋内へは侵入し放題。もっとも昔は雨風をしのぐため、ちゃんと戸締りができるようになっていたらしいんだけど、いまは奥の戸袋が壊れたままだから、どうしようもない。庭の向こうにあるのは納屋、隣りが土蔵。これも年代物だ。といってもお宝なんか、なにもないよ。長持とか布団とか、宴会用の食膳セットとか。ガラクタばっかり」

「食膳セット？」

「昔は結婚式とか祝い事は全部自宅でやっていたそうだよ。あっちで」と離れの棟を指す。

「客たちを招いて宴会をやった後、みんなここに泊める。布団もたくさん必要だったわけさ」

「ながもち、ってなんですか」

「若いひとは知らないか。かくいうぼくも実際に使ったことはないけどね。要するに衣装箱みたいなもの。昔の嫁入り道具さ。専用棒を金具に通して、担げる造りになっている。けっこう大きくて、ひとがひとり楽に入れるほど。まあそんなことはいいや。寒いだろ。なかへ入って。こちらの棟は何年か前に改築してあるから、多少は快適だよ」

幸夫は少年を母屋に招き入れた。ヒーターのスイッチを入れる。

遠慮がちにダイニングテーブルに座る少年を、まともな照明の下で改めて見た。あどけない面差し。色素の薄い感じとでも言おうか、ほんとうにいまこの場に実在しているのかと危うく疑ってしまいそうなほど儚げな印象。それでいて。

それでいて強烈に匂いたつものがある。なにかは判らない。判らないが、それがじわじわ己れの身体へ侵入し、皮膚の内側からくすぐるかのように官能を刺戟してくることを、いまや幸夫は認めざるを得なかった。しかもこの子がまとっているのは単なる色香の類いではない。ほとんど妖気に近い。見る者すべてがこれを自分の意のままに蹂躙したいという欲望にとり憑かれそうな、そんな……

ばかな。

ばかなことを考えるな。これは男の子だ。どんなに美しい顔だちをしていようとも男なんだ。男なんだ、と。幸夫は必死で自分をそう戒める。いや、ほんとうに男の子なんだろうか？　服を脱がせてみたら実はボーイッシュな女の子でした、という落ちを真剣に期待している自分に気づいた幸夫は、すっかり酔いの醒めた心地でウイスキィのボトルを取り出した。

「……飲む？」

母屋の比較的新しい内装をぼんやり見回していた少年は、慌てて首を横に振った。

「未成年？」

「ええ」

「じゃあ仕方ない。熱いお茶でも淹れよう」

少年は曖昧に顎を引くような仕種。いまいち反応が鈍い。幸夫はふと思いついて訊いてみた。

「ひょっとして腹が減ってんの？」

図星だったらしい。俯き加減になった少年の頬が赤らんでいる。

「そう。じゃあ、なんかつくろう」

冷蔵庫と収納庫を開け、中味を見てみる。

「えと。ちょっと待っていてくれる？」

「はい」

「たまにしか泊りにこないものだから、ろくな材料がない。近所にコンビニがあるんだ。適当に調達してこよう。なにか食べたいもの、ある？」

「え。でも、あの。でも、そんなことまでしていただいてはご迷」

「いいんだ。ちょうどぼくも、なにかうまいものを食べたいと思ってたところで」

とりあえず沸かした湯で茶を淹れる。少年の前に湯呑みを置くと、幸夫は母屋を後にした。今度は昔の帳場を抜け、正面玄関から外へ出る。

自分が戻ってくる頃には、少年は姿を消しているかもしれない。いや、消えていて欲しい……暗い夜道を歩きながら幸夫は、ひそかにそう願った。

実家には昨夜、泊まりにきたばかりだったので、ほんとうは冷蔵庫や収納庫にそこそこ食材は残っている。にもかかわらず買物を口実にして幸夫が家を出てきたのは、あの少年がこっそり立ち去れる機会を与えるためだ。

できればあの子をずっと自分の傍に置いておきたい、一方ではそういう気持ちもある。いや、むしろそちらが偽らざる本音なのだ。そんな己れに幸夫は危険なものを感じる。

一旦立ち止まり、ぐるりと顔面を撫で回した。真冬だというのに嫌な汗をかいていたらしく、指がねとつく。不精髭のちくちくした感触が、やたらと気になった。

破滅の予感を覚えながら幸夫は、あの少年の面影を思い浮かべ、ただ念じた。どうかおれが戻ってくるまでに消えていてくれ、と。

コンビニエンスストアでウインナソーセージの詰め合わせと缶ビールを買い、幸夫は実家へ戻った。少年はまだそこにいた。ヒーターで温まったのか、ジャケットを脱ぎ、さっきよりも格段にリラックスした表情。

そうか。まだいたのか、きみ。おれはちゃんと逃げ出せる機会を与えたんだから、いまここにいるのはきみの選択であり、自由意思だぜ。決してこちらが強制したわけじゃない……そんな言い訳をしきりに胸中で反復する幸夫のなかで、少年に対する所有欲、独占欲が確実に膨らんでいったが、本人はまったく自覚しないまま。

「お待たせ」と幸夫は笑って上着を脱ぎ、キッチンに立った。

包丁と俎板（まないた）を手に取ると、気分が高揚する。そういえば誰かのために料理をするなんて、ほんとうにひさしぶりだ。こうなると、ありあわせの材料なのが気がひける。もっとちゃんとした品揃えで後日この少年を歓待しなおしたいという気持ちがふつふつ湧いてくる己れに少し戸惑いつつも、幸夫はもう迷わなかった。

まず買ってきたウインナソーセージを焼く。粒マスタードを塗ってサニーレタスを敷いたかりかりトーストで巻き、ホットドックもどきにして、前菜がわり。よほど空腹だったのだろう、二個三個と、おもしろいようにパンとソーセージが少年の口へ消えてゆく。

冷凍のワタリガニと缶詰のホールトマトでスパゲッティ。量が多すぎるかとも思ったが、少年の勢いは衰えることなくパスタを呑み込んでゆく。その様子を愉快な気持ちで眺めながら、幸夫は買ってきた缶ビールを開けた。いつもならとっくにつぶれている量のアルコールを飲んでいるはずなのに、嘘みたいにするするビールが入ってゆく。

「そういえばきみ、名前はなんていうの？」

少年のフォークを持つ手が止まった。

「クルミ、です」

唇についたトマトソースを舐め、そう呟く。

「それは下の名前？　それとも――」

「あるいは」と困惑したみたいに首を傾げた。「ラザルスって呼ぶ人もいるけど」

「らざるす……？」

外国人みたいな響きの名前だ。ひょっとしてこの子、ハーフなのか。そういえば目鼻だちが日本人離れした、というか人間離れした整い方をしている。本名ではなくて渾名(あだな)なのかもしれないが。いずれにしろ、あまりはっきり自己紹介したくないらしい。しつこく詮索しないほうがいいだろう。

名前を訊かれたせいで少年のなかで緊張感が甦ったらしい。それを幸夫に悟られまいとしてか、しきりに他の話題を探している様子。そんなもじもじと畏(かしこ)まった態度が、幸夫には好ましかった。まずい外食で悪酔いしたこともすっかり忘れ、機嫌よくウイスキィの水割りをつくる。

「――あ。いいよ、そのままで」からになった皿を持って流しへ立とうとした少年を手振りで制し「疲れてるだろ」と、すでに自身も酩酊状態の幸夫は立ち上がった。「ゆっくり休むといい」

母屋から一旦土間に出ると、幸夫は少年を客間へ案内した。母屋同様、両親が死去する直前に改築した棟だ。縁側が庭に面していて畳敷き。床の間には掛け軸、そして一度も花を活けられたことのない舟形の花器が置いてある。ブラウン管の旧型テレビなどもそのまま。

「しばらく干していないから、ちょっと湿っぽいかもしれないが」幸夫は布団を敷いてやった。「トイレは隣り。さっきの土間のやつとはちがい、こちらは新しくて水洗式だから心配ないよ。なんなら風呂もある」

「すみません、いろいろ」

「えと、寝巻は……」

予備のパジャマかなにかないかと押入れを探していた幸夫の手が、ふと止まる。布団のあいだから浴衣が出てきたのだ。紺色の柄に見覚えがある。友枝のもので、たしかデパートへ買物に行ったときふたりでいっしょに選んだ。はて。それがなぜこんなところに……

この家へ彼女が来たことは一度もないはずだが。だいたい幸夫の両親にもついに顔を合わせずじまいだったくらいで。

　まてよ。この浴衣、いつだったか友枝が失くしたとか言っていなかったっけ？　たしか夏に。彼女は大学の同僚や学生たちといっしょに花火見物に行くとかで、これを持って出かけて。着替えをさせてもらった知人宅での飲み会のどさくさにまぎれて紛失したとかなんとか、そんな話だったような気がするが。しかしそれだとここで見つかる道理がない……記憶ちがいか？

　首を傾げながらさらに探してみたが、寝巻として使えそうなものは見当たらない。幸夫がこちらで泊まるときに着ているパジャマは洗濯のためマンションのほうへ持ってかえっているので貸してやることもできない。

「これしかないのか。困ったな」

「あ。ぼく」少年は浴衣に手を伸ばした。「それでいいです」

「これは女ものだよ。サイズが合うかな」

「なんとかなります」

「だけど寒いんじゃないか、これじゃ。いっそ服を着たままでも」

「お布団を汚しちゃいますから。着替えます」他者からの善意はなにかひとつくらい不本意なかたちで妥協しておかないと失礼だとでも思っているのか、少年はこの点にだけ妙に少年は浴衣を幸夫の手から抜き取った。その仕種が必要以上に慎重に感じられる。まるで幸夫に触れないよう注意しているかのようだ。そういえばさっき公園で幸夫が手を貸そうとしたときに、少年が示した過剰反応を憶い出した。ひょっとしてこの子、他人との接触が苦手なのか？　例えば不潔恐怖症とか。ぼんやりそう思ったものの、幸夫は気を悪くする余裕もなかった。急に頭に友枝のイメージが大きく割り込んできていたせいで。

――友枝……

どうして……どうしていま頃になって？

友枝、どうして？

少年は上着を脱ぐと、幸夫に背中を向け、浴衣を羽織った。髪を掻き上げ、襟の外へ出す。ジーンズを脱ぎ落とし、細い胴回りに帯を巻きつけるその仕種がひどくエロティックだと思った刹那、少年の後ろ姿が幸夫の眼に、かつての友枝のそれと二重写しになる。

……友枝、友枝。どうして。どうしてなんだ。十年近くもいっしょに暮らしていたのに、どうしていまさら別れなきゃならなかった？

たしかに最初から籍は入れない約束だった。子供もつくらない。相手を束縛せず、お互いの自由を尊重する。相手に別の恋人ができても干渉しない。病気でない限り自分の世話は自分でする。家事のことで相手に負担をかけない。経済的にもそれぞれ自立する等々

――それらの条件はぼくはすべて守ってきた。そうだろ？　ぼくはなにもかも、きみの望み通りにしたはずだ。もちろん。もちろん。

もちろん、どちらかが同棲を解消したくなったら理由を詮索せずに同意すること……という約束もちゃんとこうして守った。しかし。しかし。

納得できない。納得できないよ、友枝。だって、十年だ。十年。このままずっと老後もふたりで、よきパートナーとして互いを支え合ってゆくものとばかり思い込んでいたとしても、いったい誰がぼくを責められる？

どうしてなんだ、友枝、どうして？

浴衣を着ている彼女が眼前に現れた。ほんとうはクルミと名乗った少年なのだが、理性を失った幸夫の眼には友枝にしか見えない。

ともえ友枝と呻きながら幸夫は、浴衣姿を背後から抱きすくめた。その刹那。

あっと悲鳴が少年の口から洩れ、全身からぐにゃりと力が抜ける。少年の痩軀を抱きしめる幸夫は、うっとり陶酔していたせいで、しばらく異変に気がつかなかった。

「きみ……？」

かくんとそのまま折れてしまいそうなほど無抵抗に少年の首が傾いた。さすがに不審に思い、おそるおそる幸夫が身を離すと、少年はそのままぱたりと布団の上に倒れ込んでしまった。まるで糸が切れた操り人形のように。

「きみ」幸夫は慌てて少年の顔を覗き込んだ。「すまない。ぼくは決してそんなつも」声を詰まらせ、幸夫は眼を瞠った。口を半開きにしたまま凝固する。

「お……おい?」薄く白眼を覗かせて仰向けに倒れている少年の頰を軽く叩いた。「きみ、どうした。ど、どうしちまったんだっ」

身体を揺さぶったが、まったく反応がない。それどころか少年は息をしていなかった。手首を握ってみたが、脈もない。浴衣の前をはだけて胸に耳を当ててみた。心音が聞こえない。これは。

これは死。

死んでいる……?

少年は死んでいた。少なくとも、そうとしか思えなかった。

「きゅ」

救急車を……立ち上がろうとして、幸夫は尻餅をついた。ショックに加え、飲み過ぎたつけが回ってきた。腰が砕けて、起き上がれない。

身体がずっしり重くなるのに反比例して、頭は冷えびえ軽くなってきた。改めて少年の全身を見つめる。ぴくりとも動かない。

そろそろと手を伸ばし、屁っぴり腰で再度、脈をとってみた。胸に耳を当ててみた。鼻に掌をかざしてみた。

「ほ……ほんとうに？」泣き笑いのような呟きが洩れた。

「死んでいるのか？　死んでしまったのか、きみ。ほんとうに？」

いったいなにが起こったのだろう。どうしてこの子はいきなり死んでしまったのだ。心臓か？　こんなに若いのに？　それとも……

ふいに恐ろしい考えが幸夫の頭に浮かんだ。それともぼくが殺してしまったのか、この子を？　酔いに濁った頭で幸夫は、たったいま自分がとった行動を憶い出そうとした。少年の後ろ姿に友枝のイメージを重ね合わせるあまり、思わず抱きしめてしまった。自分がやったことはそれだけ。それだけのはずだ。そうだ。そうだよな？

いや、ちょっと待った。こんな場合だというのに急に激しい尿意が襲ってくる。無理もない、あれだけ飲んだのだから、などと普通に考えている自分が腹立たしい。落ち着け落ち着け。そう自分に言い聞かせながら幸夫はむりやり少年から眼を逸らせ、障子を開けた。廊下へ出て、とりあえずトイレへ飛び込む。

溜まりに溜まったものを排泄する。自分の思考力が小水といっしょに身体の外へすべて流れ出ていってしまったような気がした。うっかりすると、たったいま遭遇した事態をふわりと忘れそうになる。それどころか、自分はいったい何者なのかすら見失ってしまいそうで。そうか。

そうか。夢だ。あれは夢だったんだ。酔っぱらってうたた寝でもしたんだろう。大丈夫。

ず。
大丈夫だ。すっきりして客間へ戻れば何事もなく、すべてありふれた日常に戻っているは
すっきりして幸夫は客間へ戻った。少年は布団の上に倒れている。さっきとまったく同じ姿勢で。浴衣の裾を乱したまま。うっすらと唇を開け、微動だにしない。体毛が一本も生えてなさそうな、白い雪のようなその肌。

ふらふらと幸夫は布団に倒れ込んだ。少年の身体に覆いかぶさる。手首をつかんでみた。脈がない。掌を鼻と口の上にかざしてみる。息をしていない。胸に耳を当ててみる。心音が聞こえない。ない。なにもない。なにひとつ、ない。

くらくら眩暈がした。死んでいる。やっぱりこの子は死んでいる。全身が氷のように冷たい。用を足してすっきりしたはずの幸夫の頭にぴりぴり、嘔吐感を誘う嫌な痺れが走った。

どうして……どうしてなんだ？　いったいどうしてなんだ。見たところ少年の身体のどこにも傷はない。首を絞められたような痕もない。なにもない。なにもないのに、なぜ？

立ち上がろうとして幸夫は、よろめいた。足を踏ん張れず、くるんと回転した拍子に畳の上に仰向けに転がる。

しばらくそのまま天井を見つめた。明かりが無遠慮に眼を射る。これは夢だ。そうだろ。ぼくはいま悪い夢を見ているんだ。

そろそろと首だけ捩じり、横を見た。少年はさっきと同じ姿勢で倒れたまま。相変わらず、ぴくりとも動かない。

再び天井に眼を向け、少し待つ。そろそろと横を見て、少年が動いていないのを確認する。と、何度か同じことをくりかえした。

反復しているうちに幸夫は己れの身体の変化に気がついた。ズボンのジッパーが壊れそうなほど勃起している。もしも。

もしもほんとうに死んでいるのなら、いっそ。そうだ。おれがこれを思い通りにしても誰も咎めない。

やめろ。幸夫の理性が金切り声を上げた。

なにをするつもりだ。やめろ。やめろやめろやめろ。それだけは……

浴衣の裾をなおしてやりながら幸夫は、添い寝する姿勢で少年にくちづけした。

ふいに自分の不精髭が無性に気になった。これでは少年の美しい肌を傷つけてしまう。

そう思い、幸夫は立ち上がった。風呂場へ行き、髭を剃る。ゆっくりと。きれいに。泥酔しているとはとても信じられないような、正確な手つきで。

タオルで顎を拭い、鏡を覗き込んだ。眼の据わった男が剃り跡をたしかめながら、幸夫を見返してくる。微かに、にやついているような気がした。

幸夫は客間へ戻る。少年に覆いかぶさり、くるおしい思いでその首筋にくちづけする。

しかしさっきまであれほど欲望に猛り狂っていた怒張は嘘のように萎えていた。かまわず幸夫は少年の唇を吸いながら、己れをこすりたてる。しかし、こすってもこすっても回復しない。

欲望は出口を失ったまま暴れ回るが、どうすることもできない。やがて疲れ果てた幸夫はぜえぜえ喘ぎながら、布団に四肢を投げ出した。絶望が込み上げてくる。涙が溢れてくる。

幸夫は泣きじゃくりながら、少年の身体を掻き抱いた。ごめん、ごめんよ、と掠(かす)れた声で譫言(うわごと)のようにくりかえす。

電話……早く電話……警察に電話だ。殺した。殺してしまった。

ぼくが殺してしまったんだ。この子を。どうやってかは憶い出せないが、現にこの子は死んでいる。ぼくがやってしまったんだ。ぼくが。なかなか腰が立たない。体力が尽きて力を振り絞り、立ち上がった。その拍子に畳の目で足がすべってしまう。

いたのか、そのまま動けなくなった。

なんとか起き上がらなければという焦り、そしてもうなにもかもどうでもいいという捨て鉢な気持ちが渾然一体となる。呼吸困難になりそうなほど息を乱しているうちに、幸夫の眼に差し込んでくる天井の照明がぼやけてきた。ずるずると深い眠りへ引きずり込まれてゆく。そして。

何時間くらい経っただろう。ふと幸夫は傍らに、ひとの気配を感じた。傍らに誰かが、うずくまっている。中腰の姿勢で幸夫の顔を覗き込んでくる。はっきりとそう察知したが、どうしても完全に目が覚めない。幸夫は夢とうつつの狭間をさまよう。なんとかそのひと影に話しかけてみようとするのだが、地鳴りのような音が喉から洩れるだけで、まともに喋れない。

（……よかった）

なかなか覚醒できず、煩悩している幸夫の頭上でそのひと影は、たしかにそう呟いた。

（よかった、ほんとに……これで）

よかった……なにが？

ふと幸夫は思い当たった。その声は……

その声は、きみか？　クルミとか、らざるすとか名乗った、あの？

＊

はっと幸夫は我に返った。起き上がってみると、布団の横の畳の上で寝ている。すでに夜は明けており、縁側は朝の陽光で満たされている。

夢……夢だったのか？　いや、ちがう。布団の上には友枝の浴衣が脱ぎ捨てられたまま。

慌てて幸夫は客間の沓脱ぎを見てみる。自分の分の靴しかない。

母屋へ行ってみた。水割りが半分以上残ったグラス、湯呑み、トマトソースがこびりついた皿などがテーブルに雑然と並んでいる。ということは。

やっぱり夢ではなかったのだ、昨夜あの少年をここへ連れてきたことは。しかし……？

あることを憶い出し、幸夫は激しい嘔吐感に襲われた。二日酔いの頭が割れそうなほど痛む。あの子は、たしか……

あの子は、たしか死んだはずでは？　しかも、ぼくのこの手のなかで……だが肝心の遺体が、どこにも見当たらない。

ない。どこにも。

どうなっているんだ？　いったい、どうなっているんだ。あの子はいったい、どこへ消えてしまったんだ？

いったい、どこへ……

聖餐Ⅰ

澤村智津香は車椅子に身を沈めている。両脚を覆う膝掛けに両手を、そっと置く姿勢で。背後から若い娘に、ゆっくり押してもらっている。

車椅子の車輪が回るたびに、地面をこする微かな音。普段ならさまざまな生活音に紛れ込んでしまって気にも留めないであろう、小動物の掠れた鳴き声のような、その響き。それがいま視界を塞がれた状態にある彼女の耳朶に、異様に重く、鋭く迫ってくる。自分が運ばれつつあるここはいったいどういう場所なのか、車輪の音から判断できそうな特徴はなにかないかと耳をそばだてながら智津香は押されるがまま、ただ移動してゆく。無言で。

普段掛け慣れないサングラスの蔓が耳を圧迫する微かな痛みや、閉じた目蓋を塞ぐガーゼを留めているテープの糊が目尻の肌を刺戟する痒み。なにかの拍子にそれらを意識するたびに智津香は夢から覚めたような心地を味わう……わたしはいったいなにをやっているんだろう、と。いまからでも遅くない、やっぱり気が変わったのでやめると、背後から押してくれている娘に告げたい誘惑を抑えるため、彼女は落ち着かない仕種で、膝に置いていた両手を車椅子の肘掛けへ移す。

じりじり前進するたびに、肘掛けに載せた腕から智津香の全身へ、微かな痺れを伴った振動が伝わってくる。時折、遠くのほうで走行中の車とおぼしき音が聴こえてくる以外は、しんとしている。驚くほど静かだ。さきほど車椅子が半回転した——多分、道の角を曲がったのだと思われるが——あたりから急に静かになった。頰に受ける空気の感触からしてまだ屋外にいることはたしかなようだが、閑静な住宅街といったところだろうか？

智津香が座る車椅子を押してくれている若い娘には今朝、ほんのついさっき紹介されたばかりだ。本名かどうか知らないが、ヒイラギと呼ばれている。頰に散ったそばかす、後頭部で束ねた茶色の髪。どこかモルモットを連想させる風貌の娘で、一見宅配業者の作業衣のような服を着て社会人ふうに振る舞っているものの、ひょっとしたらまだ高校生くらいなのではあるまいか？　そのようにも見えるというだけで、なんら確証はないのだが。

そのヒイラギにわたしはこれから、どこへ連れてゆかれようとしているのだろう。いったいなぜ、こんな奇妙な誘いに乗ってしまったのか……いまさらながらそんな不安にかられている己れが煩わしくなって、智津香は唇を嚙んだ。

いったいなぜ、もくそもない。

もう一度会ってみたいからに決まっている、あの子に。そう。彼に、あの子に会いにゆくのだ。これから。そして。

そしてわたしはこれから夜まで、あの子とふたりだけで過ごす。

あの美しい生き物と。

クルミと呼ばれるあの男の子と、わたし。

ふたりだけで。

すべては智津香自ら選んだことではないか。冥途(めいど)の土産に、いま一度だけでいい、あの子のすべてを心ゆくまで眺め回したい、この世のものならぬ凄絶な美を全身に浴びておきたい、と。言わば死刑囚に許される最後の一服のようなものなのだ、と。

冥途の土産……最後の一服……あまり深く考えての譬えではなかったが、一旦思い当たってみると、これほどいまのわたしが必要とするものもないわねと、そう智津香は痛感する。

死。

死。死。

死のう、潔く。これが終ったら。彼女は改めてそう決意した。

クルミを思うさま愛(め)でたら、きっぱりとこの世に別れを告げる。思い残すことはなにもない。改めて考えてみるまでもない。彼女には、もう他の選択は残されていない。

東京の自宅にいるはずの夫の祐哉(ゆうや)の顔が、智津香の脳裡に浮かんだ。いま頃どうしているだろう。書き置きを残すこともせず、息子の葬儀も放り出し、無断で預金をおろして行方不明になった妻の身を少しは案じているだろうか？　あるいはこのままどこかで野垂れ死んでくれと、せいせいしているか。かつては四世代が同居していた澤村家も、いまは祐哉ひとりなわけだ。婿養子の彼が、妻の失踪後も澤村家に留まらなければならぬ謂れはない。智津香の身の心配どころか、これでようやく呪わしい家族の因縁とも訣別して自由になれるとばかりに、祐哉がいま頃とっくに自宅を処分してしまっていても、ちっともおかしくない。

(また……かよ)

先月、九月八日。長男の順一（じゅんいち）の死を知って勤め先から帰宅し、病院、警察、親戚知人、学校関係者、ありとあらゆる対応に疲弊した夫がようやく妻とふたりだけになって発した言葉がそれだった。

(いい加減に……いい加減にしてくれ……もういい加減にしてくれ……なんで……なんでだ……なんでおれたちばかり、こんな目に……)

息子が自ら死を選んだという事実に対する疑問や喪失、悲哀などがそこにはいっさいなかった。ただただ、もううんざりだ、とでも言いたげな虚ろな眼で虚空を睨（にら）んでいる。傍らの妻の姿を敢えて見まいとするかのように。

祐哉を責めるつもりはない。少なくとも責めるべきは夫ではない。責めるとすれば他にいる。智津香はそんな曖昧な確信に闇雲に衝き動かされ、東京の自宅を飛び出してきたのだが……いまとなっては我ながらどうしてそんな衝動にかられたのかも判然としない。唯一たしかなのは、彼女がすべてを失ったということ。

智津香は若い頃に観たフランス映画の一シーンを憶い出した。死刑囚が死刑執行直前に看守の手でタバコを一服させてもらい、ウイスキィとおぼしきショットを軽く口に含ませてもらっていたっけ。どんなストーリーだったかもう忘れてしまったが、あの場面だけは頭から離れない。そう。あの死刑囚こそがいまの彼女自身だから。

智津香が連れてゆかれようとしているのは断頭台の前なのだ。そしてこれから味わうのは、死の直前の、甘美な一服。

*

イチョウと名乗る奇妙な娘に智津香が声をかけられたのはこの前日、十月六日のことだった。

智津香はそのとき、県下では最大規模だという、清和井(せかい)市郊外に在る大型ショッピングモールのなかをさまよっていた。なにか当てがあってわざわざやってきたわけではない。右も左も勝手が判らない、知り合いもいない異境の地で、これから自分はいったいどうすべきかと途方に暮れ、街なかの停留所の長椅子にへたり込んでいるところへやってきた路線バスに、他の利用客たちの動きにつられて、なんの気なしに乗り込んでみたら、知らぬうちに連れてこられただけの話だ。

〈ぱれっとシティ〉という名のそのショッピングモールは午後三時過ぎという中途半端な時間帯にもかかわらず、老若男女でごった返していた。寄せては返し、返しては寄せるひとの波、そのうねりに漫然と身を委ねているうちに智津香は、さながら巨大な洞窟の入口のようなところへ漂着する。多彩な発光クラゲみたいな模様が点在する薄暗い洞穴、そこから奇妙な電子音に混ざった異様な熱気が溢れ出てきている。ぼんやりしていたせいで智津香は、それがあたかも日常空間を侵食、席巻する人外魔境であるかのような畏怖に凝固していたのだが、しばらくして我に返ってみると、なんのことはない、ゲームアーケードの出入口である。

それでもなおアーケード内だけこの世とは別種の時空間であるかのような、子供じみた錯覚をなかなか払拭できない。一心不乱にゲームに興じているひとびとを想像しようとすると、あたりの空気がある種の殉教的な熱と埃に淀んでいるような気がして、突っ立っているとそれが自分の肺のなかまで流れ込んできそうだ。街頭で配られる新興宗教の布教ビラを避けるのと同じ感覚で、智津香はそそくさとアーケードから離れた。区画間連絡路へ入ると格段に静かで、ホッとする。

連絡路の途中に在る化粧室の前を通り過ぎると、大きな矢印といっしょに〈ぱれっとシネマ・2F〉という標示が眼に飛び込んできた。シネマコンプレックスが隣接しているらしい。

もちろん映画を観るような気分ではないし、そんな金銭的余裕もなかったが、他に行く当てもない智津香はとりあえず案内標示に従い、エレベータで上がってみることにした。

二階へのボタンを押して扉が閉まる寸前、若い男のふたり連れが箱に飛び乗ってきた。いずれも二十代後半から三十代前半といったところか。ひとりはこの年配の男性としては平均的な体格だが、もうひとりは智津香とさほど差のない身長で、小柄だ。彼女より少なくともひと回りは若そうな男たちはともにスーツ姿で、妙に深刻げな面持ちで押し黙っている。普通のサラリーマンにしては隙のない物腰で、なにやら堅気ではないムードすら感じたが、智津香には好奇心をなんとしてでも満たそうとするほどの気力はない。

二階に到着して箱から降りてみると、そこから三階部分へと吹き抜けになっている広大なスペースへ出た。壁面を見上げると、現在上映中という新作映画の紹介パネルが十点ほど掲げられている。彼女の身長の何倍もありそうなサイズだ。数えてみると正確には十二点。その数だけ内部に劇場があり、十二作品が同時上映されているらしい。

パネルとほぼ同じ高さに据えられた巨大ディスプレイが、新作の予告編だろう、同じ画像を延々と反復している。そのさらに奥に広大な複合劇場区画が拡がっていた。手前がグッズ販売所、広間を挟んでチケット売場。

チケット売場の横はドリンクや軽食の売店で、横にスナックスタンドのようなスペースがある。そこの簡易テーブルと椅子で休みたい智津香だったが、ひょっとして入場チケット、もしくは飲み物などを購入しないとあそこへ座ってはいけない規定なのかもしれないと迷いが生じる。

先刻いっしょにエレベータに乗ってきた若い男のふたり連れはそんな彼女を尻目に、さっさとチケット売場のほうへ向かった。しばらくうろうろしていたが、売場に詰めている従業員たちはみんな多忙と見てとってか、全劇場共通出入口でチケットのもぎりをしている若い娘へ歩み寄り、なにやら話しかける。なんだろう。あのふたり連れもどうやら映画を観にきたというわけではなさそうだが。まあどうでもいい。他人の詮索より自分のこと。

あれこれ悩んでいるうちになんだかめんどうくさくなった智津香は、もときたエレベータホールのほうを振り返った。化粧室があって、その出入口の傍らに休憩用の椅子が二脚、置かれている。さいわい誰も座っていなかったので、とりあえずそこに落ち着くことにした。

シネマコンプレックスに出入りするひとびとの群れをぼんやり眺めながら智津香は、さてこれからどうするべきか、と思案に暮れた。いや、どうするもなにも、いったい自分はなんのために清和井市くんだりまでやってきたのだろう？　そんな困惑だけが胸に渦巻く。

当初の目的は、はっきりしていた。父方の伯母である澤村春江（はるえ）に会ってみようと思ったからだ。といっても、伯母に会ってそれからどうするという考えは完全に欠落していた。ただ春江に会いさえすればなんとかなる、そんな天啓のような思いにかられ、智津香は衝動的に失踪という道を選んだ。先月、息子の順一が走行中のセダンの前へ飛び出して自殺をした日の翌日、九月九日の早朝のことである。

救急病院の担当医や現場検証する警察官、さらには一報を知った親戚知人、学校関係者などへの対応に疲れ果てた智津香と夫は帰宅して、すりきれたゴミのように固まっていた。明け方、夫の祐哉がソファに座ったまま、まどろみ始めた隙に、智津香はふらふら発作的に自宅をさまよい出た。自宅から徒歩数分の西武新宿線、鷺ノ宮（さぎのみや）駅へ向かう。踏切の前で始発電車を待った。電車が来たら線路上へ飛び込むつもりで。

伯母の春江に会ってみようと、そこでなんの脈絡もなく思い立ち、気が変わった。死ぬのはいつでもできる、と。飛び出してきたのと同じ唐突さでもって自宅へ引き返した智津香は、祐哉が目を覚まさないよう気をつけながら最低限の荷物をまとめ、再び駅へ向かった。

鷺ノ宮駅に入ろうとしたところで彼女の頭の隅で理性が働いた。わたしはいったいなにをしようとしているのだろう？　よりによってこんな大変なときに旅行なんかに出ている場合なのか、順一の遺体が帰宅するのを待ち、夫とともに滞りなく葬儀を執り行ってやらなければならないというのに……妻としての、母親としての使命感が後ろ髪を引く。智津香はなんとか頭を冷やすため、駅を素通りしてそのまま遠くへ足をのばし、散歩することにした。しかしふらふらと小一時間、なんの当てもなく歩いていたはずが、気がついてみると今度は高円寺駅が眼の前に在るではないか。普段JRを利用するさいに自宅から自転車で往復する順路は意識的に外していたつもりだったのに……もうこれは自分にとって避けようのない運命なのかもしれないと悲痛な思いにかられ、智津香は中央線に乗った。

東京駅に着く頃、空腹を感じた。正確には、感じたような気がした、と言うべきか。実際そのとき智津香の胃はからっぽだったのだが、食欲などあろうはずはない。食べものでなくてもなんでもいい、闇雲に自分の口になにか入れ己れの虚無を満たしたいという衝動、彼女はそれを抑えられなくなった。カフェで買ったベーグルをろくに噛みもせずむりやり詰め込んだ智津香はえずき上げてくる食道の力に負けてトイレに駈け込み、すべてを吐き散らす。

唇の端っこで泡を噴く胃液を拭うこともせず、銀行のATMへ行って、預金をおろす。今年はちょうど順一が大学受験でいろいろ物入りのときだった。すぐに使えるよう定期預金を解約して普通口座へ移したばかりだったため、かなりまとまった金が引き出せる。なんのためにこんなに貯めたのよと思った刹那、智津香は少しだけ正気に返り、泣き笑いのような悲鳴を上げた。出勤時の混雑のなか、だれも彼女を振り返ったりしない。

電車を乗り継ぎ、羽田空港へ向かった。清和井行の航空券は購入できたものの、最終便だったため空港内でかなり長い時間、待つはめになる。そのあいだじゅう智津香は、窒息するほど自分の口になにかをいっぱい詰め込みたくなる誘惑と戦っていた。なんでもいい、なにか詰め込んで身体の芯となるものを確保しないと、己れのすべてがアイスキャンディのように溶け、拡散、消失してしまいそうな、そんな妄想と恐怖に耐えながら。清和井行フライトの乗客となっても、ずっと。

清和井空港には一時間半ほどで到着した。連絡バスで県庁所在地の清和井市へ着く頃には、すでに夜の帳が下りており、智津香は終点、JR駅前のホテルにとりあえず一泊する。

翌日、九月十日。ホテルを出た智津香はJRを利用して、瓜連という小さな村へ向かった。そこに父方の伯母、春江が住んでいるはずだ。智津香が生まれる前の話だが、春江は若い頃に一度だけ結婚したことがあるという。その稼ぎ先がこの瓜連村だったのである。ただし生来の頑固で口やかましい性格が災いしてか、結婚生活そのものは一ヶ月も保たなかったと聞くが、土地柄が気に入ったのか、独身に戻ってからも伯母は村に居ついた、そういう経緯であるらしい。

電車に揺られて二時間ほど、瓜連村に着いた智津香は春江の家へ向かった。しかし伯母は、もうそこにはいなかった。家屋自体が取り壊され、更地になっている。近所の住民に訊いてみると、春江は十数年前、引っ越していったという。それも挨拶もなにもなく、突然に。

十数年前というのは正確には十三年前のことだろう、智津香はすぐにそう察した。父の敦朗が鷺宮の自宅で事件を起こした年だからである。爾来、伯母とは音信不通になっている。瓜連村には父のことを知っている住民もいたはずだから、春江としてはいたたまれなくなり、逃げ出したのだろう。なにかといえば、女ひとり誰の助けも借りずに生き抜いてきたと自慢たらしく人生を語り、その自分に比べたらどいつもこいつも甘ったれてるだの腐ってるだのと、ときにひとをひとども思わぬ辛辣さで親戚じゅうから敬遠されても平然としている、ある意味、豪胆な性格の伯母には似つかわしくない後ろ向きな行動だが、年齢的に弱っていたせいもあるのかもしれない。

それはともかく、伯母がとっくに瓜連村から姿を消してしまっているという可能性に、智津香は東京を発つ前に思い当たるべきだったのに。しかも話を聞いた近所の住民によれば、春江の引っ越し先は多分、清和井市のはずだというのである。

ＪＲで清和井市へ逆戻りするはめになった智津香は、それから一ヶ月近くホテルを転々としながら、伯母の消息を捜し求めた。引っ越し先の町名も不明なのに見つけられるわけはない、田舎とはいえ県庁所在地、人口は十数万人……そう半ば諦めつつも、とにかく捜さずにはいられなかった。

ただ当てもなく駈けずり回らずとも、なんとかポイントを絞れるかもしれないと思いついたのは、昔の伯母の口癖を憶い出したからである。春江は食生活にこだわりがあって、ハウス栽培の野菜や養殖の魚、輸入ものの肉などを毛嫌いしていた。スーパーマーケットで食材を買うやつの気が知れない、そんな素性の怪しいものを平気で子供に食べさせたりするからみんな頭が悪くなって不良になるんだ、などと自分は子育ての経験もないくせに言いたい放題。主張として一理あるかどうかは別問題として、とにかく独善的でしつこい上に口汚いとくるから、聞かされるほうはただ辟易する。たかがスーパーでトマトやニンジンを買ったくらいで、どうしてここまで悪しざまに罵られなければならないのか、その理不尽さに泣きたくなるほどだ。生前の智津香の母、香代や、そして当時結婚したばかりだった智津香自身も、たまに上京してくる伯母の舌鋒の矢面によく立たされたものだった。

智津香は清和井市内で地物野菜を扱っているという市場へ赴き、そこで定期的に露店を開いている農家のひとたちに、伯母の特徴を挙げて次々に聞き込みをしてみた。すると幸運にも「ああ、澤村さんのこと？」という老人に巡り会えたのである。ただ「そういや、もう長いこと、顔を見ないなあ」とのひとことに智津香は嫌な予感を覚える。はたして、ようやく春江が住んでいたという街の借家へ辿り着くことができたものの、その古い家屋はすでに空き家になっていた。

「――澤村さんでしたら、ちょうど去年のいま頃でしたか、お亡くなりになりました」と、その地区の民生委員に教えられる。「昨年はねえ、いろいろ変な年でしたよ、ええ。異常気象っていうんですか、十月だというのに、住跡川のほとりの桜が満開になったりしましてね」

余所者の智津香には聞き慣れない川の名前。耳を右から左へ素通りする。

「ご高齢だったのに加えて、暖かいのか寒いのか判らない、そんな変な気候のせいで、体調を崩されたんじゃないでしょうか」

生活保護を受けて暮らしていた春江は常日頃から近所の住民たちに、自分に身寄りはいない、天涯孤独の身だと語っていたという、それはそうだろう、智津香は皮肉交じりの苦笑を洩らす。できることなら伯母は自分の苗字も変えてしまいたかったにちがいない。なるほど、どうやら春江は己れの弟の忌まわしい因縁を、こうして人生の終着駅で完璧に封印することに成功したようだ。この民生委員にしても、十三年も前に東京で起きた一家無理心中事件の詳細などまったく知るまい。たとえ知っていたとしても「澤村」なんてありふれた苗字だ。いま眼の前にいる智津香の父親がその当人だった、なんて思いもよらぬことだろう。

春江の遺品は、近所の老人会で仲がよかった友人たちの判断で処分したはずだという。葬儀もその仲間が中心になって執り行ったが、遺骨をどうしたかは民生委員も知らないらしい。春江と前後してその老人会のメンバーのほとんどが他界しているのだ。市役所に問いあわせればなにか判るかもしれないと教えられたものの、智津香にそこまでするつもりはない。

智津香は、生きている伯母に用があったのだ。少なくとも春江の墓参りをしにきたのではないし、そんなことをしてもなんの意味もない。

「まあその、大往生だったと言ってもいいんじゃないでしょうかね。八十も半ばを過ぎておられたようだし」智津香の消沈ぶりをまったくちがう意味に解釈したらしく、民生委員は心なしか同情する口ぶりだ。「心配なのでわたくしどもも、できるだけ毎日お顔を拝見するようにしていました。そのお蔭で発見も早かったし」

そうなのだ。どうして智津香は真っ先に、春江が逝去しているかもしれないことに思い当たらなかったのだろう。もしも智津香の父が存命なら八十一。その父より七つか八つ上だった伯母は、たとえ生きていたとしても、惚けたりして話をするどころではなかったかもしれないのに。

深く考えもせず発作的に東京の自宅を飛び出してきてしまった己れに呆れながら、智津香は民生委員に礼を述べ、辞去した。それが昨日、十月五日のことだった。

そして今朝、とりあえずホテルをチェックアウトした智津香は当てもなく停留所でへたり込んでいるときにたまたまやってきたバスに乗り込み、こうして〈ぱれっとシティ〉へ流れ着いてきたというわけだ。東京で引き出したときは後ろめたくなるほどの額だった資金も、服や下着を洗濯せず使い捨てにしたり宿泊代や食事代を倹約しなかったつけが回ってきて、そろそろ底をつきかけている。帰京する旅費もない。どうせ夫のもとへ戻るつもりはない。祐哉のほうだって、かたちばかり妻の捜索願くらいは出しているかもしれないが、本気で彼女に戻ってきて欲しいとは思うまい。
来年、わたしは五十歳になる……シネマコンプレックスに出入りするひとびとの姿を眺めながら智津香は、ぼんやり考えた。みんながみんな、自分よりずっと若々しい。実際には智津香よりも明らかに歳上と知れる年配の客もいるのだが、それすら自分よりも艶々、潑剌（はつらつ）として見える。
袖口ラッフルのトップに花柄のロングスカートという自分の装いが、ふいに場違いという表現で済ませるにはあまりにも泥臭く智津香には感じられ始めた。一昨日わざわざデパートで買ったものだ。加えて美容院へ行き、まとめていた長い髪を肩の外へ拡がるソバージュにしたときては、センスのない若づくりにもほどがある。自分の趣味ならば別にかまわないが、そうじゃない。なんでこんな変な恰好をしているのだろう。決まっている。昨日、伯母に会えるつもりだったからだ。春江がこういういでたちの女が大嫌いだったからである。いや、
伯母のことなんか、もうどうでもいい。順一が死んだ以上、わたし自身も生きる意味を失ってしまった。息子のあとを追う。すでに決心は固めている。問題はその時間と具体的な方法だけ。どうせなら五十の大台にのる前に、やってしまおう。ただひとつ引っかかるとすれば、移動費がもうない以上、伯母と同じこの清和井市で死なざるを得ないということ

とだが、それには多少抵抗がなくもない。やっぱり、なんとか東京へ戻ろうか……

「――ここ、いいですか？」

そんな柔らかい声がして智津香は我に返った。視線を上げると、面長で栗色の髪の若い娘が、彼女の顔を覗き込んでいる。

大きなふたえ目蓋の眼がアンニュイで、おとなっぽいムードを醸し出す。小柄な智津香よりもだいぶ高そうな身長を、マニッシュなジャンパーとジーンズに包んでいる。

きょとんとしている智津香の隣りの椅子に、その娘は悠然と座った。「ちょっとおはなし、してもかまいません？」

「どうぞ」と答えたものの智津香は内心大いに戸惑う。ひょっとして知り合いだろうかとも思ったが、東京でならいざしらず、清和井市でこんなに親しげに振る舞われる覚えは全然ない。

「映画」と若い娘は頭上の巨大ディスプレイのほうへ顎をしゃくってみせた。「は、お好き？」

「昔はよく劇場に通って観たものだけど。最近は、さっぱり」

「さしでがましくてごめんなさい。さっきから拝見してたけど、なかへお入りにならないの？」

「いえ……」

映画を観にきたわけじゃなくて、ひとを待っているだけだからとか、それらしい言い訳をしようかとも思ったものの、結局やめた。変なひとだと思われそうな気もしたが、黙り込んで溜息を洩らすのを智津香は抑えられない。

「きれいなものって、さ」と娘は急に、くだけた口調になった。「画面の向こう側にあるからこそ、きれいなんだよね」

「画面の向こう側？」

「あたし、イチョウ」

いきなり自己紹介されて面喰らった智津香は、すっかり相手のペースに巻き込まれてしまう。

「イチョウ……というのがお名前？」

「渾名みたいなもの。あなたは？」

「智津香」

「例えば、智津香さんが映画を観て、きれいだなって思う俳優だって、実際に会ってみたら、さほどでもなかったりするよ、きっと」

「そうかしら」

「ま、ひとくちに俳優といっても、いろいろなタイプのひとがいるからね。さまざまだろうけど、少なくとも現実より二次元画面のほうが有利な点が、ひとつある」

「有利な点？」

「それはね、映画のなかのひとたちは、こちらがいくら手で触れようと思っても絶対に触れられない、ってこと」

「そりゃそうよね。スターなんだから。個人的に知り合える機会もないし」

「そういう問題じゃなくて。逆に言えば、直接手に触れられないことこそが、スターの神秘性を確保している。そういうからくりよ」

ずいぶん穿（うが）った見方、そして喋り方をする。このイチョウという娘はいったい幾つなんだろうと智津香は思う。大学生だと言われれば、そのくらいだろうなと納得する一方、まだ高校生でも通用しそうな気もして、年齢不詳だ。

「手を触れられない、これこそ、きれいなものがきれいであるために確保しなきゃいけない条件さ。でもね、観る側にしてみればやっぱり、映像ではものたりないわけだ。そうでしょ」

「ものたりない……どういうふうに？」

「手を触れられないという点では同じでも、二次元映像ではなくて、できれば三次元的実体を目の当たりにしたい。そうでしょ」

首を傾げる智津香の鼻先でひとさし指を立てたイチョウは、それをゆっくり横へ倒すようにして伸ばした。その動きを追い、指し示されたほうへ智津香が視線を流すと、化粧室。

彼女がそちらを向くのを待っていたかのようなタイミングで男性用のドアが開く。そして。

そして、彼が出てきた。

まだ高校生、いや、中学生くらいに見える。イチョウと智津香のほうをちらりと一瞥(いちべつ)するや、そっと頷いて寄越し、エレベータとは逆方向、階段のほうへ消えてゆく。

その子の後で化粧室から小柄なスーツ姿の男が出てきた。彼女たちのほうを、ちらりと盗み見たようだ。見たことのある顔のような気もしたが、智津香はそちらに注意を払う余裕は全然なかった。たったいま目撃した少年の美しさに、すっかり心を奪われてしまって。

その妖しいばかりの透明感、奇蹟のようにバランスのとれた造作、すべてが彼女の心を震わせる。夢見心地とは、こういうことか……智津香は生まれて初めて実感したような気がした。

「どう？」

イチョウの声で我に返った。

「どう……って？」

「いま見たでしょ。クルミちゃんていうの」

「クルミ……」

「あの子、どう？」

「だからなんなの、どう、って？」

「例えば一日、あの子のこと、ひとり占めにしたりしたくない？」

掠れた笑い声が洩れそうになるのを、智津香は寸前で喉の奥へ呑み込む。なんだ。ひどくばかばかしいような、それでいてホッとしたような心地を味わう。結局その手の勧誘か、と。

「といっても、誤解しないでね」イチョウは彼女の胸中を見透かしてか、ひとさし指を車のワイパーのように左右に揺らせた。「さっきも言ったように、これはね、相手の身体には触れられない、というのが肝（きも）なの。判る？」

智津香は判らなかった。首を横に振る。

「あの子には触れちゃいけないの。だって彼、未成年だもん。あたしたち、別に違法なことをするつもりはないんだ。判るでしょ？」

「判らない」

「残念だけど、あの子と寝るとか、そういうことはできないんだって言ってんの」

「じゃあいったい、なんなのこれは。わたしはなにをさせてもらえるの」

「美の観賞」

「なんですって？」

「あなたはね、あの子のすべてを覗き見することができる。文字通り、すべてを」

「覗き見……って」

「あの子と同じ部屋に籠もるの。ふたりっきりで。あの子の時間はあなたの時間。あなたの空間はあの子の空間。でも、彼に触れることはできないし、喋ることもできない。あくまでも彼は自分がひとりでいるかのように振る舞う。あなたは存在しないものとして扱われる。いわば透明人間。これは透明人間クラブなの」

「意味が判らない。全然」

「それはおいおい判るから心配しないように。ともかく、あの子を一日、ひとり占めにする気があるかないか、さあ、どっち？」

「ある」反射的にそう答えたものの、智津香はすぐに首を横に振った。「あるけど、ごめん。わたしお金ないんだ、全然。悪かったね、無駄足踏ませて。他をあたって」

「誰が有料だって言った？」

「え……だって」

「お金なんか要らないよ」

「だって」智津香は用心深く訊く。「だってそれじゃ、あなたにはいったいどういう得があるの」

「それは、そちらが心配してくれなくてもいい問題だとしか言いようがないね」

うさんくさい話だ。内容もさることながら智津香には、イチョウという娘の淀みない喋りっぷりが気になる。こちらがどういう疑問を呈するか、いちいち想定してあるかのようだ。どうやらこれが初めてではなく、同じような勧誘をもう何度も何度も経験済みなのではあるまいか、そう思われた。

「ほんとに、ただ？」

「ただ。ほんとに」

「じゃあ、ひとり占め、させて。これからすぐに、させてもらえるの？」

「いや。それはちょっと待って」

「待つって、いつまで」

「明日。いろいろ準備もあるし」

「待てないわよ」

「ちょっとちょっと。そんなに急かなくても」

「急いてるわけじゃない。わたし今夜、泊るところもない身なんだもの」

「え？」

「家出中なの。そもそも清和井へ来るつもりはなかったんだけど」と事実を多少脚色して語る。「なんとなく飛行機に乗ったら、こうなった」

「智津香さん、地元のひとじゃないんだ」

「家は東京。といっても、もう自宅はひと手に渡っちゃっているけど」

これも確認したわけではなく、いずれそうなるだろう、というだけの話だが。

「なんだか複雑そうだね」

「まあね。そんなわけでわたし、いますぐじゃないと困るの」

「お金がないって言ったよね。ひょっとして街へ戻るバス代も？」

「うん」

「仕方ないなあ」

舌打ちしてイチョウは財布を取り出すと、お札を何枚か智津香に手渡した。いかにも、ほんとはここまでしたくないんだけど、とでも言いたげに。

だがこの不本意げな態度は単なる芝居で、実は己れの慧眼に内心ご満悦だったらしい。声をかけてみたら失踪中の身という、これ以上ないくらい条件にぴったりの女だった、と――智津香がそう思い当たるのは、ずっと後になってからである。

「これで、とりあえず今日は街へ戻って、どこかホテルに泊まりなよ。で、明日の、そうだね、朝の十時にここの駐車場で。つっても広いか。このシネコンのすぐ裏の駐車場。ね。判る？　じゃ、そこで落ち合おう。いい？」

翌日の段取りや注意事項をいちいち細かく指示しておいてからイチョウが立ち去った後、智津香はぼんやり掌のなかのお札を眺め、数えてみた。ひょっとしてこれ、贋札かしら？

透かしを見る限りでは本物みたいだが……どういうこと。

性的交渉はなしにせよ、無料であんな美少年とふたりきりにさせてあげます、というのはいったいなんだろう。意図や思惑が全然判らない。しかもこうして今夜の宿代まで立て替えてくれるなんて。うさんくさい、というより不気味だ。まあ、さしあたって他にすることもないし。智津香はこの茶番に付き合ってみることにした。

夜、市内のビジネスホテルで一泊した智津香は翌朝、再び路線バスに乗り、指定通り午前十時に〈ぱれっとシティ〉へやってきた。シネマコンプレックスが入っている建物の裏の駐車場で待っていると、イチョウが現れた。

少し離れたところへ連れてゆかれる。白いミニバンが停めてある。その助手席に座っていたのが、モルモットを連想させる若い娘だ。ヒイラギだよ、とイチョウに紹介される。もうひとり、運転席に座っている若い娘も紹介された。こちらはアケビだという。えらが張った彫りの深い顔だちで、欧米系の男の子とまちがえそう。智津香が見る限りでは、このアケビが三人のなかでいちばん年嵩っぽい。それでも成人式を迎えたばかり、という感じ？

イチョウに促され、ミニバンに乗り込む。三列シートで、後部がオープンスペースになっている。そこに車椅子が置いてあった。

窓はすべてカーテンで覆われていて、外が見えない。なにやらものものしい雰囲気に智津香が怯んでいると、イチョウが隣りへやってくる。

「バッグ」と手を伸ばしてきた。「こちらであずかっておくから。それと、上着も脱いで」

戸惑いながらも言われた通り、たったひとつの荷物である大振りのショルダーバッグ、そして袖口ラッフルの上から羽織っているカーディガンをイチョウに手渡した。そういえば昨日、あの美少年のもとへ私物はいっさい持ってゆけないとか注意されたっけ。つまり持物検査ってこと？

「智津香さん、地元じゃないって話だったけど一応念のため。今日ここへ来ること」イチョウは受け取ったショルダーバッグを軽く叩いてみせた。「誰にも言ってないよね？」

頷く智津香を、じろじろ眺め回す。「変なものを持ってきていないよね？　昨日も言ったけど、特に携帯電話、デジカメなんかは厳禁」

「なんにもないわ」

にっと笑うとイチョウは、智津香のカーディガンとショルダーバッグを助手席のヒイラギに、まとめて手渡した。ショルダーバッグはともかく、どうしてカーディガンまであずかる必要があるのかと智津香は首を傾げたが、どうせ大した意味はないのだろう、そう思いなおす。

「心配しなくても大丈夫。今日が終わったら、ちゃんと返すから。財布も、なにもかも」

「信用してるわ」

どうせ現金にしても、盗られて惜しいほど入っていない。というかそもそも彼女から借りた分の残りなんだし。

「けっこう。じゃあね。これを」とイチョウが取り出したのはサングラスだ。「あなたに掛けてもらうけど、その前に」

命じられるまま智津香が眼を閉じると、目蓋をガーゼのようなもので覆われ、テープで留められた。目隠しをされたその上からさらに、サングラスを掛けさせられる。

「どう？　痛くないかな。逆さ睫毛になったりしていない？」

「それは大丈夫だけど。なんにも見えない」

「そのためのものだもの」イチョウはくすくす笑った。「さ、いきましょうか」

さきほどアケビと紹介された娘が、エンジンをかけたらしい。ミニバンが走り出す振動が伝わってきた。

移動中イチョウもヒイラギも、そしてアケビも、三人ともひとことも口をきかない。視界を奪われている智津香にとっては落ち着かない沈黙だったが、どうせ適当な話題も思い当たらない。

半時間ほども走行しただろうか、すっかり時間の感覚を失ったまま、やがてミニバンのエンジンは停止した。

ドアが開く音。方向からして助手席のようだ。一旦外へ降りた誰かが、後部ドアから再び乗り込んできた。眼を塞がれているので見えないが、位置関係からして多分ヒイラギだろう。ヒイラギは智津香に手を貸し、彼女をオープンスペースに据えられていた車椅子に乗せた。脚に膝掛けとおぼしきものが載せられる。

がくんと縦に軽く揺れ、身体が前に押し出される浮遊感覚。それが徐々に降下すると同時に、智津香の頰を撫でる空気の感触が微妙に変化してゆく。どうやらリフトかなにかを使って、車椅子ごとミニバンの外へ出されたらしい。さっき見たときは全然気にも留めなかったが、これって介護用の特殊車輌なのだろうか？

「さ、行ってらっしゃい」というイチョウ、そして運転手のアケビはそのまま車内に残るらしい。

ヒイラギに車椅子を押してもらいながら、智津香は深く息を吸い込み、耳をそばだてた。

特に何も臭わない。何も聴こえない。

＊

「はい。段差がありますからね」

初めてヒイラギという娘が口をきいた。あるいは第三者の耳をはばかってでもいるのか、いかにも眼の不自由なひとの介護に従事するサービス業者のような、明るく気配りのきいた声音。紹介されてすぐに目隠しをされたが、スポーティで愛嬌がありそうな風貌はわりと印象に残っている。

智津香はただ押されるがまま。車輪が段差を乗り越えたのか、がくんと身体全体が上下する。

そしてしばらく立ち止まった。どうしたのかと思っていると微かに空気を圧縮するような音。やがて扉かなにかが開く気配がして、智津香の乗った車椅子は前に押された。音の反響が籠もり気味で、狭い場所に入ったようだと知れる。どうやらエレベータのなからしい。

さっきよりも少し鋭い空気の圧縮音がして、エレベータは動いた。微かな浮遊感覚。上昇する箱のなかでヒイラギが車椅子の向きを変えた。

何階分、上がったのだろう。扉が開く気配。智津香は前へ押し出された。

また立ち止まる。一拍おいて、かしゃんという金属音。鍵か、と智津香は思う。ヒイラギがどこかのドアのロックを外したらしい。

きいっとドアが開かれたとおぼしき音がして、智津香は前へ押された。背後でドアが閉まると、それまで流動的だった空気が急に止まり、静寂の質が変化する。室内に入ったらしい。

「はい、着きました。もういいですよ、これ」

ヒイラギにこめかみのあたりを触れられ、智津香はサングラスを外した。テープとガーゼを剝がし、車椅子から立ち上がる。

見たところ、マンションの沓脱ぎのようだ。それもかなり高級な部類ではなかろうか。真新しく、広々としている。

「ようこそ、透明人間クラブへ。どうぞ、上がって」

言われるまま智津香は靴を脱いだ。

ヒイラギはついてくるつもりはないらしく、車椅子の傍らに佇んだまま「奥に彼がいます」と一見無邪気そうな笑みを浮かべた。「時間が来たら迎えにくるので、それまでどうかごゆっくり。でもその前に、もう一回確認しておきますね。しつこいとお思いだろうけど」

いいえ、と呟き、智津香は部屋に上がった。

「これからあなたは透明人間になります。いいですか。その意味、判ってますか。彼は奥にいます。でもクルミちゃんにとって、いまこの部屋にいるのはあくまでも彼自身ひとりなのであって、他には誰もいない。そういうことになっている」

「わたしは存在しない、というわけね」

「そう。だからこそあなたは心ゆくまで彼のことを眺め、思いのままに愛でることができる。お望みならば彼がトイレへ行こうが風呂へ入ろうが、なんら咎められることなく、ついてゆける。なにしろあなたは透明人間なんだから。ただし」とヒイラギの口調がここで重苦しく芝居がかる。「あなたは彼に触れることはできません。触れてはいけない。喋りかけてもいけない。だってあなたは」

「存在しないはずだから、でしょ？」

「そのとおり。たとえあなたが喋りかけても、彼は反応しない」

「わたしが手で身体に触れても？」

「それは」ヒイラギは子供っぽい含み笑いをしてみせた。「どうかなあ。試してみたりはしないほうがいい、とは言っておきましょ」

「約束をやぶることになるんだものね」

「それもそうだけど、それ以前に」

車椅子を置いたままドアを開け、ヒイラギは出ていった。その間際、声をひそめ、謎めいたひとことを残してゆく。

「もしそんなことをしたらね、死んでしまうかもしれないから、よ」

殉教1

遺体をひとめ見て長嶺尚樹(ながみねなおき)は、それが古岳由美(こだけゆみ)だと判った。直接習ったことはないが、長嶺の小学校時代、新任教諭だった女だ。たしか後に結婚退職をしたと聞こえてきたので、いまは古岳姓ではないかもしれないが、ともかく彼女にまちがいない。長嶺には確信があった。

が、その場では敢えて口をつぐむことにした。遺体は臀部を高く浮かせる姿勢で前のめりに倒れている。彼女の顔面は草むらに埋没していて見えない。ウエーヴのかかった茶色の髪が、捨てられた鬘(かつら)のように拡がっているだけである。顔も見えないのに、なぜ遺体の身元が判ったのかを同僚たちに説明するのは鬱陶(うっとう)しい。仮に説明してみたところで、すんなり納得してもらえる——というより、信じてもらえる——とも思えない。面倒は避けるに限る。

「——ここで殺されたんじゃ、なさそうだ」と、知原(ちはら)は早朝の河川敷を見回した。「どこか別の場所でやられて、車か何かでここまで運ばれてきた、そして——」

「背中を押されるか、尻を蹴とばされるかして外へ放り出され、そのまま放置された」

宍戸（ししど）が知原のあとを引き取った。「という感じか、水泳の飛び込みに失敗したみたいなこの姿勢からすると」

　遺体は原色鮮やかなツーピースのスーツを着ている。不自然な姿勢のせいでスカートが捲れ上がっている以外は、特に着衣に乱れはない。剝き出しになった太腿の肉には黒いガーターベルトが喰い込んでおり、高価（たか）そうな光沢を放つストッキングを吊っている。遺体の横に転がっているエナメルのハイヒールも、おろしたてのような輝きだ。放り出されたときに自然に脱げたという感じではなく、犯人が遺体と一緒に投げ捨てたらしい。

「普段着じゃない、って感じですね」という女性鑑識課員のひとことに、尾之上（おのうえ）が頷いた。

「そうだ。どう見ても気合の入った恰好だ。特別なイベントの類いがあったのでお洒落をした、ということだろう」

　被害者が最後に出かけた、もしくは出かけようとしていた場所が割り出せれば、そこから犯人の素性へ辿り着くのは意外にたやすいかもしれない、そんな含みがあった。

　制服警官たちが青いビニールシートで周囲を覆うなか、捜査官たちは遺体の向きを変えてみた。死後硬直のせいで、臀部を突き出して脚を「く」の字に曲げ、両腕を羽のように「八」の形にひろげた恰好のまま、横向きとも仰向けともつかぬ中途半端な角度で被害者の顔がようやく現れた。枯れ葉と土にまみれた厚化粧が、罅（ひび）われた土塀のようだ。

これがほんとうに古岳由美なのか……皮肉なことに遺体の顔を見た途端、長嶺の自信は揺らいだ。最後に彼女を見てから、もうかれこれ二十年あまり。古岳由美がどんな顔をしていたか、もう憶い出せない。というより昔から、あまり彼女の顔をよく見ていなかったのかもしれない。顔などに興味はまったくなかったから。

遺体の、茶色に染められた髪を掻き上げてみると側頭部に殴打されたらしい傷、そして首に紐か何かで絞められたとおぼしき策条痕が認められる。さらにジャケットの下のブラウスは裂け、血痕にまみれていた。ジャケットの裾をさらに捲ってみると、脇腹にも刺し傷が数ヶ所、認められる。ジャケット自体にはなんの損傷もなかったことから、殺害時、被害者はこれを脱いでいたと考えられる。殺害後に犯人に着せられたのだろう。

「殴って、絞めて、刺して。念入りなことだ」宍戸が嘆息した。「よっぽど恨みの深いやつか、それとも――」

この段階ではどれが直接的な死因かは特定できなかったが、死後硬直、死斑の様子、そして眼球角膜混濁の度合いなどから、死後八時間から十二時間程度と推測された。

「昨夜の六時から十時までのあいだってところか、殺害されたのは」

コップかなにかを摑もうとして途中で思い留まったかのような形で硬直している遺体の手を、改めて長嶺は見た。昔とちがって爪がやや長めでマニキュアをしているが、この形状だけは忘れられない。たとえ多少肌の張りが悪くなっていようとも、まちがいない。さきほど彼女の顔を見て揺らぎかけていた長嶺の自信は、再び堅固なものになっていた。彼女は古岳由美なのだ、と。

遺体の傍に落ちていたハンドバッグをあらためていた尾之上が「財布があるぞ」と声を上げた。中味の札は十枚はくだるまいとすぐに見てとれる厚さに膨らんでいる。

「カード類も手つかず、か」

尾之上の視線を追うと、銀行のキャッシュカードが彼の白い手袋に載っている。「ハズヤ ユミ」と片仮名で名義が刻まれていた。「ハズヤ」が彼女の結婚後の姓なのだろう。カード類と一緒に名刺が何枚か出てくる。そのうち一枚は〈しとろ房〉という名前の蕎麦屋のものだった。全国展開しているチェーン店で、記されている住所は当然、清和井市店のそれだ。その一枚だけが妙に長嶺の印象に残ったが、なぜなのか、このときは判らなかった。

「物盗りじゃない、ってことですね」

「うむ。それにしても羽振りがよかったんだな、被害者は。このハンドバッグもブランドものだろ」

「それ」変な義務感にかられ、つい長嶺は口を挟んだ。「偽物です」

「ん？」

「ほんとだ」頷いたのは、以前別の事件絡みで鑑定講習を受けたことがあると話していた知原だ。「典型的なコピー商品ですね」

「本物と思い込んでいたのか、偽物と知って使っていたのかは判らないが、ざっと見た感じ、彼女の身なり全体が、よそゆきの雰囲気であることはたしかだ。特別なおでかけ、だったんだろう」

「男、ですかね」

尾之上は重々しく頷いた。「まだ判らないが、その線はかなり濃そうだ」

長嶺はもう一度、遺体の手を見た。二十余年の歳月を超えて古岳由美の身元を、彼に向かって無言で主張した、その手。ふいに無惨な思いにかられる。どう見てもピアノを弾くには相応しくない長めの爪――どうやら、つけ爪らしい――そしてマニキュアなどに対する嫌悪が込み上げてきた。

「詳しいことは解剖の所見待ちだが、昨夜、六時から十時までのあいだ、被害者はどこへおでかけだったのか、だな。問題は」

それにしても、と尾之上は低く呟きながら背後を振り返った。「もう十月だというのに……」

土手の並木道には、見渡す限り桜が咲きほこっている。上陸回数記録を更新する台風による大雨、真夏日の多い異常気象が原因で樹木が時間感覚に変調をきたしたらしく、満開だ。その季節外れの彩り鮮やかな眺めがあるいは、なにかの凶兆と映ったのか。

古岳由美の手——長嶺はふと戦慄めいたものを覚えた。この手がいずれ自分を、彼女が最後にいた場所へと導くことになる……ふいにそんな予感が、なんの根拠もなく胸に渦巻いた。

＊

十月六日の早朝、清和井市の郊外を流れる住跡川の河川敷で、ジョギング中の住民に発見された他殺体の身元は筈谷由美、旧姓古岳、四十八歳と確認された。彼女は市内で夫、筈谷利道とふたり暮らし。昨年の春、ひとり息子の秀治が他県の大学へ進学している。夫の利道は銀行員で、なかなか多忙の身であるらしく、真夜中にならないと帰宅しない毎日だった。いきおい夫婦関係はすれちがいがちで、その寂しさをまぎらわせようとしてか由美は息子にべったりの母親だったらしい。

しかし秀治にしてみれば、そんな母親の過度の干渉が疎（うと）ましかったのだろう、大学生になった途端、いろいろ口実をつけ、長期休暇中でさえ滅多に実家へ寄りつかなくなった。その影響で由美は情緒不安定になり、自宅で開いていたピアノ教室もやめ、脱け殻のような生活を送っていたという。

「絵に描いたような、中年女の悲哀と欲求不満ってやつだ」やや侮蔑的に宍戸は鼻を鳴らし、「男へ走る条件はすべて揃っていた。というより、これで走らんほうがおかしいわな」と決めつける。

由美はホストクラブ遊びに嵌まっていた、というのが宍戸の考えだ。その根拠は主にふたつある。

ひとつは司法解剖の所見だ。由美の遺体からはかなりの量のアルコールが検出され、胃にはほぼ未消化のキャビアやハム、海老、クラッカー、そしてフォワグラなどが残っていた。

「クラッカーにのせたキャビア、オリーヴオイルとイタリアンパセリをからめた生ハム、海老はシュリンプカクテルあたりで、フォワグラはテリーヌといったところか。酒のつまみとしてはなかなかお洒落で高級な部類と言うべきでしょう。少なくとも着飾った女がひとりでそんなものを楽しむとは思えん。女友だちと遊びにいっていた可能性だってそりゃなくはないが、いまのところ被害者の知人で当日食事に付き合ったという者はいない。彼女は殺害時、まずまちがいなく男といっしょだったはずです。正確に言えば、もてなされていた、と」

もうひとつは金の動きだ。由美は夫に無断で、定期預金の一部を取り崩していた。加えて消費者金融に、さほどの額ではないものの、借金があった。筈谷家では基本的に利道のほうが財布の紐をにぎっており、その目を盗んで預金をいじる程度では充分な金を工面できなかったということらしい。

実際、昨年息子が離れていって以来、腑抜けになっていた由美が、この夏頃から急に活きいきしていたという。言動が艶っぽくなり、髪の手入れやエステ、ネイルサロンなど、女としての自分を磨くことに余念がない様子だった。宍戸のみならず、夫以外の男の存在を疑う近所の住民は少なくなかったが、肝心の利道本人は相変わらずの仕事人間で、露骨に家事を怠けるようになった妻の変化にも無関心であったという。

ただの愛人ではなく、ホストクラブ遊び説を宍戸がとなえた理由は、彼女の殺害方法にある。由美の直接の死因は首を絞められたことによる窒息死だったが、胸や脇腹のみならず背中まで、上半身のあちこちをめった刺しにされている。なかには死亡後にもしつこくつけられたと思われる傷もある。刺創の多さ、その角度や凶器の形状の多様さに鑑(かんが)みて、単独犯ではなく、複数犯の可能性がきわめて高いという所見が出たのだ。

宍戸の考えでは、由美はホストクラブ遊びに嵌まり、特定のホストに入れ込んだ。そのホストともっと個人的に親密になりたいがためにあれこれ姑息(こそく)に画策したのが行き過ぎて、店を巻き込んだトラブルに発展し、厄介ばらいのため筋のよくない従業員たちの手で、よってたかって始末されたのではないかというのだ。

しかし、この仮説はあっさり否定されることになった。調べてみると由美は、夏頃から高価な服や矯正下着を含む高級ランジェリー、化粧品などをかなり無節操に買い込んでいる。それらの代金にエステやネイルサロンへ通うための費用を足すと、それで預金の一部や消費者金融で工面した金はほぼ使い切ってしまう計算になるのだ。つまり、彼女にはホストクラブ遊びで散財するような金銭的余裕はなかった、ということになる。念のため市内のめぼしいホストクラブを調べてみたが、由美らしい女が出入りしていた形跡はなかった。

それでも、せっせと女を磨いていた以上、男の存在は濃厚にちらつく。不倫をめぐるトラブルの有無を重点に、捜査陣は愛人の痕跡を調べたが、これがまったく出てこない。筈谷家の近所でそれらしい人物が出没していたという証言は皆無なため、当然外で会っていたものと思われるのだが、通常は密会の段取りその他のために大活躍するはずの由美の携帯電話には、それらしい通話やメールの送着信記録が全然残っていない。それどころかこ最近、ろくに触れてもいなかったようで、遺体発見時、彼女の携帯電話は自宅で、充電器から外されたまま埃をかぶっている状態だった。筈谷家の固定電話のほうも、特に不審な通話記録は見当たらない。自宅には主に息子の秀治が使っていたというパソコンがあったが、これまた何のデータも残っていない。出会い系サイトを利用していた形跡もない。ハガキひとつ、見つからない。

筈谷家は利道のそれとは別に乗用車をもう一台所有しており、こちらは由美が運転していた。以前の彼女はこれでよく息子を学校へ送り迎えしていたという。秀治が実家に寄りつかなくなってからしばらくはハンドルをにぎるのも億劫そうだったのが、夏以降、エステや買物のために外出頻度が上がり、うってかわって活きいきと自宅前で車に乗り降りする彼女の姿が、近所の住民によって目撃されるようになる。ただ普段から男と会う際にもこの車を使っていたかどうかは不明で、少なくとも十月五日に、由美が乗用車を自宅のガレージから出した形跡はない。念のため車内が調べられたが、グローブボックスに彼女自身の運転免許証が置きっぱなしになっているのが発見されただけだった。筈谷家以外の人間が乗車したと思われる痕跡も、まったくない。

普通に考えれば、夫の利道に気づかれぬよう、愛人との連絡や、その存在をにおわせるような証拠はいっさい残さないようにしていた、ということになるのだろう。しかし由美に近しい関係者ほど、そうした周到な用心を、粗忽なばかりに無防備な彼女にできるわけがないと口を揃える。たとえ愛人から注意するように戒められていたとしても、その事情は変わらないという。本人はうまくやっているつもりでも、頭隠して尻隠さず、周囲にばれていることにもまったく気づかず有頂天になる、由美の不器用な性格からして、そんな醜態を晒すのがオチだったろう、という。もしもほんとうに彼女が不倫をしていたのならば。

あまりにも男の姿が見えてこないため、ひょっとしたら由美が最近色気づいていたのは息子の秀治のためではないか、などという極端な説まで飛び出した。息子の関心を取り戻さんがため、母親としてではなくひとりの女として見られようと思い詰めていたのではないか、それを拒絶した秀治と揉めた挙げ句、殺されたのではないか、というわけだが、もちろんこの突拍子もない仮説はすぐに否定された。夫の利道と同様、県外にいた秀治にも、十月五日の夕方から夜にかけて、しっかりしたアリバイが確認されたからである。

「どうやって連絡を取り合っていたのか不明だが、おそらく男がいたんだろうな。それはたしかだと思う。生前の被害者は、なかなか男好きのする美人だったようだし」

これといった捜査の進展もないまま師走に入ったある日、聞き込みに同行中の知原が洩らしたそんな言葉が長嶺に、小学校時代のことを憶い出させた。新校舎が建てられたばかりの年度だったから、たしか五年生のときだ。朝礼でグラウンドに集まった全校生徒の前で、大学を出たばかりだという女性教諭が新任の挨拶のため登壇した。それが古岳由美だった。彼女を紹介する校長が「ご覧のとおり、大変な美人で」と教育現場にはあまり相応しくない、軽薄なものいいをしたため、変に記憶に残る。遠目のせいもあり長嶺はただけばけばしく感じただけだったが、おとなはまたちがうものを見出したのだろう。爾来、男の教員たちが似合いもしないのに髪にパーマをかけたり、それまでくたびれたジャージイで校内を闊歩していた者が急にこざっぱりしたカジュアルウェアを着たり、メガネのフレームを替えたりして互いにお洒落を競い合い始めたのには、子供心にも失笑を禁じ得なかった。

彼女が直接授業を受け持つこともなかったため、本来なら長嶺にはくだんの女性教諭にそれ以上関心を抱く謂れはなかった。そのまま顔も名前も忘れてしまっていただろう。それが一転、古岳由美という女の存在を心に刻みつけられたのは、長嶺が音楽教室の掃除当番だったことがきっかけだ。

ある日の放課後、音楽教室の窓をベランダ側から拭いていた長嶺がふと室内を覗き込むと、他の当番の生徒たちはみんないなくなっていた。ぼんやり拭き掃除をしていた彼ひとり、置いてきぼりを喰らった恰好だ。自分も早く帰ろうと思ったものの、広い音楽教室内にただひとりという状況に、ふと爽快感のようなものを覚える。特に当てもなくぼんやり歩き回っているうち自然に、グランドピアノの前の椅子に腰を下ろした。なんの気なしにピアノの蓋を持ち上げてみると、生徒たちの悪戯(いたずら)防止のための鍵が掛けられておらず、すんなり開いた。

横に並んだ白い鍵盤と黒い鍵盤。吸い寄せられるようにして長嶺は、そこに自分の指を置いた。親指がCの音を、ぽーんと鳴らす。なんの変哲もない音が、ふいに静寂を掻き乱し、どこかしら猥雑な雰囲気を醸し出す。しばらく残響に身を委ねていた長嶺は、CとDのあいだに伸びている黒鍵を押した。C♯。すると。

半音上がったその響きが、なんとも言えず官能的な戦慄を彼にもたらした。眼前の白鍵と黒鍵、その並び、そしてそこに自分の手が置かれている構図がなんだかひどくエロティックに映る。もちろん、まだ十歳かそこらだった長嶺に、それを言語化する術があろうはずもなかったが、自分が何か未知の領域に足を踏み入れたという実感がじわじわと痺れるように腹腔を満たしてくる。しばらく白鍵と黒鍵をゆっくり交互に押し、その響き、そしてその眺めに身を委ねた。拙いメロディを弾くでもなくただ半音ずらす音階を反復する彼の姿が、あるいは小学生にしては思索的だとでも、若き日の女性教諭の眼には映ったのかもしれない。

ふと長嶺が我に返ると、古岳由美が傍らに佇んでいた。瞳が大きく鼻の高い派手めの顔だちだったので誤解していたが、間近で見るとけっこう小柄だ。当時の長嶺とあまり変わらなかったのではあるまいか。いつだったか、やはり蓋の開いていたこのピアノで遊んでいた女子生徒を彼女が「悪戯しちゃだめでしょ」と叱っているところを見たことがあったため、自分もお小言を喰らうのだろうと長嶺は思っていたのだが、女性教諭は何も言わない。うっすら笑って、彼の手の横に自分の手を伸ばし、ＣＥＧＣと優美にアルペジオを奏でてみせて。その瞬間、長嶺の人生は決定した。

古岳由美の手、それにただただ魅了された。こんなけばけばしい女のひとだから、きっと手にもごてごてと装飾が施されているものとばかり、それまで長嶺は決めつけていたのだ。例えば爪は鬼のように伸ばし放題で、毒々しい色合いのマニキュアとかしているに決まっている、と。ところが。

　女性教諭は、きれいに爪を切り揃えていた。マニキュアもしていない。それがピアノを弾くための手入れだと長嶺が知るのは後になってからだ。指が長く、形がいい。全体的なバランスが美しい。それでいて、もったりしたフェミニンさとは無縁。中性的でしなやかな躍動感に溢れている。そんな彼女の手に視線が吸い寄せられてしまう。

　気がついてみると長嶺の股間は疼いていた。自分の手が女性教諭の手と並んで、白と黒の鍵盤の上に置かれている構図に、それまで経験したことのない高まりを覚えている自分がいた。なんだろう。これはなんなんだろう。うろたえながらも直感的に長嶺は、己れの身体の変化を女性教諭に悟られてはならないと焦った。しかし焦れば焦るほど、股間は熱くなってゆく。ほとんど痛いくらいにむず痒くなってゆく。慌てて椅子から跳ね上がったその拍子に、下着との摩擦が最高潮に達し、長嶺は果てていた。射精したかどうかは判らないが、後から思えばそれに近い感覚があった。むろんそのときは、自分に何が起こったのかを正確に理解できるはずもない。その後、どうやって自宅へ逃げかえったかも、よく憶い出せない。

　それ以来、長嶺は校内で古岳由美という女性教諭と出くわさぬよう、意識するようになった。再び彼女に会ったら――というより、彼女のあの手を眼にしたら――自分がどうなってしまうか判らず、恐ろしかった。それでいて、もう一度あの手を自分の手の傍らに並べたい、そしてピアノの鍵盤の上に置いて思うさま眺めてみたいという欲望は、その構図のイメージの鮮烈さとともに日ごとに増してゆく。股間に添える自分の手があの女性教諭の手に変わったところを夢想するたびに長嶺は、くるおしくも遣り場の判然としない欲望を持て余した。

小学校の卒業式を迎えたときは、これで彼女のあの手ともお別れかと絶望的な喪失感を覚える一方、どこか安堵したこともまたたしかだった。これで自分も得体の知れない欲望に振り回されずに済む、と。長嶺の卒業と同時に、古岳由美も見合いで結婚し、退職したという。あれから二十余年。別の事件の聞き込みの際、出身小学校の前を通る機会があった。建築当時は綺麗だった鉄筋コンクリートの建物が驚くほど黒ずみ、古びている。この建物と同じくらいあの女性教諭も歳をとったわけだ、と。そのときふと、自分はあの美しい手のえもいわれぬ形状を憶い出すことは、もうできないだろうと感慨に耽ったものだったが。

それが住跡川の河川敷で他殺体が発見されたとの一報で現場へ駈けつけた長嶺は、遺体の顔すら確認することなく、すぐにあの手に気がついたのだ。はっきりと、こんなにも長い歳月を経てなお古岳由美の手は自分を呪縛していた……そう改めて実感し、背筋にどこか甘やかな悪寒を覚える。

「男、か」長嶺はそう呟いた。「ほんとうにいたのかな、そんなやつが」

不倫、だと。よりによって……長嶺は苦々しい思いを噛みしめた。そんなくだらないこ

とのためにあの美しい手が、つけ爪やマニキュアなどという汚らしい装飾を施されなけれ
ばならなかった、なんて。無惨な。結局自分が所有する美の価値を全然理解していなかっ
た、古岳由美という愚かな女に対する憎悪が湧いてくる。せめて、もっと高尚な目的のた
めの変身ぶりであったことを祈りたい。
そんな同僚の心のうちを尻目に、知原は上着を脱いで肩にかけた。十二月とは思えぬ陽
気だ。「いたんだろうなきっと──ほう、こりゃまた」
知原の視線を追って長嶺が顔を上げると、そこには葉がほとんど落ちた桜の木が、ずら
りと並んでいる。枝のあいだに赤い折り紙のようなものが無数に点在していて、よく見る
と葉の残りだ。
「桜の紅葉なんて初めて見たな。この時期、葉が残っているほうが不思議なくらいなの
に」
いまふたりが歩いているのは住跡川の土手だ。ここからもう数分も歩くと、古岳由美の
遺体が発見された場所へ出る。あのとき季節外れにも満開だった桜の木々がいま、まるで
造りものみたいに色鮮やかな紅葉を呈している。
「やっぱり異常気象なのかね」
樹木の下でしばし佇むふたりのほうへ向かって、ひとりの男が自転車を押して歩いてき
た。二十代半ばくらいだろうか、作業着姿で某リフォーム会社のロゴ入りヘルメットをか

ぶり、工具箱らしきものをハンドル前のカゴに入れている。自転車を押しては停まり、停めては押しながら、ものめずらしげに桜の木々を見上げている。

ふと長嶺とその男の眼が合った。太い眉毛に濃い髭の剃り跡、ふたえ目蓋。欧米人並みに彫りの深いその男は、長嶺の傍らを通りすぎようとして、ふと足を留めた。

「……バンビさん？」

そう声をかけられ、長嶺の心臓は凍りついた。あやうく激情に任せて男を殴り飛ばしそうになった己れに、ひやりとする。知原の眼をはばかったというより、そんなことをしたら大切な手が傷ついてしまうからだ。

こいつ……そうか、長嶺は憶い出した。メイクして鬘をかぶっている姿しか見たことがなかったから咄嗟には判らなかったが、たしかマリリンとか自称しているやつだ。

「あ、やっぱりバンビさんだ」とマリリンは馴れなれしげに破顔する。「奇遇ですね。おれですよ、おれ。判りません？　いつもクラブで――」

かろうじて自制し、長嶺はとぼけた。「失礼、どなたかとおまちがえでは？」

そこでようやくマリリンも、クラブ外で会員同士が接触することは御法度とされる不文律に思い当たったらしい。長嶺の眼光に気圧されてか、飛び退くような仕種とともに照れ笑いする。

「すみません、知人によく似てたもので」

ヘルメット越しに頭を掻きながらそそくさと立ち去る男の後ろ姿を見ながら、長嶺は内心、舌打ちする思いだった。

まずいな、あいつ。あんな脇の甘いやつが仲間うちにいるのは先々不安だ。ここは早めに、なんとかしておいたほうが……

「知り合いか？」

「いや」と長嶺は知原のほうを見ずに、首を横に振った。「見たこともない」

「だろうな。クラブがどうとか言ってたが、おまえがそんなものに興味があるとは思えんし」

どうやら「クラブ」をキャバクラの類いと解釈しているらしいが、それが本心なのかどうか判然としない。そもそもどういう根拠で長嶺が「そんなものに興味がない」と断じられるのか。同僚ながら喰えない男だ。

「それとも、なにか」苦々しい気持ちを持て余す長嶺の胸中を知ってか知らずか、知原は再び歩き始めながら、話を古岳由美のことに戻した。「息子につれなくされた女が急に金をかけて自分を飾り出す理由として、男以外で他になにか考えられることでもあるか？」

「理由なんて、ないんじゃないか。ただなにもかも吹っ切れただけの話で、お洒落すること自体が楽しかっただけかもしれない」

「彼女が殺されなければ、な。それもあり得る」知原はあくまでも冷静に指摘する。「しかし現に筈谷由美は殺された、実体のある相手に。ということは彼女の最近の変化には、なんらかのかたちで対人関係が絡んでいる、と考えるべきだ。それも浅からぬ因縁のから む類いの。でなければ、わざわざ髪をあんなふうに拭ったりはしないだろうし」

知原が言っているのは、由美の茶色に染めた頭髪から、じっくり観察しないと見分けがつかない程度の血痕が発見されたことだ。殴打されたさい、由美は側頭部から出血。そこから垂れ落ちたものとおぼしき血痕も、髪を掻き分けてみると、耳たぶの裏に認められる。が、そのわりには髪の表面に血痕が目立たない。よく調べてみると、布か何かで人為的に髪を拭ったとおぼしき形跡があった。襲われた際に由美本人がとっさに傷を押さえた痕との見方もあったが、それにしては拭き方がきれいすぎる。おそらく犯人が殺害後、拭ったものと推測された。これは殺人事件一般において、犯人が被害者の血縁もしくはごく近しい関係者の場合、現場を立ち去る際に遺体に毛布を掛けていったりする心理に共通するのではないか、というのが捜査本部の見解だ。今回は複数犯の可能性が高いものの、そのうちのひとりはおそらく由美と深く情を交わした男なのだろう。彼女の殺害に加担したものの、頭部が血まみれになった愛人を見てつい惻隠の情にかられ、見苦しくないよう拭ってあげた、というわけだ。

「誰も言及しないのが不思議なんだが」有効な反論に思い当たらない長嶺は、ついそう口走ってしまっていた。「六月の事件と関連づけて捜査しなくて、いいのか？」

名前は、ええと、ひょっとして、あの婆さんの？」

く知原は「ああ」と一応頷いたものの、まだピンときていないようだ。「なんていったっけ、

「っていうと……」この話題を持ち出したことを長嶺が後悔するのとほぼ同時に、ようや
「坂道の側溝から発見された――」

「六月の事件て」知原は、ぽかんとなった。「なんのことだ？」

＊

筈谷由美殺害事件発生よりも約四ヶ月前、六月二十日の早朝、〈粧坂ニュータウン〉という高台の新興住宅地で、坂道を流れる側溝のなかに人間が倒れ込んでいるのを、犬の散歩中だった近所の住民が発見、介抱しようとしたが、すでに死亡していた。年齢が六十から七十とおぼしき、痩身の女性で、長い銀髪を少女のように三つ編みにしているのが特徴的だった。

警察が調べた結果、死亡していた女性は贄土師華子、六十七歳。くだんの新興住宅地からかなり離れた街の、古いアパートでひとり暮らしをしている無職の女性で、毎日のように路線バスで清和井市郊外に在る巨大ショッピングモール〈ぱれっとシティ〉へ通うことで有名だったという。そこで休憩場の長椅子に座り、ひがな一日、買物客の流れを眺めて

は、まるで詩でも諳んじているかのようにもぐもぐ口を動かしたり、吹き抜けの天井へ黙禱するみたいに顔を向け、眼を閉じたりする。そのたびに何事か小さなノートに書きつける。

そんな姿と、まるで子供のように小さな体軀から一部の従業員たちのあいだで「ぷち吟遊詩人」と呼ばれていた贄土師華子だが、モール内で買物をすることはほとんどなかったようだ。たまにあちこち散策しても、ただ商品を見て回るだけ。隣接するシネマコンプレックスでその姿が目撃されることもよくあったが、十二館上映中のどの劇場にも彼女は入らず、ただエレベータホールやチケット売場の横の椅子に座り込んでは、巨大ディスプレイの画面で延々と反復される新作映画の予告編を眺めるばかりだったという。

〈ぱれっとシティ〉の従業員たちは別に贄土師華子のノートの内容を覗き込んだりして例の渾名を授けたわけではなかったが、彼女が詩作をしていたのは事実だったらしい。華子のアパートの自室には自費出版した自作の詩集があった。値段が付いていたが買い手にも引き取り手にも恵まれなかったらしく、印刷所から送られてきたとおぼしき同じ本が二百部あまり、梱包されたまま手つかずの状態で押入れから発見されている。

どうやら若い頃は本気で詩人を目指していたらしいという証言もあったが、いちばん近い親戚ですら数十年も音信不通だったため、経歴に不明な点が多い。数年前まで市内のビジネスホテルでルームキーピングの仕事をしていたことは確認されたが、その後は無職だったようだ。わずかな預金を崩しての質素な生活ぶりだったらしく、華子のアパートには電話も引いていなかった。結局もう三十年以上も前に一度顔を合わせたきりという彼女の姪が遺体を引き取り、葬儀を執り行うことになる。

司法解剖の結果、贄土師華子の死因は心不全と判明した。アパートの管理人によれば、彼女はもともと心臓に不安をかかえており、病院で薬を処方してもらったりもしていたようだ。普通に考えれば、坂道を歩いているとき、急に発作に見舞われ、側溝のなかへ転落し、そのまま息絶えてしまった、という状況のように見える。

だが不審な点があった。華子の遺体は発見された時点で死後半日ほど経過と推定されたが、死斑などの状態からして、どうも死後、動かされた可能性があるという。実際、アパートから気軽に散歩へ行けるような距離でもない〈粧坂ニュータウン〉になぜ乗用車も所有していない彼女がいたのか、理由が判然としない。知人が住んでいるわけでもない、〈ぱれっとシティ〉のように時間をつぶせる施設があるわけでもない。もしかして死後、何者かによって住宅地へ運ばれてきて、坂道の側溝へ遺棄されたのではないか？

しかし結局、大きな事件性はないとの結論に警察は達した。死因は、はっきりしている。側溝に転落したときにできたとおぼしき生命反応のない擦過傷を除けば、遺体に特に不審な傷痕などは認められない。着衣に乱れもない。彼女がいつも詩作用ノートを入れて持ち歩いているポシェットも遺体といっしょに残っていたが、財布などの持物が物色された形跡もない。たしかに死体遺棄事件の可能性は残るが、たまたま華子の急死に居合わせた人物が面倒なかかわり合いになるのを嫌い、こっそり遺棄することにしたのだろう。少なくとも殺人や強盗、傷害致死などの疑いはまったくない。

「そうか、贄土師、とかいったっけ。あの婆さんの心不全の一件と、筈谷由美殺害事件がいったい、どう関係するというんだ?」

「いや」長嶺は、かぶりを振った。「ばかなことを言った。忘れてくれ」

「何か気になることがあるんだな?」諭すような口調で知原は促す。「いいから言ってみてくれ。おれも考えてみたい」

他の同僚だったら適当に聞き流すか笑い飛ばすかしていただろうに、知原はときとして迷惑なくらい喰いつきがいい。よりにもよって面倒なやつの前で口をすべらしたものだ。

「勘だよ。単なる勘。根拠なんか何もない」と言ったのはごまかすつもりなどではなく、長嶺にとって正直なところだった。「そういう意味では、みだりに口にすべき話じゃなかった」

「ひょっとして贄土師という婆さんの遺体を遺棄したのは、今回の筈谷由美殺害事件の犯人と同じやつなんじゃないか、とか考えてるのか?」知原はあくまでも冷静に喰いさがる。

「どこからそんな発想が出てきたのか、興味があるね」

「だから言っただろ、根拠なんかない、と。ただ、どちらの女も死んだ後、別の場所へ運ばれているという点が共通している。おそらく車で」

「それだけ？」

「あと両方とも持物を盗られていなかったし、着衣に乱れもなかった。強盗目的でも暴行目的でもなかったことを共通点にしてもいい」

「ちょっと待て。贄土師華子の場合は加害目的どころか、殺されたわけですらない。自然死なんだ。共通点とするのは当たらないぜ」

「殺人か否かはこの際、関係ない」どうしておれはこんな、自分でもなんの確証もないことで、これほどむきになっているんだろうと長嶺は訝る。訝りながらも己れを止められない。「問題は、どちらの女もおそらく死んだとき、同じ場所にいた、ということだ。自然死だったか、それとも殺されたかはともかく、ふたりとも死んだ。だから車で別の場所へ運ばれ、遺棄された……」

「どうしてそうだと判る？」

「だから言っただろ、勘だよ。単なる勘。根拠なんかなにもない。いいからもう。忘れてくれ」

「根拠、ね。ふむ。いや、それらしきものなら、多分ある」

「え」お互いの立場がいれかわったかのような知原のものいいに長嶺は、どきりとした。

「どういう意味だ？」

「ふたりの女の死は互いになんらかの関係がある、そんな気がするんだろ？　だったら、そうピンとくるに足るだけの根拠は、きっとなにかあるはずさ。説得力が充分かどうかは別としてだが、その根拠とは、これまでの捜査過程で自分が見てきたもののなかにある——あるんだが、それがどれなのか、まだ特定できないでいる。いまのおまえさんはそういう状態だってこと」

どう反応したものかと途方に暮れている長嶺の肩を知原は、ぽんと叩いた。

「勘とは、そうしたものさ」

＊

その日の夜。某木造アパートの駐輪場。植え込みの背後に隠れ、ひとり、息をひそめるシルエットがあった。

長嶺だ。普段のスーツではなく、黒っぽいトレーナー姿。

建物の二階を見上げる。向かって左から二番目の部屋に、昼間住跡川の河川敷で出くわしたマリリンが住んでいる。会員規則やマナーのこともあり、これまで彼の本名や住所はまったく知らなかったが、その気になれば調べるのは造作もない。

長嶺の手には手袋が嵌められ、さきほどコンビニエンスストアの前で拾ったビニール袋が握られている。誰か不心得者が商品だけ取り出して路上に捨てていったらしく、今日の日付のレシートまでなかに残っているのがお誂(あつら)え向きだ。

長嶺が気配を殺して待っていると、やがて車輪が回る微かな音とともに、自転車のライトが駐輪場へ入ってきた。

マリリンだ。

髪を短く刈り込んでいるのか、昼間のヘルメットのかわりにスカルキャップをかぶっている。作業服ではなくウインドブレーカーを着込んでいる。季節外れな陽気の日々でも、夜はさすがに冷える。

自転車は昼間と同じもののようだが、前のカゴに工具箱は入っていない。

そっと音もなく長嶺は植え込みの陰から出た。自転車に鍵を掛けようと身を屈めるマリリン。自分より少し背の高い相手を襲うのはこのタイミングでと決めていた。一気に背後へ迫る。

すばやくビニール袋をさかさまに持ちなおす音に気づいてか、マリリンが振り返ろうとしたが、長嶺はその暇を与えない。

ビニール袋ですっぽりマリリンの頭部を包み込むや、ぐいと締めつけた。相手を窒息させながら視界を塞いで抵抗力を奪い、力まかせに自分のほうへ引き寄せる。

そのままマリリンの身体をぶん回し、ビニール袋詰めにされた彼の顔面を容赦なく、自転車のカゴに叩きつけた。

ぐしゃり。鼻の骨が折れたとおぼしき手応え。

ビニール袋のなかを折れた歯や血で充満させている男から離れるや、長嶺は衝撃で横転しかけた自転車を一旦そっと受けとめておいてから、改めて音をたてないように注意して、地面に転がす。

衝撃で気絶したのか、てるてる坊主のように頭部をビニール袋詰めにしたまま、マリリンは地面に崩れ落ちた。

長々と偃臥する男のセカンドバッグから、長嶺はサイフを取り出した。現金とカードを抜いたあと、腕時計、携帯電話、めぼしいものはすべて漁る。万が一、私的な事情が絡んだ傷害事件と疑われては、どんなルートで長嶺のところまで火の粉が飛んでこないとも限らない。誰がどう見てもゆきずりの強盗としか思えない状況にしておく。

周囲に誰もいないことを再度確認し、長嶺はその場を立ち去った。一度振り返ってみると、さっきと同じ姿勢で倒れたままのマリリンは、ぴくりとも動く気配がない。もしかしたら死んでいるかもしれない。

長嶺がマリリンにお灸をすえておく気になったのは、己れの秘密が暴露されることを恐れて、ではない。こんな不用心なやつが内部にいる限り、クラブは長嶺にとって享楽の場にはなり得ない。己れの大切な時間を台無しにしかねない存在には我慢ならない。マリリンが当分のあいだクラブに出てこられないようにしてやろう、そのためには顔に傷をつけてやるのがいちばん効果的でてっとりばやいと思ったわけだが、まあ死んじまったのなら、それはそれでいい。結果的には同じだ。

なるほど。

憂いの種を除去した長嶺は、昼間の同僚の冷静な態度にいらいらしていたことも忘れ、すっきりした気分になった。なるほど、そうなのかもしれないと納得すると同時に、マリリンのことなど頭からすっかり消え去る。

知原の言う通りなのかもしれない、おれは何かに気づいているんだ、と。古岳由美殺しは贄土師華子変死体遺棄事件となんらかの関連がある、そう考えられる根拠をどこかで無意識に見ているのだ。それがなんであるかさえ判れば――

しかし長嶺がその根拠に思い当たる前に、新年が明けてしまった。一月が終わり、やがて二月が終わる。三月になっても筈谷由美殺害事件の捜査はいっこうに進展せず、いよいよ迷宮入りの様相を呈してきた、四月。

四月三日。新たな殺人事件が発生した。しかも今回は長嶺のみならず誰の眼にも、筈谷由美殺害事件との明らかな関連をにおわせるかたちで。

異物B

朝食を終えた由衣は百合子と別れ、自分のアパートへ帰った。ひとり暮らしの気安さ、着替えもそこそこにベッドに倒れ込み、夢も見ずに眠りこけていた――はずが、なぜか唐突に目が覚める。眠りなおそうとしても全身が緊張し、己れの意思に反して布団からひとりでに起き上がってしまう。なに？　なにこれ。どうしたんだあたし？　困惑する彼女の脳裡にふと、午後三時、という単語が浮かんできて、離れようとしない。

三時？　って、なにが。三時。三時。なんで、三時？　この眠いときに、いったいなんなのよもう。いらいらしながら由衣は考えてみた。えと。今日の午後三時……特別な行事でも予定されてたっけ。なにも思い当たらない。

激しい眠気に唸りながら枕元の目覚まし時計を見ると、まだ二時間ほどしか眠っていない。ったく。よけいなこと考えてないで、さ寝よう寝よう。今日も勤務があるのだ。しかも深夜勤明けだというのに通常の深夜勤よりも早いシフトに入らなければならない。言わば超過勤務の前倒しだが、各シフト態勢の微調整で尻拭いさせられるのはいつも若手と相場が決まっている。いまのうちにできる限り睡眠をとっておかないと、とても身体が保たない。むりやり横になり、枕を抱きかかえ、頭からすっぽり布団をかぶるものの、どうしても午後三時のことが気になって仕方がない。やがて。

はっと由衣は憶い出したのだった。諸井猛が言っていたことを。どんなに遅くても今日の午後三時までにはあの少年は正常に戻る、と……え。ちょ、ちょっとまって。どんなに遅くともと言うからには、三時より早いってこともあり得るわけ？　ひょっとしていま頃、すでに？

再び時計を見た。もうすぐ午前十一時。由衣は跳び起きる。居ても立ってもいられず慌てて着替えた。焦るあまり〈諸井病院〉へ向かう途中、タクシーを拾ってしまう。

駐車場の手前で降ろしてもらい、特別棟非常口へ回った。周囲に誰もいないことを確認して建物に入ると、専用エレベータで四階へ上がる。

あの角部屋の鍵はまだ開いているだろうか。諸井のことだ、後で自分のうっかりミスに気づいてロックしに戻ってくるほど気がきいているとは思えないが……はやる気持ちを抑え、由衣はドアのハンドルレバーに手をのせた。

そっと握り、引いてみる。開いた。

ひとつ深呼吸をしておいてから、おそるおそるなかを覗き込む。

じりじり用心深く歩を進めていた由衣が、ふいに駈け足になった。ダブルベッドにとりすがる彼女の血相が変わっている。

そこは裳抜(もぬ)けの殻だった。シーツがめくれていて、ほんのついさっきまで、たしかに誰かが寝ていた痕跡がある。

ほんとうに……由衣は背筋に悪寒を覚えた。諸井が言っていたように、ほんとうにあの少年は生き返ったのか？　自分で起き上がり、この部屋から立ち去っていったというのだろうか？

いや。いやいやいや。そうとは限らない。そうとは限らないではないか。あの後、諸井が他の助っ人を連れてここへやってきて、少年をどこか別の場所へ運びなおしただけかもしれない。というか、それしかあり得ない。常識的に考えて。だって。

だってあの子は死んでいたのだ。まちがいなく。看護師の自分がこの目で確認した。何度も何度も。死んでいたことは疑いようがない。その亡骸(なきがら)がいま見当たらない以上、諸井、もしくは第三者がどこかへ運び出したに決まっている。

そう納得して由衣は、つい看護師の習性で、シーツをなおしておこうと手を伸ばした。めくれた布に指が触れた、その刹那。

ひっ、と掠れた悲鳴を彼女は上げた。己れの手を凝視する。じわり、じわりと恐怖の念が由衣の顔面を昏く染め上げてゆく。

唇を震わせ、彼女は再度、シーツに手を伸ばしてみた……これは。

温かい。

勘違いではない。温かいのだ。

ほんのりとだが、たしかに温かい。ほんのついさっきまで誰かが寝ていたとしか思えない。死体などではなく、血が通い、正常な体温を保った、生きた人間が。まさか。

まさか……あの少年が？　昨夜あんなに全身が冷たく強張り、二度と動くことはあるまいと思っていた、あの子が？　ほんとうに……？　ほんとうにあの後、彼は息を吹き返したの？

我に返ると由衣は内科病棟を歩いていた。いつの間に特別棟を後にしたのか、まったく記憶がない。夢のなかをさまよっているかのような頼りない足どりで私服のまま、ナースステーションまで来てしまった。同僚たちから、あれ、どうしたの？　と訊かれる。

どこかで眠り込んでいたのかもしれない。再び記憶が飛んで我に返ると、由衣はロッカールームでぼんやりしていた。ひょっとして自分は諸井に、かつがれているのだろうか……そんな考えが浮かんできた。どうやってかはともかく、少年に死体のふりをさせ、さも蘇生したかのような状況をつくり、彼女を驚かせようとした、とか？

いや、それはあるまい。由衣の見る限り、諸井は良くも悪くも看護師をからかって喜ぶタイプではない。生真面目すぎて融通のきかない性格で、仕掛けるにしろ仕掛けられるにしろ、悪ふざけを許容できる鷹揚(おうよう)さとは無縁だ。少なくとも昨夜のあの慌てぶりが演技とはとても思えない。

しかし、ではどういうことなのか。諸井のジョークの類いではないのだとすると、あの少年は死後、ほんとうに蘇生した……と？

もやもやした気分のまま由衣は白衣に着替え、ナースキャップをかぶる。いつものように検温、血圧測定、問診、採血などのルーティンが始まった。しかもこんなイレギュラーなシフトのときに限って、やたらに忙しかったりする。

年配患者の清拭。（あー嫌だ、ぷにぷに）枯れ木のような身体を起こさせ、熱いタオルですみずみまで拭いてやる。（ぷにぷに張りのないこの皮膚。いつもいつもこの感触。この臭い）

シーツや点滴バッグを交換。（寝返りうつふりして尻をさわるな。くそこいつ、毎度まいど。いつかこっちも、こけたふりして溲瓶で殴）

動けない患者のおしめを替えてやる。（臭。ぬらぬら。臭い。げ。むにゅ。ぐちょぐちょ。くさい臭い臭）

カテーテルを患者の膀胱に入れ、導尿。（なんの因果で。たはは。こんなこと。あーイヤだ嫌）

心のなかで嫌だ嫌だと念仏のように、実際にはさほどでもないときにも機械的に反復することで、かろうじて生理的嫌悪を抑え、患者たちには常に笑顔で接しながら、手際よく仕事をこなしてゆく。とはいえこんな精神状態では、いつ心のなかの叫びがだだ洩れになってしまうかも知れず、不安いっぱい。あーあ。

このところ仕事ばっかりで、つまんないよう。なんかいいこと、ないかなあ。どっかにいい男、いないかなあ。すきっと、あとくされなく一発やりてえ——と、あらぬ妄想と戯れている自分に気づき、さすがに由衣は呆れてしまった。ちょっとちょっと。もしもし。そもそもセックスってものへの謂れなき忌避感が原因でこんな笑えない事態になってんでしょ？　だが一旦目覚めた肉欲はなかなか消えない。それでいて、新陳代謝による老廃物の塊りというイメージが浮かぶや、男の身体に対する生理的嫌悪が湧くのもまた事実だったりする。

いったいどうしたいのよ、あたしは。矛盾と葛藤に引き裂かれる己れをもてあます。セックスしたいのか、したくないのか、どっちだ。したくない。したくないけど、今朝方の男の子となら……ふとそう思いついた。うん。そうだ。あの子とならキスできそう。『眠れる森の美女』の逆バージョンて感じで。顔がきれいなのはもちろんだけど、動かないところがいいんだよね。なにしろ死んでるんだから、鬱陶(うっとう)しくなく……って。

我ながら気色の悪い領域に足を踏み入れかけていると思い当たり、由衣はそっと嘆息した。どうしちゃったんだろう、あたし。最近、気がゆるむと変なことばっかり考える。相当疲れてんのかなあ。でも仕方ないのかも。さ、もういい加減に雑念は追い払って、仕事、仕事。
　急変患者の心臓マッサージ。（あああ、このゴムみたいな肋の感触って）そして挿管。（えええ、もっとすっきり口を開けてえええ。ああやだあああ。指が。あう。口のなかへ。あうあうあう。唾が。ひ。ぬるぬる。歯茎ぬるぬ）

　食事を摂りそこねたままバイオプシー結果を担当医に届け、検体を検査室へ回し、よろけながら廊下へ出たところで矢部浩江主任に出くわした。その途端、酔っぱらいみたいに千鳥足になっていた由衣の背筋が、しゃきんと伸びる。体脂肪率ゼロとしか思えない痩せぎすな体躯からは想像もつかないほどパワフルでタフな浩江。新米看護師たちへの指導の厳しさでは看護師長を凌ぎ、内科病棟、いや〈諸井病院〉随一だ。

　なんにもお小言をいわれませんように、と内心びくびくしながら目礼し、さっさとすれちがおうとした由衣はふと憶い出した。まてよ。そういえば今朝方ナースステーションへやってきた諸井は、そもそもこの浩江を探していたんじゃなかったっけ？　当初は彼女に手伝ってもらうつもりだったわけだ。ということは……ということは浩江も、あの子のことを知っている？

「あ、あの、主任」由衣は思い切って浩江を呼び留めた。「すみません、ちょっとお話が」

　小皺の寄った眼が由衣を値踏みするみたいに、さらに鋭く細められた。「どうしたの」

「え、えと」どんなふうに切り出せばいちばんさりげなく話を聞き出せるかと迷ったが結局、直截（ちょくせつ）なものいいになってしまう。「特別棟、四階の角部屋のことですけど、さっき行ってみたら、シーツがそのまんまになっていて……」

浩江の口もとが、ぴくりと痙攣したかのように見えた。が、しばし無言のまま、謎かけが伝わらなかったのかと思い「例のバカンスルームの……」と補足しかけた由衣に向かって浩江は「しっ」と、ひとさし指を立ててみせた。

すばやく周囲を見回し、浩江は「こっち」と由衣を促す。ほんの一時間ほど前に死亡して霊安室へ運ばれた患者の遺族が荷物を撤収し、からっぽになったばかりの病室へ彼女を招き入れた。

「なぜあんなところへ行ったの、及川さん」浩江の口調は普段にも増して威圧的だった。

「自分の持ち場でもないのに、わざわざ?」

「じ、実は今朝方、若先生に……」看護師たちは現院長と区別するため諸井猛のほうを若先生と呼んでいる。「若先生に頼まれて、お手伝いしたんです。その、つまり、か……彼を運ぶのを」

「そう」と浩江の声は少し和らいだが、眼つきは鋭いままだ。「そうだったの。それで?」

「は」

「あの子、いまも?」

「いいえ。いなくなっていました」

「だったら、心配しなくても大丈夫。あとのことは全部、若先生がやってくださるから」

「……そうなんですか」

「あたしたちはへたに気を回さないでいいの。上のほうからなにか頼まれない限り、ね」

「あのう、主任」無意識に廊下の気配を窺っておいてから、由衣は囁き声になった。「あの子って、いったい……」

「びっくりしたでしょ」

「え」うってかわってあっけらかんとなった浩江の口吻に、由衣は少し戸惑う。「え……ええまあ、それは、だ、だって」

「初めて？　若先生にあれを頼まれたのは」

「はい」

「気にするな、と言っても無駄かもしれないけど。誰にも秘密にしてくれと、若先生に釘を刺されているんでしょ」

「ええ」

「だったら忘れなさい。少なくとも、あれこれ詮索しないほうがいい」

「……教えてもらえないんですか、事情を」

「あたしも若先生から、くれぐれもみんなには黙っているようにと、きつく言われているし」

「主任は詳しいことをご存じなんですね」

「まあ、ね」浩江にしては珍しく曖昧な仕種で頷くと、首を傾げる。「そんなに気になるんだったら、いっそ若先生に直接訊いてみれば？」

「え」予想外の言葉に由衣は面喰らった。「そんなことして、え、だ、大丈夫なんですか？」

「多分ね、タイミングさえまちがえなければ。あたしの場合はそうだった」またもや曖昧な仕種で肩を竦(すく)めた。「あのことを頼んだ以上、若先生としても、及川さんは信頼するに足る人材であると判断したわけでしょ。だったら望みはある」

たまたまあのとき由衣しかナースステーションにいなかっただけ、なのが実情だが、それは敢えて言及しないことにする。

「それに、またこれからもあるだろうし」

「ある……って」由衣は、ぽかんとなった。「え、な、なにが、ですか？」

「今朝と同じことが、よ。そうそう、及川さん。この際だから、あなたとあたしとのシフトがなるべく重ならないよう、それとなく看護師長にお願いしておくわ。だって若先生も、いざというときに手伝いを頼める相手があたし以外にも確保できていれば、なにかと気が楽でしょうから。ね」

献身二

　ひょっとしておれはこの家のどこかに、あのクルミという子の死体を隠したのではないか……かなり長いあいだ幸夫は、そう己れを疑った。もちろんそんな覚えはない。ないが、単に記憶が混乱しているだけで、ほんとうはおれはあの夜、泥酔状態のままクルミの死体を客間から引きずり出し、彼の靴や服もろとも、どこかへ押し込んでしまっているのではあるまいか、と。

　ばかげた妄想だ、そう一蹴(いっしゅう)したかったが、できない。疑念をなかなか払拭できず、幸夫は実家へ寄るたびに屋内のあらゆるところを探して回った。離れの納戸や押入れ、人間の身体がおさまりそうな空間はすべて開放し、調べてみた。古い汲み取り式のほうのトイレに投げ落としたのかもしれないと、鼻が曲がりそうな汚臭をこらえ、覗き込んでみた。納屋や土蔵のなかは特に念入りに探した。長持も開けてみた。

　しかし、どこにもなかった。古い家財道具や畳の裏から出てきたのはせいぜい蜘蛛の巣、ゴキブリの卵、ネズミの糞くらいだ。少なくとも人間の死体はない。どこにも。

どこにもない。ということは、ひょっとしてクルミは生きている？　祈るような気持ちでそう考えなおしたりもした。だがそれは、いかにもむしのいい願望としか思えない。だって。

だってクルミは死んだのだ、あの夜。

死んでいたのだ。何度も何度もたしかめてみた。あの子は生きてはいなかった。脈がなかった。息をしていなかった。心臓も停まっていた。あんな状態で、ひょっとしたらまだ生きているかもしれない、なんて信じられるものか。そんなばかなこと、あり得ない。あり得るはずがない。だが。

だがそれなら、あの子の死体はいったいどこへ消えてしまったのだ？　屋外へ運び出せたとは、とても思えない。いくらクルミが華奢とはいえ人間は重い。しらふのときでも相当難儀するはずで、ましてやあの夜、幸夫は泥酔して足腰がろくに立たなかったのだ。死体を遠方へ担いでゆくなんて芸当は不可能だったろう。隠してあるとすれば屋内のどこかとしか考えられない。

床下を調べていない部屋がいくつかあるが、それは家具が重かったり多すぎたりして、おいそれとは動かせないからだ。古着がぎゅうぎゅう詰めになった箪笥(たんす)など、ちょっと移動させることはおろか、底が畳に喰い込み一体化したような状態で、手がつけられない。畳を剝いだ痕跡がない以上、その下にはないと判断しても差し支えあるまい。となると、もう探せる場所は残っていない。

消えた。消えてしまった。クルミの死体は完全に消えてしまった。いったいどこへ？

屋内にない以上、やはりなんらかの方法で外部へ持ち出したのだろうか。例えば、ひょっとして……幸夫の妄想はどんどん悪夢めいてゆく。ひょっとしてクルミをばらばらに刻んで、とか？　死体をまるごと運び出すのは困難でも、細分化すれば処分はわりあい簡単かもしれない。ただ問題は残る。はたして人間の身体をそうやすやすと解体できるものなのか。道具はどうしたのか。そんな作業、どこでやったのか。いちばん可能性があるのは風呂場か。しかしバスタブや排水溝を調べてみてもそれらしい痕跡は微塵もない。シャワーできれいに洗い流してしまったのかもしれないが。

判らない。どうなったんだ。いったい、どうなっちまったっていうんだ？

幸夫は困惑し、苦悩した。苦悩の果てにふと、ある結論に辿り着いた。それは。

それはクルミと名乗った少年は、一旦はたしかに絶命したのだが、その後、息を吹き返した……というものだ。

そんな常識を無視した、とんでもない話があり得るのかという理性の声は、もはや幸夫のなかでなんら効力を持ち得なかった。それしか考えられなかったのだ。クルミは生きている、と。

生きているのだ。あの夜、一旦死んだクルミはおれが眠り込んでいるあいだに蘇生し、自分の足で出ていったのだ、と……幸夫はそのイメージにとり憑かれた。クルミは生きている。

いまもどこかで生きているのだ、きっと。

どこで？　どこにいる。どこにいるんだ。教えてくれ。会いたい。クルミ。きみに会いたい。

我知らず幸夫の足は公園へ向きがちになった。クルミに出会った、あの児童公園。あのベンチでまたクルミが寝ているかもしれない。あの木陰からふらりと現れるかもしれない。現れてくれ。姿を見せてくれ。張り裂けそうな胸をかかえて夜、何時間も園内を徘徊した。うろうろしているうちに、ふとこんな妄想が浮かぶ。まてよ、クルミは幸夫の実家の在り処を知っているのだから、ひょっとしてひと足先にあそこへ行き、おれのことを待ってくれているのでは？　実家は玄関にも裏門にも鍵を掛けてあるが、この前もクルミに言ったように、塀を乗り越えさえすれば中庭から土間へ入れる。

クルミ。クルミ。クルミ。

いま行く。いま行くから。待っていてくれ。必ず待っていてくれ。

あの子は腹を空かしているかもしれない。そう思ってスーパーに寄る。食材を買い揃え、改めて実家へ向かう。

母屋へ入ってみる。

「クルミ」と名前を呼んでみる。

返事はない。

「クルミ」

客間を覗いてみる。誰もいない。もしかしてと離れへも行ってみるが、やはり誰もいない。

「クルミ……」

いや、食事の用意をしているうちに、ひょっこり現れるかもしれない。そう信じて幸夫は母屋のキッチンに立ち、料理をする。ふたり分。

食卓に皿を並べ終えても、クルミの姿はない。ウイスキィの水割りを舐めながら、幸夫は彼が現れるのを待つ。いくら待っても、ひとの気配はない。いつの間にか酔いつぶれ、つっぷしていたテーブルから顔を上げる。

眼の前にクルミはいない。ただ冷めた食事が二人前、そこにあるだけ。

今夜はもう現れないかもしれない。半ばそう諦めつつ幸夫は客間へ行き、いつクルミが来てもいいように、布団を敷いておいてやる。

再び我に返ると、幸夫自身がその布団に倒れ込んで眠ったりしている。寂しさのあまり涙で枕を濡らして。

いつもそのくりかえしだった。いきおい幸夫は実家のほうに泊まり込む頻度が高くなった。決して口をつけられることのない料理をいつも一人前余分につくるため、生ゴミの量が増える。

そのかわり外食する機会は減った。それだけ無駄がなくなったわけだからよかったじゃないか、そう無理に前向きになろうとしても気はまぎれない。酒量が増えるいっぽうだった。

そんなある日の夜。

いつものように幸夫はスーパーで買物をして、あの児童公園に寄ってみた。すると、ベンチに誰かが座っている。

クルミではなかったが、彼と同じ歳頃の少年だ。スポーツでもやっているのか、短く刈り込んだ髪形が、がっしりした体格のわりに顔だちを幼く見せている。手持ち無沙汰な様子でひとり夜空の星を見上げる眼つきが、なにかにひどく飢えているかのようだった。

外見的にクルミに似ているわけではなかったが、その少年が座っているのがあの夜、彼が寝そべっていたのと同じベンチであったことが、ひどく運命的に思える。深く考える前に幸夫はその少年に歩み寄っていた。

「どうしたんだ？」

少年はぎらつく眼つきで幸夫を一瞥（いちべつ）したが、なにも言葉を発しなかった。ただそっぽを向くような仕種をしたのは、なんでもないから放っておいてくれと言いたいのか、それとも喋るのが億劫だという意思表示か。

「もうこんな時間だぞ。家に帰ったほうが、よくないか?」

無視するように少年は黙っている。

幸夫は彼の隣りに腰かけた。

「家出でもしたのか」買ってきたばかりの缶ビールを、ぷしゅと開けた。「飲む?」

初めて少年はまじまじと幸夫のほうを向いた。戸惑ったように彼の手元を覗き込んでいたが、やがて素直に缶ビールを受け取る。

「名前は?」

「あんた、さ」と、ようやく口をひらいた。「補導員じゃないの」

「ちがうよ。そう見えた?」

「おせっかいなこと、言うから」

「気にさわったのなら、悪かった」

もう一本缶ビールを開け、幸夫は飲む。

横眼で窺うと、少年はごくごく、一気に缶ビールを飲み干した。見かけからして未成年だろうが、飲みっぷりは一人前だ。

「腹が減ってるんじゃないのか」

「かんけーねーじゃん」

「行く当てがないのなら、寝る場所くらい提供してやってもいいよ」

少年はちょっと考えているようだった。が、口をひらく気配がない。どうも会話のテンポが合わないなと感じ始めた幸夫は、これを潮に立ち上がった。どうでもいい。どうせこいつはクルミじゃないし。

投げ遣りな気持ちで公園を出たところで、少年が後から付いてきているのに気づいた。ま、いいか。したいようにすればいい。

「名前は？」と振り返らずに訊くと「ガク」と短く答える。「学」か、それとも「岳」か。どんな漢字を当てるのだろう。少年が補足する様子はない。幸夫もそれ以上は訊かなかった。

実家へ連れてゆくと、母屋へ上がったガクはきょろきょろ周囲を見回している。

「なにか食べるか」

うん、と上の空で答える。「おじさん」

「ん」

「テレビ、ない？」

「あっちの部屋だ」

母屋から出て、客間へ連れてゆく。

「ほら。あとで、ここで寝るといい。こっちが押入れ。布団は自分で敷けるか？」

ガクは答えず、勝手に旧型のテレビをつけた。中腰の姿勢でリモコンを操り、せわしなくあちこちチャンネルを変える。やがて幸夫の知らない深夜番組に合わせた。胡座(あぐら)をかいて観入る。

「飯はどうする」

「もらう」と相変わらず振り返りもしない。

「なにがいい」

答えるかわりにガクはテレビの音量を上げた。しばらく待ってみたが答えはない。なんでもいいということか、と幸夫も勝手に解釈する。

ガクをひとり客間に置き、幸夫は母屋へ戻った。やはりちょっとテンポというか、感覚が合わない気がするが、少なくとも今夜は無駄飯にはならないだろう。そう思うとひさしぶりに、キッチンに入ることで気持ちが浮き立つ。

三枚におろしたサバをゴボウといっしょに味噌煮に。豆腐とワカメの味噌汁をつくり、炊きたてのご飯をよそう。

「できたぞ」客間の襖(ふすま)を開け、声をかけた。「いつでも食べにこい」

ガクはテレビのほうを向いたまま、なんの反応もない。何度か声をかけた。七回目くらいにようやく微かに頷いたが、やはり振り返らないまま。

幸夫は母屋へ戻り、冷酒を飲みながら待った。コップの半分ほど空ける。

ガクはやってこない。

「おい」再び客間を覗いた。「冷めちまうぞ」

うんと生返事が戻ってくるが、ガクが立ち上がろうとする気配はない。

「なんなら、ここへ持ってこようか」

かくんと機械的に頷くガク。

盆を持って幸夫は客間へ入った。縁側の奥の収納庫から長年使っていない簡易テーブルを取り出し、その上に茶碗と皿を並べる。

もうガクには声をかけず、幸夫は自分の分を食べ始めた。サバはとろりと煮詰まっていて、いい出来上がりだ。ショウガの香りが食欲をそそる。冷酒が二杯、三杯と空いてゆく。

幸夫が食べ終わっても、ガクはいっこうに食事に手をつけようとしない。猫背でテレビのほうを向いたまま。

簡易テーブルの上の食事はどんどん、どんどん冷めてゆく。それが生ゴミに変わるところが残酷なほど鮮やかにイメージできた瞬間、幸夫のなかでなにかが決定的に壊れた。

おれはいったいなにをやっているんだ。ここでいったいなにをやっている？

こいつはなんなんだ？　黄色く濁った眼でガクの後頭部を睨みつけた。ひとの家へ上がり込んで、ただテレビを観るだけか。

おれは話がしたいんだ。いや、喋りたくなければそれでもいい。せめて、おれがつくった食事に手をつけろ。さあ。

手をつけるんだ。いますぐ。さあ。さあ。

脈絡なく友枝の面影が脳裡に浮かんだ。そして彼女が残していった浴衣。それを羽織るクルミ。

(なぜだ)

世界じゅうが自分を嘲笑しているかのような錯覚が、幸夫の頭蓋を蹴り飛ばしてくる。

(なぜみんな、おれに背中を向ける。おれが話しかけているのに、なぜ無視する)

爆発寸前の憎悪をむりやり抑え込もうとした。

(なぜ我慢する。おれはなにを我慢している。こんな仕打ちをいったい、いつまで我)

ガクがこちらをいま向くか、いま向くかと幸夫は待ち続けた。いまなら間に合う、いまならまだ間に合うと言っているんだ、こっちを向け、早くこっちを向け、そう念じ続ける。

しかしガクは振り返らなかった。二度と。

七杯目の冷酒を空けた幸夫は、ゆらりと立ち上がる。床の間にある舟形の花器を両手で、そっと持ち上げた。ひっくりかえして裏を見る。

無造作に置いてあるが、これってけっこう高価かったような気がする。たしか安い国産車が買えるくらいじゃ——花器を頭上にかざすと、そのままガクの脳天に叩きつけた。

ゴン、と重い手応え。くぐもった呻き声。

首を捩じり、ようやく振り返ろうとするガクのこめかみに、幸夫は再び花器を叩きつけた。花器が真っぷたつに割れる。

手に残った花器の破片で、幸夫はガクの顔面に殴りかかった。頭を庇うように押さえてふらつきながらもガクはそれを避ける。なにやら唸り声を上げ、畳に這いつくばり、逃げようとした。

テレビ画面のなかでは、男のタレントがなにやら早口でまくしたてるたびにスタジオじゅうが爆笑に包まれている。

幸夫はガクの背中に跳びかかった。馬乗りになって彼の首を押さえ込む。もう一方の手で冷酒の瓶を握った。

思い切り瓶を振り上げる。きっちり締めていなかった蓋が外れた。透明の液体がアルコール臭を瀰散させながら、空中を舞う。

瓶を振り下ろした。二度。三度。ガクの後頭部を擲ちすえる。四度、五度。

悲鳴を上げ、ガクは幸夫を背中から振り落とそうとした。ふたりは団子状にもつれて傾き、簡易テーブルを薙ぎ倒す。ガクの分のサバと味噌汁が畳の上にぶちまけられた。

味噌とショウガの千切りを踏みつけ、幸夫はただひたすらガクを殴り続ける。やがて正確に命中しなくなる。頭部を狙ったはずなのに、ガクの肩に当たる。ガクの襟首をつかんでいる幸夫自身の左手に当たったりする。かまわず殴り続ける。瓶を握りなおし、頭部を狙う。

瓶を何度、振り下ろしただろう。幸夫がふと手を止めてみると、ガクの頭はなにやらよく判らないかたちに歪んでいた。

幸夫が離れても、ガクの身体は無抵抗にのびたまま、全然動かない。

畳や床の間、襖、あらゆるところに血が点在していた。味噌やショウガ、瓶から飛び散った冷酒が鮮血の臭気に混ざり、まるで鉄材を溶鉱炉に投げ込んだ直後の熱風のような、これまで嗅いだことのない独特の空気を醸成する。

「おまえが」瓶を持ったまま幸夫は呟いた。「おまえが掃除しとけよ、これ。な」

手の甲で頬を拭うと、ぬるりとした感触。掌で拭いなおしてみると血に混じり、つぶれた豆腐のような、うじゃじゃけたものがからみついてくる。ぼんやりそれを眺めていた幸夫は、ガクの服に指をなすりつけ、ようやく瓶を手から離した。

客間を出て、風呂場へ行った。にちゃつく服を脱いで全裸になり、シャワーを浴びる。少しすっきりした気分で着替えた。血まみれになった自分の服は無造作に客間へ放り込んでおく。

母屋へ行くと冷蔵庫から缶ビールを出し、一気飲み。母屋の電気を消すと、裏門の鍵を掛け、幸夫は実家を後にした。

＊

目が覚めるとベッドのなかだった。幸夫の自宅マンションの寝室。ずいぶん明るい。時計を見ると、すでに正午を過ぎている。

上半身を起こすと腕の筋が攣り、身体の節々が痛んだ。なんだこれ、昨夜なにか重労働でもしたみたいだな、ぼんやりそう思う。おまけに、なぜか自分のかいた汗がひどく生臭いような気がして、パジャマを脱ぎ、シャワーを浴びた。

食欲はなかったが、冷凍してあったご飯をあたためなおす。魚の干物を焼き、味噌汁といっしょに簡単な食事を胃におさめる。直後、猛烈な嘔吐感が込み上げてきて、幸夫はすべて吐いてしまった。そこでようやくひどい頭痛がすることに気がつく。昨夜はよほど深酒したらしく、便器にぶちまけられた吐瀉物は毒々しい茶色に濁り、アルコール臭をぷんぷん放っている。

なぜおれはマンションのほうにいるんだろう……がんがん割れそうな頭をかかえ、幸夫はそう訝る。たしか昨夜は、実家へ泊まり込みにいっていたはずなのに。

無意識に電話の受話器を手に取る。実家の番号をプッシュした。いま友枝が実家にいるかのような錯覚に囚われて。

そうだ、憶い出したぞ。あの浴衣。あの夏の日。友枝は大学の同僚や学生たちといっしょに市主催の花火大会の見物にゆくと言い、浴衣を紙袋かなにかに入れ、出かけたんだ。花火見物の後は納涼会と称しみんなで飲み会をする、ずっと浴衣のままなのも鬱陶しいからこれは友だちの家で着替えさせてもらう、と。そんな話だった。その日の夜中にこのマンションへ戻ってきた友枝は手ぶらで、浴衣はどうしたのと幸夫は訊いたのだ。他の参加者たちの誰も浴衣を持ってきていなかったので彼女自身も着替えそびれ、そのまま友だちの家に忘れてきてしまった、後日とりにゆく、と。そう言ったのだ、友枝は。はっきりと。

その浴衣がどうして幸夫の実家にあったのか。彼女が嘘をついたからだろう。多分、友枝は友人宅で浴衣に着替え、花火見物に行ったはずだ。そして納涼会の前に、幸夫の実家へ立ち寄った。おそらく男を連れて。花火を見ているうちに参加者のなかのひとりとなんとなく気分が盛り上がり、ふたりでこっそり抜け出すことにしたわけだ。両親が死去して無人になっている幸夫の実家をラヴホテルがわりに使う。ことが終わった後、うっかりそこに浴衣を脱ぎ忘れてしまい……いや。

まてよ。幸夫は少し冷静になった。それはおかしいか。だとしたら友枝は素っ裸のまま納涼会へ行ったことになるわけで。それとも自分の服一式を花火見物のあいだじゅう持ち歩いていた、とか？　なぜそんなややこしい真似をわざわざ。だいいち無人とはいえ、鍵の掛かっている家にどうやって入ったのだろう。まさか塀を乗り越えたりまではするまいし、幸夫が記憶する限り友枝に実家の鍵を預けたことは一度もない。ひょっとして彼の目を盗んでこっそり合鍵をつくっておいたとか？　だとしたらその場の勢いではなく、計画的に幸夫の実家を使ったのかもしれないが。

　そうか。そうだ。あらかじめその夜、男と逢い引きするつもりだったのだとしたら、服の問題も解決する。友枝は友人宅ではなく、幸夫の実家で浴衣に着替えた。自分の服一式はそこに置いたまま、花火見物の一行と待ち合わせをする。途中でこっそり抜け出し、男を実家に連れ込む。もとの服に着替えた際、時間がなくて慌てでもしたのか、浴衣を忘れたまま納涼会に合流。こう考えれば辻褄（つじつま）は……いや、合わない。全然合わない。ちがう。どうもちがう。男と会うためだけに友枝がそんな手間をかけるとは思えない。全然彼女らしくない。お互い相手に恋人ができても干渉しない約束だったのだから、わざわざ幸夫に対して花火見物なんて口実を持ち出す必要はない。それとも幸夫ではなく、同僚か学生たちのなかの誰かの手前をはばかったのだろうか？　いや、それも考えにくい。だったら花火のときと納涼会のときとで服装がちがっていたりしたら、むしろ藪蛇（やぶへび）。要らぬ疑惑を招くはめになりかねないし、そもそも男と会うのがその日でなければならないということもなかろう。判らない。まったく判らなかった。

　浴衣の謎が解けたと思ったのに、またもやふりだしだ。と同時に、幸夫も正気に戻った。すでに電話の呼び出し音も九回目。なにを血迷っている、友枝がいま実家にいるはずはないじゃないか、そう己れをたしなめてはみるものの、なかなか受話器を置けない。たしかに彼女はいないかもしれないが、誰かが出てくれるはずだ……そんな強迫観念めいた妄想がとり憑き、離れてくれない。

合計十七回、虚しい呼び出し音を聞き終え、ようやく受話器を置いた幸夫は、自分の左手の甲、特にひとさし指と中指のあいだあたりが、びりびり痛むことに気がついた。なにかにぶつけでもしたのだろうか、ひどい痣になっている。一旦気がつくと痛みはますます激しくなってゆく。

ひょっとして骨折しているんじゃないかと危ぶむくらい腫れ上がった左手を見つめながら、幸夫は茫然とリビングのソファに座り込んだ。そのままなにもせず自失しているうちに日が暮れる。

幸夫が昨夜の出来事を憶い出したときは、すでに夜になっていた。ようやくソファから立ち上がり、マンションを出た。実家へ急ぐ。

小走りになりながらも、幸夫は我ながら怖くなるほど冷静だった。おれはあのガクとか名乗った男の子を殺した。殺してしまったのだ。それが判っているのに、どうしてこんなにも落ち着きはらっていられるのだろう？

そうか。なあんだ。当然じゃないか。だって、なにも心配することはないんだから。これはクルミのときと同じでさ。クルミがそうしたように、ガクも昨夜あの後ひょっこり生き返り、立ち去っただろうから。幸夫の言いつけを守ったのなら客間もきれいに掃除していってるはず。そうさ。いま頃、なにもかも元通りになっているんだから、と。

裏門の鍵を開けながら、幸夫は鼻唄を口ずさむくらいリラックスしていた。が、それも客間の明かりがつけっぱなしになっていることに気づくまで、だった。

テレビの音が洩れてきている……まさか。

「お、おい。おいおいおい」

ガクの死体はそこに偃臥していた。テレビは昨夜からずっとつけっぱなしだったようだ。黒ずんだ血痕がブラウン管にこびりついている。

「どうするんだ、これ」

ひっくり返った簡易テーブルもそのまま。畳にはサバの味噌煮や米粒がぶちまけられたまま。床の間や襖も血痕だらけのまま。

「どうするんだこれ。どうするんだよ、これ。掃除しとけって言っただろ。おまえが掃除しとくんだぞって言ったじゃないか」

ガクは返事をしない。動かない。ただなにやらわけの判らない、饐(す)えたような臭いが室内に充満している。酸性の刺戟に幸夫の眼が痛む。

「だいいちおまえ」激しい憤怒(ふんぬ)にかられ、幸夫は死体の頭部を蹴飛ばした。「なんでおまえ、まだここにいるんだよ」

死体の背中を踏みつけた。

最初は右足だけだったのが、どうにも怒りを抑えられなくなり、死体に跳び乗った。どすどす、両足で交互に踏みつける。

「いなくなるはずじゃなかったのかよ。え。ちゃんと起き上がって。そうだろうが。いなくなってなきゃいけないはずだろうが、おまえは」

ぐしゅりと足の下でなにかがつぶれたかのような感触に、はっと幸夫は我に返る。いかん。いかんいかんいかん。これ以上、部屋を汚してどうする。そう理性が戻ってきた。こいつはもう動かない。ガクのやつ、ここをかたづけてはくれないんだ。ちくしょう。てことは自分でやるしかない。手前の仕事を増やすこたあない。

とにかく部屋をかたづけなければ。そのためにはこいつの死体が邪魔だ。土間へガクを引きずり出そうとした幸夫は、その重さに閉口する。どうしたものか。あれこれ悩んでも仕方がない。本格的な処分は後回しにして、とりあえず死体は縁側のほうへ転がしておく。

茶碗や皿の破片を拾い、残飯と血痕でめちゃくちゃになった畳や襖を雑巾で拭いた。染みになってしまって完全にはきれいにならない。左手の痛みはずきずき、ずきずき、激しくなるばかり。作業の合間に患部を冷やしがてら、何度も何度も手を洗いにゆく。ちっともはかどらない。いらいらしているところへテレビがまだつきっぱなしになっていることに気づき、かっとなる。危うく簡易テーブルを持ち上げ、画面に投げつけそうになったが、かろうじて自制。リモコンで消す。

静寂が訪れると、だいぶ頭が冷えた。さて。ガクのことだ。どうしたらいい？　幸夫としては、死体が自ら起き上がり出ていってくれるという展開にまだ未練があるのだが、これだけ待ってもちっとも動く気配がない。もう生き返る望みはないと諦めざるを得ないだろう。縁側に転がしておくのもめざわりだ。とっとと始末したいが、こんな重いもの、いったいどうしたらいいんだ。

あれこれ悩んだが、いい考えが浮かばない。とりあえず幸夫は死体を縁側から中庭へ蹴り落とした。沓脱ぎから靴を持ってきて自分も庭に降り、ガクの両足を持ち上げる。ただでさえ視界の悪い夜の闇のなか、何度も振り向いて障害物の有無を確認しながら引きずり、芝生づたいに納屋のほうへ向かった。

自分が避けられても、死体の腕や頭部がときおり庭石にひっかかる。そのたびにぼこぼこ、がくがく全身が跳ね回りやがる。くそ。鬱陶しい。左手の痛みをこらえ、幸夫は引きずり続けた。

そうだ、土蔵のなかの長持、と閃く。あれなら死体のひとつくらい、入るだろう。あそこへ突っ込んでおこう、そう決めた。

決めたものの、土蔵の前へ死体を引きずっていっただけで幸夫はへとへとになってしまった。しばらく休んだ後、再び死体の足を持ったが、とても長持に死体をおさめる体力は残っていない。土蔵のなかへ放り込み、とりあえず隠すだけで精一杯だった。もう今夜は打ち止めだ。明日。明日だ。

明日？　おいおい。明日もまたこんな苦労をしなきゃいけないのかよ。なんでおれが。いったいなんの因果で。これというのもすべて。

土蔵の前の石畳にへたり込んだまま、ぜえぜえ荒い息を整える。ぎゅっと閉じた眼の裏で赤い渦巻きがぐるんと火花を放った刹那、やっと判ったと幸夫は思った。すべてあの女のせいだ、と。

なにもかもあの女のせいなんだ。あいつが浴衣を客間の押入れに入れておいたりするから、こんなことになってしまった。友枝はうっかり脱ぎ忘れたんじゃない。わざとあそこに置いていったんだ。そう考えれば説明がつく。

花火見物にかこつけ男をここへ連れ込んだ――友枝はおれがそう勘繰るであろうことを見越して、あの浴衣を仕込んでおいたのだ。いわば地雷のひとつとして。すべてはゲームだったんだ。あるいはプレイの一種と呼ぶべきか。

あの女にとっておれの存在とはなんだったのか、それがようやく判った。昨夜のガクを考えてみればいい。おれはやっと話がしたい、自分のつくった食事を楽しんでもらいたい、そう思っているのに、あの野郎はこちらを振り向きもしない。ただテレビを観るだけ。友枝のやつも同じだ。彼女が喜んでくれると信じて十年間、ずっとおれがつくり続けた料理は実はすべて生ゴミだったんだ。おれはあの女に利用されただけだったんだ。

たしかに友枝はおれから金をたかったりはしなかった。経済的にはそれぞれ自立すべしという約束はシビアすぎるほど徹底して守り、たまに気楽に食事を奢ってもらうことすら潔しとしなかった。籍も入れず、子供もつくらなかったから、志自岐家の財産が目当てだったわけではない。そんな友枝のストイックさゆえ、おれは勘違いしてしまった。彼女は高潔な人間なのだ、と。

その高潔さに相応しい男になりたいがために、おれは友枝の条件をなんでも呑んだ。そうすることで彼女の愛情を獲得できるものと信じて。

しかし友枝にとっては最初から、おれという人間は対等の存在ではなかった。同棲するにあたりいろいろ条件を出してみておれの反応を確認したのも、すべてはプレイだ。自分がどれだけ男から譲歩を引き出せるか試すパワーゲーム。あるいは自分の価値観で男を洗脳する育成プレイか。例えばおれが寝室をいっしょにすることを要求したりすれば、そこで自動的に脱落したものと看做され、ゲームセット。友枝が失うものはなにもない。

十年かけておれを自分の思い通りに調教し、さぞ彼女は満足しただろう。プレイ完了だ。おれは同じ屋根の下で寝起きしながら友枝に指一本触れぬ従順な犬となり、実家に仕込まれていた浴衣という地雷も踏まずに終わった。気づいていないのか、気づいていて知らないふりをしているのかは関係ない。おれが浴衣のことを、なぜ実家にあったのかと問題にした時点でお仕置きすればいいだけなんだから。

おれが完全に飼い馴らされたと見切った時点で、友枝にとってのプレイは終わった。満足したのか、それとも飽きたのか。いずれにしろ利用価値のなくなった男を捨て、彼女は立ち去った。それだけの話だったのだ。

そんな推測、なんの確証もない、ただの邪推だ、冷静になれ……そう理性が掠れ声を上げていたが、幸夫はもう耳を傾けなかった。ただ憎しみだけがあった。あの女。くそ。あの女。

背中を震わせ、幸夫は嗚咽をこらえた。

「クルミ……どこにいる」

迸る激情はいったい友枝に対する殺意なのか、それともクルミへの思慕なのか、幸夫は自分でも区別がつかない。

「どこにいるんだ……クルミ、お願いだ」

泣き咽びながら幸夫はいつまでも、石畳にうずくまったまま。

「帰ってきて……帰ってきてくれ……帰って」

聖餐Ⅱ

ヒイラギが立ち去った後も、しばらくのあいだ智津香は玄関の上がり口で立ち竦んでいた。足もとに並べられたスリッパを、まるでハンターを牽制する禽獣（きんじゅう）のような眼つきで凝視する。はたしてこれを履くべきか否か、そんなどうでもいい葛藤に我ながら呆れるくらい翻弄される。いま自分はイチョウたちが言うところの透明人間になった。ここから先はその設定でゆくわけだ。となると、そこに存在しないはずの人間が勝手にスリッパを履いたりするのはもしかしてルール違反なのではあるまいか、そんな逡巡（しゅんじゅん）をなかなか払拭できない。

フローリングの床の冷たさがストッキング越しに足の裏から首筋へと立ちのぼってくる。智津香は己れの爪先を見た。右足の親指の先端から甲にかけ、伝線している。清和井市へ来てから買った分の最後のパンティストッキング。もう予備もないが、これっていつから穿きっぱなしなんだっけ？　せめてここへ来る前にどこかで洗濯しておけばよかった。そう悔やむ。急に恥ずかしくなる。恥ずかしくて恥ずかしくてたまらなくなる。この期（ご）に及んで一人前に羞恥の感覚が残っているとは、なんと諦めの悪い。そう自嘲する一方、とにかく伝線は隠そうと智津香はようやくスリッパに足を突っ込んだ。

その途端、強迫観念めいた呪縛が解け、イチョウが言っていたことを憶い出した。そうだ。そういえば、喉が渇いたり空腹になったらキッチンにあるものを勝手に飲み喰いしていいことになってるんだ。あの子に話しかけない、接触しないというルールを遵守する限り、あとはトイレも使用できるし、なんならお風呂に入ってもかまわないという話だった。

てことはスリッパくらい大丈夫よね、きっと。

スリッパが自分の体温に馴染むまで待って、智津香は部屋の奥へ進んだ。一歩、また一歩と踏みしめるたびに腿の内側がこすれ、むず痒い感覚が腹腔を満たしてゆく。膝が萎えそうになり、智津香は一旦立ち止まった。自分がとてつもなくはしたない顔をしているのではないかと無性に気になり、鼻の周囲を掌で覆って眼を閉じ、息を整えた。お化粧してくればよかったかしらと悔やんだが、手荷物はすべてイチョウたちに預けてある。いまさらどうにもならない。前に進むしかない。

広い洋間へ出た。ヒイラギが言っていた通り、そこにあの少年がいた。大きなソファに、ひとり座っている。

Tシャツとトランクスに華奢な体軀を包んだクルミは、なにか雑誌をひろげている。クッションに凭(もた)れかかり、リラックスした様子。智津香の存在を一顧だにしない。

こんにちはと、うっかり声をかけそうになり、慌てて口をつぐんだ。クルミのほうでなにか反応を示してくれないものかと一抹の期待に縋り、智津香は待ってみた。どれくらい経ったか判らないが、そのあいだ、雑誌をめくる音だけが虚しく響く。さきほどまで彼女の裡で高ぶっていたものが、みるみる冷めてゆく。

為す術もなく肩を落とし、周囲を見回してみた。第一印象通り、ここはマンションの一室らしい。それもかなりゴージャスな内装。いまクルミと智津香のいる広間はリビングとダイニング、そして対面式キッチンが一体となっていて、およそ五十畳はありそうだ。

智津香が佇んでいる位置から見て、クルミの向かって右側に十二畳ほどの和室が続きになっている。あいだの襖を開放してあるので、全体的によけいに広く感じる。

クルミの座っているソファはL字形の応接セットで、その頭上には備えつけの空調機。こんな季節にクルミが海水浴場にいるみたいな軽装でもなんら差し支えなく、快適である。応接セットの左側には、十人は楽に座れそうな細長いダイニングテーブル。対面式キッチンも、カウンター席で五人くらいなら同時に飲食できるようになっており、個人住宅というよりまるで豪華なカフェバーの趣き。

余裕をもって贅沢に構築された空間。

視線を上げると、天井も高い。当然ベランダへ出るガラス戸のサイズも大きいだろうと思われたが、確認できない。重そうなカーテンが、ぴっちり隙間なく引かれているからだ。

リビングだけではない。和室もダイニングも、そしてキッチンも、窓という窓はカーテン、もしくはスクリーンで塞がれていた。いずれも絶対に開けてはいけない、とイチョウから厳命されている。ここへ連れてこられる際ずっと目隠しをされていたのと同じで、具体的な場所の特定をさせないようにするためだろう。もっとも智津香の場合、地元の人間ではないので、外の景色を見ることができてもどのみち位置関係など推測しようもないが。

クルミのほうを見てみた。ときおり寝そべったりして姿勢を変えながら、相変わらず雑誌のページをめくっている。広間の出入口付近に突っ立っている女に気づいていないはずはないのに、愚直なまでに設定を守り通そうとしている。

智津香はだんだん腹が立ってきた。あらかじめくどいほど念を押されていたにもかかわらず、いざその場に立つと理不尽な気分を抑えられない。人間、己れの存在を平然と無視されることほど屈辱的な仕打ちはない、そう痛感する。

憎たらしい子、いきなり跳びかかってやろうかしら……そんな凶暴な衝動に智津香はかられる。クルミの顔を押さえつけ、むりやりにでも自分のほうを向かせる。そして、めちゃくちゃにしてやる。そのきれいな顔を食べてやる。まるごと。あんたを食べてやるわ、と。

食べてやる——それがセクシュアルな比喩でもなんでもなく文字通りの意味であることに気づき、智津香は慄然となった。なんなのだろう、この異常な飢餓感は。どうなっているのわたしは。いったいどうなっているの。頭がおかしくなっている？　そうかもしれない、冗談ではなく。少なくとも精神的に追い詰められるあまり、まともな思考が途切れがちになっているのはたしかだ。

気持ちを落ち着かせなければ……この部屋の間取りでもざっと見てこようと、智津香はむりやり視線をクルミから剝がし、踵を返した。

広間を出て、もときた廊下へ戻ると、すぐ横がバスルーム。ここも広い。バスタブとシャワー室が別々になっている。続きの洗面所には最新式の洗濯機と乾燥機。

洗面所とトイレに挟まれるかたちで、主寝室の扉があった。なかへ入ってみると、キングサイズのダブルベッドが中央に据えられていて、ちょっとした書斎並みの規模のウォークインクローゼットが隣接している。もちろんここにもしっかりとカーテンが引かれていた。

そして主寝室よりもやや小振りな洋間が二間。４ＬＤＫか。けっこう高価そうね。清和井市の地価や相場がどの程度か智津香は知らないが、東京ならば億ションと呼ばれそうな物件だ。

それにしても、ここって実際に誰かが暮らしているのだろうか。行く部屋、行く部屋、家具や備品などは潤沢に揃っているものの、生活臭が全然感じられず、まるでモデルルームのようだ。この透明人間ごっこという茶番のためにわざわざ用意したのだとしたら、ちょっと豪華すぎない？　別にわたしが心配してやらなきゃいけないことじゃないけど。

さて。えと。

ひさしぶりに主婦っぽい好奇心に衝き動かされた智津香だったが、それも長くは続かない。小市民的な興味をひと通り満たしてしまうと、いきなり手持ち無沙汰になった。どうしよう。

広間へ戻るのも躊躇われ、智津香は薄暗い廊下に佇んだ。時計を見てみる。もうすぐ正午。イチョウたちが迎えにくるのは夜の八時だから、まだ時間はたっぷりある。

というか、たっぷり過ぎ。それまでいったい、どうすればいいのよ？　冥途の土産がわりにクルミのすべてを舐めるように味わい尽くしてやると意気込んでいた智津香だが、いざとなると思うようにいかず、すっかり気後れしてしまう。ずっと突っ立っているのもいたたまれず、主寝室の前の廊下をうろうろ。クルミのいる広間を遠巻きにする。

ふりふり袖の上着と花柄のロングスカートという自分の恰好がいまさらながら恨めしい。ここへ来るまではさほど深く考えていなかったけれど、こんなセンスのかけらもない恰好であんなきれいな男の子の前に出るのは、やっぱり嫌。むろん何度も確認するように、いま彼女は透明人間のような存在という芝居がかった設定が進行中なわけだが、それはあくまでもお互いにそのふりをするだけの話だ。クルミだって知らん顔しながらも、しっかり智津香のことを見定めるに決まっている。

せめてもう少し自分の趣味に準じた装いだったらよかったのに。こんな伯母へのあてつけのためだけの服なんて買わなきゃよかった。髪だってこのソバージュ、絶対わたしに似合っていない。あ。でも、いつものようにアップにしてたら却っておばさんぽかったかな。ああ嫌だ。いやだ嫌だ。もう悩むのは嫌。悩む自分が嫌。

いっそ……いっそもう、なにもせずに、ここから逃げ出してしまおうかしら？　真剣にそう考えた。別に自分は閉じ込められているわけではないし。昨日イチョウに、宿泊代を含めてけっこうな額を恵んでもらった手前、黙って立ち去るのは不作法にはちがいないが、こちらから頼んだわけではない。もともとこの茶番自体が無料のお誘いなのだから料金踏み倒しにはなるまい。そうだ。そうしよう。このままこっそり失礼しちゃおう。

そっと足音を忍ばせ、玄関の上がり口でスリッパを脱ごうとした智津香の動きが、ふと止まった。

……ん？

なにか違和感があった。それがひどく気になって智津香は浮かしていたかかとをもとに戻し、沓脱ぎとその周囲の収納庫を眺め回す。ヒイラギが置いていった車椅子が、ひどく場違いに映る。が、違和感を覚えたのは、そのせいではない。収納庫は靴箱も兼ねているのだろう、百足くらい余裕で入りそうなサイズだが。

なんだろう、この変な感じ？　玄関ドアを見てみる。ヒイラギが立ち去り際に施錠していったのだろう、ロックが掛けられていた。それも二重ロックなのに加え、ドアの上部には見慣れぬかたちの金属製の突起物が下へ向かってせり出してきている。たしか防犯器具の一種で、リモコン操作で外部から開閉できるドアストッパーの類いじゃなかったっけ。テレビの特集番組で紹介されていたが、実物を見るのは初めて。これが違和感の正体？

いや、ちがう。この感覚は……車椅子とか特殊な防犯器具とか普段あまり馴染みのないものが眼の前にある、というのではなくて、そこにあって然るべきものが見当たらない、みたいな、そんな——智津香は少し離れたところからドアの全体を見渡してみるべく、ゆっくりとあとずさった。

主寝室の扉近くまで来たそのとき、広間のほうからスリッパの足音が近づいてきた。ぎくりとなった智津香は、とっさに避けようと身体を斜めにした姿勢のまま凝固する。

クルミがやってきた。あくまでも彼自身以外は誰もいないという顔で智津香の横をすり抜けると、トイレに入ってゆく。

溜息が洩れた拍子に智津香はその場にへたり込みそうになった。相変わらず彼女には一瞥もくれないままとはいえ、クルミのほうから近寄ってきたことで一気に緊張が高まる。まだ胸がどきどき、どきどきしている。

水を流す音とともにドアが開き、クルミが出てきた。立ち止まることなくスリッパの音を響かせ、さっさと広間へ戻ってゆく。

　やがて水音がやむと、再び手持ち無沙汰な空白が智津香を包み込んでくる。少し迷ってから、智津香はトイレに入ってみることにした。無意識に鼻をひくつかせ、芳香剤に混じった少年の匂いを嗅ぐ。

　下着ごとパンティストッキングをまるめて下ろすと、ぷんと己れの臭いが立ちのぼった。智津香は便座に座る。ちょろちょろ小水の音を聞いていると、さっきまで漂っていたはずの少年の残り香が自分の汚臭に侵食され、霧散してゆくかのようだ。

　そうやって括約筋が緩んだせいだろうか、あるいは今朝なにも食べず用も足さずにビジネスホテルを出てきたせいだろうか。いまになって唐突に激しい便意を催し、智津香は慌てた。我慢しようとしたはずが力の入れ方をまちがえ、逆にいきんでしまう。放屁してしまった。広間へどころか、マンション全体にまで響きわたりそうな勢いで。

　焦って水を流したものの、すでに手遅れかもしれない。聴かれた……？　羞恥のあまり、危うく喉から迸りそうになる呻き声を智津香は呑み下した。聴かれたわ、絶対。聴かれた……聴かれてしまった、あの子に。よりによって、いちばん恥ずかしい音を。

　みじめさに押しつぶされてしまいそうだった。ひょっとしてこの恥ずかしい音も、透明人間の発したものという設定に則り、まったく聴こえなかったふりをされるのだろうか。そうなのだろう、きっと。あんまりだ、そんな。こんな恥辱って、ほとんど拷問。いっそ面と向かって嗤ってくれたほうが、どれだけ気楽か。

自分の排泄物の臭気を嗅ぐともなしに嗅ぎながら放心状態に陥る。どのくらいのあいだ便座にへたり込んでいただろう。無意識にウォシュレットのスイッチを入れてようやく智津香は我に返った。さっきまで泣き出しそうだった自分が低く笑い声を洩らしていることに気がつく。明らかに精神的な崩壊が進行していたが、彼女はその笑いの衝動に身を委ねることにした。

可笑しい。ああ可笑しい。なに気どってんの、わたしったら。いまさら屁の音を聴かれようが、うんこ洩らすのを見られようが、それがなに？　なんだっていうのよ。これから死のうって女が。もうわたしには失うものなんか、なにもないはずじゃない。そうでしょ。やめた。やめやめ。トイレを出て洗面所へ行き、石鹸でことさら丁寧に手を洗いながら、決めた。黙って出てゆくのはやめた、と。やっぱりここにいよう。ずっといてやる。せっかくの機会だもん。もったいないじゃない。じっくり時間の許す限り、あの子といっしょにいてやるんだ。

広間へ戻ると、クルミは対面式キッチンのカウンター席に座っていた。彼の前にはミネラルウォーターのペットボトルとコップが置かれている。

智津香もキッチンに入ってみた。業務用かと見まがう巨大な冷蔵庫を開けてみる。気分的にひらきなおったせいか、空腹を覚えた。なにか食べられそうなもの、あるかしら……え？

智津香は眼をしばたたいた。ラップをかけられた大皿が三枚、そこにある。一枚目にはクラッカーにのせたチーズやキャビア、そしてテリーヌなどがいっしょに所狭しと並んでいる。ひょっとしてこれ、フォワグラ？　こっちにあるのはカラスミ？　二枚目にはイタリアンパセリを添えた生ハム各種、小さい別容器に盛られた小海老のカクテル。三枚目は白身魚の刺身にオニオンスライスや香味野菜をたっぷりまぶした、立派な一品料理という感じのサラダ。どれも美味しそうだ。が。

なんなのこれ？　まるでホームパーティの準備でもしてあるみたい。わたしが食べちゃっても、いいのかな。いいんだよね、多分。おやまあ。ずいぶん気前のよろしいことで。なかなかじょうずな仕上がりだが、よく見るとそこはかとなくしろうとくささが漂う。ケータリングサービスを頼んだのではなさそうだ。あの娘たちがつくったのかしら？

ふと智津香は、昨日ショッピングモールでイチョウに声をかけられたときのことを憶い出した。いますぐクルミに会わせてくれと急く智津香を「いろいろ準備があるから」とかなんとか、彼女はたしなめたっけ。ひょっとしてその準備って、これのことだったのかな？

にしてもお酒のおつまみみたいなものばかりね。そう思い当たり改めて冷蔵庫のなかを見てみると、あるわあるわ、ビールやワイン、シャンパンがいっぱい。キャビネットにもウイスキィやブランデー、バーボン、日本酒、焼酎などアルコール飲料が豊富に揃っている。詳しい銘柄は知らないが、高価そうなものばかり。なかなか豪気だけど、残念ながらわたし、飲めないのよね。たまに夫の祐哉の晩酌に付き合ってワインを舐めてみることがあったが、ほんとに舌の先を浸す程度で……

夫の顔を思い浮かべる。二十年以上連れ添った男なのに、なんだか輪郭がぼやけて、うまく憶い出せない。あのひと、いまわたしがこうして、息子よりも若そうできれいな男の子とふたりきり、密室に閉じ籠もっているなんて夢にも思わないでしょうね。己れが失ってしまったもの、そして家からあまりにも遠い距離に思いを馳せると智津香は眩暈のあまり吐きそうになり、冷蔵庫の扉を閉めた。

眼尻に涙が滲んできた。こんなときお酒が飲めたらいいのに……そうか。飲んでみようか。どうせ死ぬんだし。再び冷蔵庫を開けた。

無作為に白ワインのボトルを手に取ってみた。智津香が見たことがないほどきれいな黄金色に輝いている。ワインオープナーで開けると、これまた未体験のフルーティな香り。ワイングラスに注いでみるだけで酔っぱらいそうな気がした。

流しの下の収納を開けてみる。いろいろな種類の包丁が並んださまは圧巻。まるで買い揃えたばかりみたいに、いずれの刃も艶々と銀色の光沢を放っている。なんだろうこの数。個人のキッチンで、こんなにたくさん必要なものなの？

パン切り用とおぼしき包丁を智津香は選んだ。冷蔵庫にあった生ハムを、薄切りにしたバゲットにのせ、ひとくち。とても美味しい。美味しいのだが、喉に詰まる。ふたくち目から早くも、もどしそうになってしまう。

我ながら不思議だった。こんなに空腹なのに、気がついてみると食欲は全然ない。それでいて食べるのをやめたらやめたで、なんでもいいから口へ詰め込みたくなる衝動をもてあます。

まったく口をつけないままのワイングラスを持ってカウンターを回り込むと、クルミの隣りの椅子に座った。息のかかりそうな距離から、じっとり彼の横顔を覗き込むが、クルミは智津香のほうを振り向きもしない。

小面憎（こづらにく）いって、このことよね。ほんと、頭くる。もうルールなんてどうでもいい。わたしはこの子と話したい。あくまでも口をきかないっていうのなら、さわらせて。まるで痴漢の言い分だけど、やっちゃだめって言われると人間、やってみたくてたまらなくなるのよ。ああこの、透明感に溢れる白い肌。すべすべしていて気持ちよさそう。

あっちこっち両掌に包み込んで、撫で回してみたいよう。も、思い切って、さわっちゃおうかな。あの娘たちには黙っているのよとクルミに口止めしておけばいいことだし。ね。そうだよ。ばれっこないって。イチョウたちだってこの部屋を監視しているわけじゃな
……あ？

はっと智津香は閃いた。そうか。そうだったのか。さきほど玄関ドアの前で覚えた違和

感。それがなんだったのか、やっと判った。

チェーンだ。チェーンがなかった。たしかにドアは二重ロック、特殊な防犯器具まで完備している。しかし内側から掛けられるはずのチェーンが付いていないのだ。ということは……智津香は考えた。どういうこと？　って、どういうこともこういうことも、単純な話じゃない。つまり。

仮に智津香が自制できなくなり、クルミに襲いかかったとする。約束がちがうとクルミは抵抗するだろう。助けを求めてイチョウたちを呼び寄せるかもしれない。そうなったら智津香には彼女たちを閉め出す手段がない。多勢に無勢、三人がかりで押さえつけられてしまう。万一智津香が籠城しようとしてもそれを防ぎ、いつでも室内へ踏み込んでこられるようにするための措置として、チェーンを取り外してあるわけだ。

まてよ。いざという場合、クルミはどうやってイチョウたちと連絡をとるのだろう？　先刻ざっと見た限りでは室内のどこにも固定電話は設置されていなかった。あるいはどこかに携帯電話を隠し持っているとか？　いや、そうか。別に電話がなくてもいいんだ。イチョウたち三人が交替でマンションの近くに待機していれば、それですむ。クルミはいつでもカーテンを開け、身振り手振りで状況を知らせられるのだから。

なるほど。いままで考えつかなかったのも迂闊だったけれど、あの娘たちはきっと、外からこの部屋を監視しているんだ。それほどクルミの身を案じて……いや、ほんとにそうか？　むしろ逆なんじゃないの、と智津香は思い当たる。

　こういうことだ。イチョウたちはさんざん「クルミに話しかけちゃいけない」「彼にさわっちゃいけない」と命じつつ、実は智津香がその禁を破ることを期待している。冷蔵庫のなかのオードブル各種、そしてアルコール飲料の品揃えを見てもそれは明らかだ。ただでさえ手持ち無沙汰にならざるを得ないシチュエーション下、もしも智津香がいけるくちなら、あれこれつまんでいるうちについ酒が進むだろう。酔っぱらって気が大きくなり、すぐ傍にいるクルミにちょっかいをかける、というのはごく自然な成り行きだ。少なくともイチョウたちにその程度の展開を予測できないはずはない。

　判らないのは、では智津香がクルミに接触したらイチョウたちはいったいどうするつもりなのか、ということだ。ヒイラギの言う「死んでしまうかもしれない」とは、ひょっとして、ひどい目に遭わせてやるわよという意味のレトリックだろうか。例えば年端もゆかぬ少年への性的悪戯の現場を押さえて智津香の弱みを握ろうとしている、とか？　そうかなあ。仮にそうだとしても、こんなにややこしいお膳立てをするほどの価値があるのかしら。なんだか、ばかげてる。

　まあいい。その気になればあの娘たちの目的を確認するのは簡単だ。クルミにさわっちゃえばいいんだもん。ね。でも、それはいつでもできるし、時間はまだたっぷりある。とりあえずは設定とルールに従い、この子の前では透明人間として振る舞ってやることにしよう。

智津香はだいぶ冷静になった。ほんのつい先刻までクルミに対して火のような欲望にとり憑かれていた己れが滑稽でもあり、また不気味でもある。イチョウたちに禁欲的な設定を課せられることで逆説的に、催眠術か洗脳を施されていたような心地さえする。

精神的余裕ができて悪戯心が湧いたのだろうか、ふと妙案が浮かんだ。たしかにクルミに触れてはいけないし、喋ることもできない。だけど、彼の匂いを嗅いではいけない、とは言われていないじゃない？　そうよ。そうだわ。よし。

ワイングラスにはまったく口をつけないまま智津香はゆっくり立ち上がった。座っているクルミの背後に回る。

彼のうなじあたりに鼻を寄せ、くんくん、露骨に音をたて、匂いを嗅いでやった。無視し続けるものの、やはり気になるのだろう、クルミが微かに身を固くする気配が伝わってくる。

ふふ。動揺してる動揺してる。くすぐったいんでしょ？　でもおあいにくさま、わたしは全然さわっちゃいないわよ。息遣いを感じたとしても、それはあなたの気のせい。わたしは透明人間。幽霊みたいなものなんだから。ね。

じかに触れないように微妙に距離をとりつつ智津香は、少年の頭髪や肩、腋の下など、あらゆる角度から嗅ぎまくる。そのうち大胆になって、フローリングの床にひざまずくと、トランクス越しに彼の下半身を舐めるように嗅ぎ回す。

しばらく我慢していたクルミだが、やがてさりげなく立ち上がるとソファへ戻った。一矢むくいてやったという爽快感と同時に、智津香は面喰らってもいた。この年齢の男の子にしては脂っぽい臭気がまるでないのだ。かといって石鹸や洗剤などの不自然な残り香もなく、人工的に清潔にしているふうでもない。この子っていつも、こんなふうに新陳代謝を感じさせない体質なんだろうか?

急に少年の存在そのものが非現実的に感じられ始めた。いささか鼻白む思いで智津香は、クルミの斜め前のソファに腰を下ろす。

じっと彼を見つめた。きれい。この子、ほんとにきれいだ。

この美しさには覚えがある。ぼんやりとそう考えている己れに智津香は戸惑った。覚えがある? まさか。わたしこんなきれいなひと、老若男女にかかわらず、会ったことなんてないはず。いや。

人物じゃなくて。そう。この子を見ていると、なにかを連想させられるんだ。なんだろう? どこか懐かしいようなこの感じは……唐突に脳裡に浮かんできたのは彼女の東京の実家だった。

中野区鷺宮の自宅。夫の祐哉は婿養子で、智津香は結婚後も両親、そして歳老いた祖父といっしょにそこで暮らしていた。

祐哉とのあいだに最初に生まれたのは女の子だった。久美子と名づけられたその娘は、わずか一歳足らずで病死。もう立ちなおれそうにないほどの悲嘆をかかえ、夫婦で手を取り合い、夜を泣き明かしたっけ。

やがて長男の順一が生まれた。二年後には次男の純二（じゅんじ）にも恵まれ、人生の再スタートが順調に進んでいるように思えた、あの頃。四世代家族でしばし幸せに暮らしていた、あの家。

家には庭があった。智津香が子供の頃、それはとても広大な雰囲気で彼女を包み込んできたものだった。一旦おとなの目線になってみるとむしろ狭いのだが、過去に固定されたイメージのなかで庭は鬱蒼とした風格をいつまでもたたえたまま。そう。いまでも智津香にとってあの庭は、森林に劣らぬ奥深いふところを具えている。

クルミはあの庭のようだ。この子も物理的には人間の肉体という、限られたスペースしか持っていないはず。鷺宮の実家の庭の敷地が実際には猫の額並みのサイズだったのと、それは同じだ。

智津香の想い出のなかでのみ、あの狭い庭は宇宙にも匹敵するスケールを持つ。クルミの美しさはその壮大さに通じるのだ。人間の肉体にはおさまりきらないなにかが、そこにある。それが彼の現実離れした美を裏打ちしている。

智津香は涙ぐみながらクルミを見た。あなた、歳はいくつ？　声には出さず、そう問いかける。高校生？　それとも中学生？

ふたりの息子の顔が浮かんだ。ほんとうなら来春の春、大学生になるはずだった順一。

あるいは浪人していただろうか。それはあるまい。あの子は祐哉に似て頭がよかった。その気になれば、どんな大学にだって行けていたはず。

純二は、生きていれば十六。いま頃、高校に入学していただろう。その純二の面影は三歳のそれで停止したまま。なぜ。なぜあの子は死ななければならなかったの。どうして。どうして殺されなければならなかったの。たった三歳という幼い身で。

（死んでくれ）

いまは亡き父の声が甦った。

（頼む、智津香、いっしょに死んでくれ）

忌まわしいあの日。あの夏の暑い日。

十三年前の八月。五歳だった順一と夫の祐哉は留守だった。なんの用で外出していたのか、もう憶えていない。ふたりでプールにでも泳ぎにいっていたんだっけ。憶えているのは自分がお昼の冷やしそうめんを四人前しか用意しなかったこと。そのとき鷺宮の澤村家には智津香、三歳の純二、智津香の父、淳朗と、母、香代の四人がいた。

智津香の祖父、淳造（じゅんぞう）はこの年の春、眠るようにして大往生を遂げており、父、淳朗が喪主として葬儀を執り行ったばかりだった。当然ながら伯母の春江も瓜連村から上京してきて参列したが、口うるさい彼女のこと、おとなしくしているわけがない。とにかく手際が悪いと葬儀から骨揚げに至るまで、なにかにつけても文句を垂れっぱなしだった。喪主としての自覚に欠けると特に父はさんざんこき下ろされた。なにしろ生まれて初めての体験ゆえ多少のもたつきは仕方ないのに、伯母は容赦しない。だいたいあの子は昔から親に甘やかされて育ったもんだから身体だけ歳をとって中味は一人前じゃないんだ、と弟のことをその孫たちの前でぼろくそにけなした。

父と伯母の幼年時代、澤村家にはまだけっこう男尊女卑的な価値観や風潮が残っていたらしく、男の子のほうが大切にされ、女の子はないがしろにされがちな傾向があったと聞く。昔、食パンがまだ珍しかった時代、淳朗はにやにやと見せびらかすようにしてそのおやつをひとりで全部食べちまった、あたしにはひとかけらも分けてくれず、両親もそれを咎めもしなかったと、伯母は半世紀にわたってその姉弟間の依怙贔屓を執念深く恨み続けていたのだ。

智津香にしてみれば、自分がものごころつく前から実家を出ていて、歳老いた祖父のしもの世話をするわけでもなく親にかかわるすべての雑事を母に押しつけっぱなしにしていた伯母が、なんであんなに態度がでかいのか理解に苦しむ。骨揚げのとき斎場の従業員の些細な立ち居振る舞いにまで難癖をつけるに至っては、このひとに自分の父親を悼む気持ちなんてあるんだろうかと、智津香は伯母の人間性を疑わざるを得なかった。

ねちっこい春江の厭味を苦笑して聞き流すだけの父の姿が歯痒くもあった。以前は伯母のあまりの悪口雑言ぶりに反論もしていたらしいが、粘着質の姉から悪意が倍になって返ってくるだけと悟り、すっかり諦めきっていたらしい。ようやく精進おとしが済んで――もちろんここでも伯母の文句の独壇場だったが――春江が帰っていったときは家族一同、ホッとしたものだ。

その後、長年の祖父の介護疲れが祟ってか、母の香代は床に臥せりがちになった。妻の病状を気に病み、父もそれ以来ふさぎ込みがちになった。母の病状が入院するほど深刻ではなかったため、いずれすべてが好転するだろうと、智津香は楽観視していたのだが……父がいつの間にか、あれほど精神を病んでいたとは夢にも思わなかった。

その日、昼食の用意ができたことを知らせに両親の部屋へ行った智津香がそこで見たのは、母の首を絞めている父の姿だった。

泣き笑いのような形相のまま父が、空気が、そして時間が、すべてが凍りつく。母はすでにぐったりしていて動かない。唇の端から濁った泡を噴き、死んでいた。その母の身体に覆いかぶさったまま、父はなかなか動こうとはしない。

（智津香、頼む）

やがて母から離れ、振り返った父に、智津香はなにも言えなかった。父の声が聴こえていたかどうかも怪しい。ただ母の骸を見ていた。

（頼む、死んでくれ。おまえも。おまえも、いっしょに死んでくれ）

父の手が自分の首にかかって、智津香は我に返った。

（やめて）

悲鳴を上げ、逃げ惑った。

（やめて、お父さん、やめて）

泣き笑いのような表情をへばりつかせたまま父が追いかけてくる。譫言のように、死んでくれ、死んでくれ、とくりかえしながら。

（やめて、お願い、やめて、お父さん）

両腕を突き出し、ぷるぷる震えながら迫ってくる父。

（正気になって、お父さん、やめて、来ないで、来ないでえええっ）

恐ろしさのあまり気が狂いそうだった。

幼いながら異常を察したのだろう。火がついたように泣きながら純二が智津香の脚にまとわりついてくる。彼女は必死で息子を掻き抱き、逃げた。家じゅうを逃げ惑った。どこをどんなふうに逃げたか、なぜ戸外へ飛び出さなかったのか、まったく憶い出せない。冷やしそうめんの容器が床に落ちて砕け、氷と水が飛び散る場面が、かろうじて網膜に焼きついている。

ついに父に捕まり、智津香は首を絞められた。意識がそこで暗転し。

そして息を吹き返したとき、すべては悪い夢だったのだと思った。しかし智津香を待っていたのは地獄だった。

智津香が寝ていたのは病院のベッドで、夫の祐哉が傍らにいた。目を覚ました妻を哀れむべきか否か迷っているかのような、なんとも複雑な表情を浮かべて。いまにして思えばそれはある種、忌まわしい敵意が籠もっていたのかもしれない。

混乱している智津香に事態を説明したのは夫ではなく、警察官だった。そこで初めて彼女は、父が殺人の現行犯で逮捕されたことを知る。妻の香代を扼殺し、娘の智津香も危うく殺しかけた。

父本人の供述によれば、妻の病状を悲観して一家無理心中をはかろうとしたのだという。妻を殺した後、娘の首を絞めたら意識を失った。智津香も死んでしまった。父はそう思い込んだという。倒れた母親にとりすがって泣いている孫の純二を見た。この子は最愛の母親を失い、この先、殺人者の孫として生きていかなければならない、そう思い至った途端、純二のことが不憫になった父は発作的に、三歳児の首にも手をかけてしまった……と。

智津香がほんとうに現実へ戻ってきたのは、純二の死を知らされたこの瞬間だった。自分がどう反応したのか、もはやなにも憶えていない。錯乱したような気がするが、はっきりしない。完全に記憶が欠落している。

孫の純二を殺した淳朗は、己れも後を追うべく包丁で割腹したが、死に切れず血まみれになって、のたうち回りながら屋内をさまよっていた。そこへ帰宅した祐哉が事態を知り、警察へ通報した、そういう経緯だったらしい。

（なんで……お父さん、なんで？）

信じられなかった。なにもかも。

（お父さん、どうして？　どうしてなの……どうして……どうして純二まで）

心情的に受け入れられないという以前に、納得できないことだらけなのだ。

まず引っかかるのは、母の病状を悲観して凶行に及んだ、という父の主張だ。この当時たしかに母は床に臥せりがちではあったが、それは長年の疲労によるものであって、なにか具体的な疾患が進行していたわけではない。だいいち母の世話をしていたのは父ではなく、智津香なのだ。娘の彼女が知る限り、父は何事も母に任せきりで、家事など全然しない。女性の母性的庇護に依存するタイプの典型で、その意味では「甘やかされて育った」という伯母の批判は、不本意ながら的を射ていなくもない。そんな父が、例えば介護疲れでノイローゼになるなんて道理があろうか。

にもかかわらず父は母を殺した。この事実に限って言えば、たしかに父は祖父が死んで以来ちょっと鬱気味だったし、ふと虚無的な衝動にかられたりする瞬間もあったのだろう。その延長線上で、長年連れ添った妻を道連れにして自分も死のう、そう思い詰めてしまったのかもしれない。ここまでは、決して理解できるわけではないが、まだとっかかりのようなものはある。

まったく想像の埒外なのは、なぜその後、智津香に手をかけたのか、だ。どうして娘まで殺す必要があるのか。いや一歩も百歩も譲って、妻をあやめる以上はひとり娘も道連れにせずにはいられなかったのだとしよう。だが。

だが、どうして孫にまで……純二は当時、まだ三歳だったのだ。淳朗にとってもいちばん可愛い盛りではないか。なのに、いったいどうして？　いったいなにが父をして、そんな鬼畜の所業に走らせてしまったのだ？

父は結局、搬送された病院で腹部の傷の治療をした後、公判を待たずに死んだ。拘置所で自分の下着をむりやり呑み込み、自殺したのである。

あれから、十三年。

十三年間だ。十三年かけて、ようやく深い傷から立ちなおり、夫の祐哉、息子の順一と三人で一生懸命がんばってきたのに。なぜ。

普通ならば引っ越しするところを、過酷な現実から眼を背けまいと、歯を喰いしばって事件のあった家に留まり続けてきたのに。

それが、なぜ。なぜ、いまになって。

なぜ……順一まで。

自ら飛び込み自殺などを？

（また……かよ）

祐哉の声が甦る。

（いい加減に……いい加減にしてくれ……もういい加減にしてくれ……なんで……なんでだ……なんでおれたちばかり、こんな目に……）

決して自問ではなかった。夫は婉曲ながら妻を責めている。それはそもそも十三年前、我が子を殺害した義父への憎しみをその娘である智津香へ投影するというかたちで、すでに萌芽していたなにかだった。順一が死んだのはおまえのせいだ。祐哉がほんとうに言いたいのは、そのひとことなのだ。

わたしの……わたしのせい？

順一の死はわたしのせい、なの？

衝動が襲ってきた。死にたい。

死んでしまいたい。いますぐ。

智津香はクルミを見た。

この子に決して触れてはいけないという、なぜなら、そんなことをしたら死んでしまうかもしれないからだ、と。仮にそれがレトリックではなく文字通りの意味だとしよう。どういうかたちでそんな結果に至るかは不明だが、ともかくヒイラギはそう言っていた。ひょっとしてイチョウたちに殺されてしまう、という意味なのだろうか。まさか。とは思うものの、考えてみればそれは智津香にとってまさに望むところではないか。

いずれにしろ、なにも失うものはない。この美しい少年の肌を思うさまむさぼり、それで昇天できるのなら、わたしは。わたしは。

一気に沸点に達した欲望に衝き動かされ、智津香は立ち上がった。わたしは。

わたしはこの子を。

この子のすべてを、この口のなかに。

口のなかに詰め込んでやる。頭から爪先まで。すべて。すべてを。

喉の渇きに喘ぎながら一歩を踏み出そうとした彼女の足が、ふと止まった。

急速に欲望が冷えてゆく。まって。ちょっとまってちょうだい……もしかして。

この子に触れたら死んでしまうかもしれない。それは彼女自身が、と智津香はなんの疑いもなく解釈していたのだが、もし。

もしもそれが逆だったら？

智津香はクルミを見た。わたしが触れたら、この子は死んでしまう？

もしかして……

もしかして、息子みたいに？

「じゅん……」

腰が砕け、智津香はその場にうずくまった。

「……順一」

涙。ただ涙が溢れる。

殉教２

迂闊にも長嶺は、古岳由美の掌をついに一度も見ずに終わった。すなわち彼にとって、あの美しい手とはピアノの鍵盤に置かれた状態のそれであり、厳密には手の甲と言うべきだったのだ。そのことに二十余年ぶりに気づいたのは、すでに彼女の葬儀が終わった後で、担架で遺体が河川敷から運ばれるときにでもそれらしい口実をもうけ、網膜に焼きつけておくべきだった、そう悔やむ。

自身の掌を、長嶺は眼前にかざした。ゆっくり裏返し、手の甲をじっと見つめる。結局、自分自身の手がいちばん好ましい形状を具えている。何人かの女性と付き合ってみて、長嶺はそう結論している。生物学的には男の手だが、へたな女の手より、こちらのほうがいい。爪のかたちなど、これだけバランスがとれている手に、これまで長嶺はお目にかかったことがない──古岳由美のそれ以外は。

そう。由美の手。あれだけは特別だ。彼自身の手も遠く及ばぬ、官能的な美しさ。しかしそれは、もはや茶毘（だび）に付され、土に還っている。もう二度と眼にすることはない。永遠に。あの手をこの世から奪い去った犯人に対して、長嶺は嫉妬のような、親近感のような、複雑な思いをもてあます。

長嶺はゆっくり手首を回した。掌が現れる。息絶えた由美に倣って、コップかなにかを摑もうとして途中で思い留まったかのような感じで、そっと半分ほどにぎってみた。中央あたりに寄った皺が、なにかを包み込むべく待ち受けている口のように見え、エロティックな気分にかられる。

由美の掌は、どうだったのだろう？　こんなふうに、まるで生きた粘膜のようにくねり、長嶺をいざなってくれただろうか。あるいはこの彼自身の手以上の興奮をもたらしてくれたか？　長嶺は飽かず自身の手を眺め回しながら、パンティストッキングに包まれた脚を組み替えた。

そのとき頭上で「今日はずいぶん、ごゆっくりなんですね」と声がした。長嶺が視線を上げると、洋式のウイッグをかぶった、四十代とおぼしき男が立っている。このサロンで何回か見かけたことのある顔だ。本名はもちろん知らないが、みんなから「ミワコさん」と呼ばれている。最近正式に入会したばかりらしい。概して新人は高音域を意識しすぎて不自然な裏声で喋りがちなので、すぐに判る。

「ああ、そういえば」と、ここでしか嵌めない女物の腕時計を見る長嶺は、普通に男の声で喋りながらも女性的トーンを表現できる程度には年季が入っている。「もう四時、ですね」

　本来、閉店は午前二時だが、居残りたい会員のため、わりと融通をきかせてくれる。サロンを見回すと、大型の鏡の前で己れの艶姿を飽きずに見惚れたり、持参したデジタルカメラで記念撮影をしたりしている者が、まだ数人。

「ここ、座っても、いいですか？」

「どうぞ」

「ずっとおはなししてみたいなあと思ってたんですけど、いつも唐突におかえりになるので」

「仕事がね。不規則なもので」

「へえ。それは——」お互いの素性の詮索は会員規則で御法度であると憶い出したのだろう、ミワコは自分の口を手で覆った。「でももう、この時刻になったら大丈夫でしょ？　みなさんもまだまだ、楽しみ足りないみたいだし」

　ここは〈ブルーバンビ〉という、会員制の女装クラブだ。長嶺が会員になってはや六年目、こうして仕事の合間を縫って通ってきている。一時的には熱中するもののやがて別の趣味へと流れがちな刹那的愛好者が多いなか、彼は古株のほうだ。

　それまで長嶺は、自分が女装に興味のある人間だとは思ってもみなかった。女装とは同性を性愛の対象にする男たちが必要に迫られてするものだ、という誤解があったからである。自分が同性愛者だとは長嶺には思えなかった。自身の手を唯一の例外として、男の肉体のいかなる部分にも興味や関心を抱けない。

それが一転、女装に耽溺するようになったきっかけは、自身の手を女性のそれに見立てた自慰行為だった。ふと、この手をもっと女性らしく飾れないものかと思ったのである。すぐにブレスレットや女物の腕時計をつけてみたところ、けっこうそれらしい気分を味わえた。やがて手首の周辺を飾りたてるだけでは満足できなくなり、徐々にエスカレートしてゆく。

といっても、すぐに女装という方法に飛びついたわけではない。手を股間に添えると、自然に己れの胸部や下半身に目がゆく。手首だけ女っぽく装っても中途半端だ。女物の下着をつけてみるという発想は当然わいたものの、心理的抵抗が強かった。だいいちそんな恰好をしても、おぞましい気持ちが先にたって、とても自慰行為になど集中できないではないか、そう思っていたのである。

ところがある事件の捜査中、情報提供者として知り合った男が女装愛好者だったことが長嶺の人生を変えた。その男が結婚していて子供もいると知り、長嶺は驚いたのである。きみはそういう趣味のくせに女性との行為も可能なのかと訊くと、その男は不本意そうにこう反論した。

「だってぼくはゲイじゃありませんから。ただ女装するのが楽しいだけで」

「素朴な疑問で申し訳ない。ゲイじゃないのに、なぜ女装が楽しいんだろう」

「ぼくの知り合いの女装愛好者って、ほとんどがヘテロ、つまり女性を性愛対象、恋愛対象にするひとたちばかりですよ。むしろゲイの方のほうが、男っぽさにこだわるタイプの場合だけど、女の恰好をするなんて気持ち悪い、と顔をしかめたりする。ゲイのありようもさまざまですから、もちろん一概には言えませんけど」

目からうろこが落ちた長嶺は、すっかり女装というものに囚われてしまった。が、具体的になにをどう実践したらいいかさっぱり判らない。何事も専門家に訊くに限るという考え方の彼は、それからつてを頼って絶対秘密厳守とこの世界で定評のある老舗会員制女装クラブ〈ブルーバンビ〉へ辿り着く。料金さえ払えば鬘、靴、衣装、すべてがレンタルで揃う。衣装の選び方からメイクの仕方まで手とり足とり担当スタッフがアドバイスしてくれるのも、初心者にとってはありがたかった。いまや長嶺も、外出しても必要以上にひと目を惹かない自然な衣装を自分で選べるし、メイクも完璧にできる。

こんなにも長く通うことになったのは、このクラブ独特の禁欲的なムードゆえだろう。サロンでのアルコール飲料禁止、秘密厳守の見地から正会員といえど女装しての出入りは厳禁、会員たちが互いの本名、職業などを明かすことも禁じられている。警察官である長嶺にとって安心できる、居心地のいい場所なのだ。

日常生活のなかで女装して外出したりすることは滅多にないが、いまでは女の姿で知人の前に出ても長嶺尚輝であるとそうやすやすとは気づかれない自信が、彼にはあった。思春期の頃はけっこうコンプレックスの種であり、何回か経験した見合いでもことごとく断られる遠因となった己れの男としては華奢で小柄な体格に、いまでは感謝すらしている。なにせ妻帯なんかしていたら、この趣味を充分に楽しむこともままならなかったかもしれないし。

「お名前、なんて呼んだらいいですか」と、まだ完全に男の立ち居振る舞いの消えていない物腰でミワコは訊いた。「このお店ではいちばん長い方だからって、バンビさんて呼んでいる方もいらっしゃるようだけど。そう呼んでもかまいません？」

「ええ、どうぞ」という答えに長嶺の携帯電話の着信音がかぶさった。「ちょっと失礼」椅子から立ち上がると、長嶺はサロンを出た。階段を降りると売店がある。女装グッズや、一般の書店では入手しにくいトランスジェンダー研究を柱にした社会学専門書などが並んでいる。顔馴染みのレジ担当に会釈しておいてから、長嶺はロッカールームへ向かった。

『――寝てたか』と携帯から流れてきたのは、知原の声だった。そんなはずはないのに長嶺は、鬘をかぶってメイクしたままの自分の姿を彼に見られてしまったかのような錯覚に陥る。数いる同僚たちのなかでこの知原にだけ、変な苦手意識があるのはなぜだろう。長嶺は我ながら不思議でならない。時折こちらのことをなにもかも見透かされているかのような被害妄想に陥ってしまう。

「いや。なんだ？」

『殺しだそうだ。砂湖町で。すぐに来られるか』

「大丈夫だ」と答えた長嶺は瞬時に、メイクをおとすなど着替えに要する時間を計算する。

*

スポーツ観戦にはあまり興味のない長嶺でさえ、立石恵理という名前には聞き覚えがあった。十年ほど前だったか、「地元の星」と持て囃された卓球選手で、たしかオリンピックにも出場したはずだ。「リトル・ファイアボール」というコミカルなキャッチフレーズをマスコミに冠せられたりしていた。

「下馬評では金メダルも夢じゃないと、ずいぶん騒がれたものだったが」と、もしかしたら隠れファンでもあったのか、宍戸にしては珍しく、しみじみとした述懐ぶり。「結局、本番は予選落ち。それがよっぽどこたえたか、立ちなおれず。まったくの鳴かず飛ばずで終わっちまったよなあ」

長嶺のなかではすでに過去のひと的なイメージしかなかったが、立石恵理はまだ三十五歳だった。まさか自分と同年輩だったとは。

「いわゆるスポーツエリートの、絵に描いたような挫折と転落ぶりだった。その後の人生もなかなか辛いものがあったようだし」

怪我に泣かされっぱなしだった立石恵理は、選手村で知り合ったサッカー選手との結婚を機に現役を引退。オリンピックがとりもった恋と当時マスコミにもとりあげられたカップルだったが、わずか一年足らずで離婚し、帰郷。その後は地元の短大で体育講師をつとめたりしていたが、人間関係がうまくいかなかったとかで、そこも昨年退職している。最近は彼女がなにをしていたか、近しい関係者たちもよく知らないらしい。

「しかし立石は実家で、両親と同居していたんだろ？　家族にもよく判らないのか」

「同居といっても、本人が自室に籠もりがちで、互いにろくに顔も合わせていなかった、というのが実情らしい」

四月三日、午前三時過ぎ。清和井市砂湖町の路地裏で立石恵理の遺体は発見された。痛飲して帰宅中のサラリーマンが、ちょっと用を足そうとして暗がりに入り、そこでひとが倒れているのに気がついた。最初は女の酔っぱらいかと思ったが、様子がおかしい。息をしていないと知り、慌てて携帯で警察に通報したという。

「所見によれば、立石恵理の死亡推定時刻は四月二日午後六時から、四月三日午前零時までのあいだ。遺体には無数の刺創がありまして、これらの傷による失血死と見られております。が」

県警との合同捜査本部が設置され、一課長、鑑識課長、捜査主任、清和井北署長らの同席の下、捜査会議がひらかれていた。

「被害者は鈍器かなにかで頭部を殴打されており、頸部を紐のようなもので絞められている。それらは直接的な死因ではないものの、犯人たちは――」この場で複数と断定していいものか迷ったかのように捜査主任は一旦言葉を切ったが、すぐにそのまま続けた。

「犯人たちは、まず被害者を昏倒させたうえで抵抗力を奪い、絞殺を試みたものと思われる。そして、それで殺しきれないとみるや、被害者の上半身、胸部、腹部、脇腹、背中に、やたらめったら刃物を突きたて、死に至らしめた。刺創の多さ、凶器の形状の多様さに鑑みて、おそらく単独犯ではなかろう、との見解が出ています」

「昨年、十月に発生した主婦、筈谷由美殺害事件の手口と酷似している」

「そのとおりです。現場では被害者のスニーカーが遺体といっしょに発見されている。自然に脱げたものではなく、おそらく犯人が死体を遺棄した際、まとめて捨てたものと思われる」

「つまり、どこか別の場所で殺し、砂湖町の路地裏まで運んだ、と。おそらく車を使って。そこらあたりの段取りも同じなわけだ」

「被害者のポシェットも残っていましたが、財布などの貴重品が物色された形跡は皆無です。特に着衣の乱れもない。強盗や暴行が目的でなかったことも共通している。そして、もっとも重要な共通点が、被害者の服装です」

「ん。着衣に特に乱れはなかったはずでは？」

「ええ。むりに脱がせようとしたとか、そういう痕跡はありませんでした。ただどうも、上着だけ、殺害後に着せなおしたものと見られる」

「殺害後に？」

「死亡当時の被害者の服装は、最後に彼女を目撃した母親の証言と一致している。男ものがのような白いワイシャツ、デニムのパンツ。そのうえから紺のジャンパーを羽織っていたのですが、これが発見時、まったくの無傷だったのです。ワイシャツは刃物によって、前も横も後ろも、ずたずたに裂けていたにもかかわらず」

「つまり、殺害されたとき被害者はジャンパーを脱いでいた、と」

「そして殺害後に犯人が遺体に着せなおした。これも昨年の筈谷由美のケースと同じです」

「遺棄されていた靴の件と併せて考えますと」と尾之上が補足する。「昨年の筈谷由美、そして今回の立石恵理とも、どこか屋内で殺害されたものと思われる。ふたりとも、靴と上着を脱いでいるところを犯人たちに襲われた、というわけです」

「そして車に積まれ、筈谷由美は住跡川へ、立石恵理は砂湖町へ運ばれ、遺棄された」

「もしかして、ふたりが殺害された場所は同じ、とか……？」

「断定はできないが、その可能性は高い。というのも、立石恵理の遺体からはかなりの量のアルコールが検出されているのですが、胃には未消化のキャビアやフォワグラ、白身魚、ロース煮だったとおぼしき鴨肉などが残っていた」

「どこかでちょいと豪華な酒宴に興じていた、と。それも筈谷由美のケースと同じ、か」

「同じ場所、そして同じ人物に歓待されているときに殺害された。正確に言えば、同じ人物たち、ですか。その可能性がきわめて高い以上、現場の特定がもっとも重要かと」

「あの」と知原が挙手をした。「ちょっとよろしいですか。昨年の筈谷由美と今回の事件が同一犯の仕業であるとして、ですが。なぜ犯人たちは被害者たちの遺体を遺棄する際、わざわざ上着を着せているのでしょう？」

「なぜ、というと？」

「靴は、遺体を捨てる際、そのまま放り出していっていますよね。わざわざ履きなおさせる、なんて手間はかけていない。だったらなぜ、上着もそのまま遺体の傍らに投げ捨てなかったのでしょう。そのほうが手っとり早かったと思うのですが」

「それはあれだ」宍戸が鼻を鳴らす。「犯人たちは遺体を殺害現場から運び出さなければいけなかったからだろ。上着を脱いだままじゃ、裂けて血まみれのブラウスやワイシャツが丸見えになる」

「なるほど」一課長は頷いた。「つまり、犯人たちはひと目をはばかるルートを通らざるを得ない場所に車を停めていた、という理屈になりそうだ」

「まてよ。だとすると」尾之上は急いた口ぶりで眉をひそめた。「ひょっとして犯人たちは、被害者の遺体の顔をひと目に晒した状態で運ばざるを得ないという、なにか特殊な事情があったのでは……」

「というと」

「昨年の筈谷由美殺しです。彼女の遺体の髪に、血痕を拭ったとおぼしき形跡があった一件、憶えておられますか？　あれは犯人のひとりが被害者の情人で、血まみれになった彼女に惻隠の情を覚えたがゆえの行為だったと我々は解釈したわけですが、ほんとうはちがっていたかもしれません」

「被害者の顔を晒した状態で運ばなければならなかったから、か。その際、髪が血まみれの状態では、いくらなんでもまずい、と」

「サングラスやマスクを掛けさせればある程度はごまかせますが、やはり髪の部分は思い切って拭ってしまわないと――」

「揚げ足をとるようですみませんが」と知原が口を挟んだ。「頭髪の部分を見せたくないのなら、スカーフでもかぶせてやればいいのでは」

「その場にスカーフがなかったのかも」

「今回の場合は、どうなっていたっけ」一課長は執り成すような口調だ。「立石恵理は死後、頭部や顔面を拭われたりしていたか?」

「いいえ。ただ立石恵理の場合は、頭部を殴打されているものの、出血はしていませんから。内出血の痕も、髪を掻き分けなければ目立ちませんし」

「ということは、まだ断定はできないが、前回も今回も犯人たちが遺体を、おそらくまだ生きているふうを装い、ひと目に晒した状態で殺害現場から運び出した可能性がある、と。例えば、数人がかりで両側からかかえ、本人が歩いているのを介助しているかのような偽装を――」

「ではなぜ、そうする際、被害者に、靴も履かせなかったのでしょう?」

今度は誰も知原の疑問に答えようとしない。

「目撃される危険性のある場所で遺体を運ばなければならなかった、だから上着を着せた、というのなら、靴も履かせなければ不自然です。そもそもひと目をはばかるルートを通らざるを得ないのならば、遺体をビニールシートかなにかにくるんで隠してしまえばいちばん早い。上着を着せる必要も、毛髪の血痕を拭う必要も、そして靴を履かせる必要もなくなるはずですが」

「ビニールシートにしろなんにしろ、死体をくるむのに適当なものが手もとに見つからなかった、ということかな」

と宍戸が独りごちるように呟いたきり、しばし沈黙が落ちた。やがて一課長が、それは宿題にしておこうという含みをもたせ、まとめにかかる。

「ともかく二件とも同一犯だとしてだが、生前の筈谷由美と立石恵理とのあいだには、なんらかのつながりがあったものと思われる。いまのところ、ふたりが知り合いだったという証言は出てきていない。年齢差もひとまわり以上あるし、共通の趣味などがあった様子も見受けられない。それぞれの遺族も心当たりはないということだが、この線を捨てるのはまだ早い。女性というのは意外なところで互いに接点があったりするからな。例えば同じ美容院の常連同士で顔見知りだったとか」

被害者ふたりの接点は、犯人の素性とも密接に関係すると考えられ、きわめて重要である。

「筈谷由美は、夫の無関心が災いして生前の生活習慣や行動範囲がいまいち不明だが、立石恵理のほうはだいたい判っている」

恵理は正午頃まで寝て、母親が用意しておいた朝食兼昼食をひとりですませ、すぐに外出。その後、夜の九時頃に帰宅する。帰宅して食事をするかどうかはその日によってまちまちだが、そのまま午前三時頃まで寝ないで自室に籠もる。その生活パターンをほぼ毎日くりかえしていたという。身のまわりの世話をしている母親とも滅多に顔を合わせないし、某建設会社重役である父親に至っては一年以上も言葉すら交わしていなかったらしい。

「まがりなりにも外出はしていたわけだから、いわゆる引き籠もりとは呼びにくい面もあるが、メンタリティとしてはおそらく、それに近いものがあったんだろう」

四月二日も、恵理は昼食をすませた後、このときはたまたま母親に見送られるかたちで、自宅を出ている。それが娘の生きた姿を、母親が目撃した最後となった。

「生前の立石恵理の行動範囲を洗えば、四月二日に彼女がどこへ出かけていたか、そして誰と会っていたかは、おのずとしぼられてくるだろう」

しかしこれがなかなか困難な作業となった。いくら聞き込みを重ねても、立石恵理がどこでなにをしていたか、まったく浮かび上がってこない。携帯電話やパソコンを所持していなかった彼女は自宅の固定電話にすら滅多に触れず、外部からの情報を意識的に遮断していたふしが窺える。そもそも交友関係と呼べるものがまったくなかったようなのだ。

近所の住民の証言のなかに、恵理を路線バス停留所でよく見かけた、というものがあったが、彼女がどこへ行っていたのかまでは不明だ。昼に出かけて夜の九時頃に帰宅できる範囲だから、そう極端に遠いところではないだろうとはいえ、雲をつかむような話である。

捜査が行き詰まるなか、立石家の近所の商店街へ聞き込みにいっていた刑事が、奇妙な証言を拾ってきた。

「殺害される一週間ほど前のことですが、カメラ店へふらりと現れたそうです。そのときの彼女の用件というのが妙でして」

「現像とかじゃないのか」

「隠し撮りする方法を教えてくれ、と訊いてきたんだそうです」

「なんだと？」

「相手に気づかれないよう、できる限り鮮明に撮りたいんだけど、とか言って」

「ちょっとまて。それはなにか、よく痴漢がカメラ付きケータイをこっそり女性のスカートの下へ持っていって――」

「そういうんじゃなくて、普通に誰かと会って話している、そのとき、絶対に気づかれないよう、その相手の顔や全身を撮影する方法はないか、と。そんなふうに訊いてきたんだとか」

「どういうつもりでそんなことを」

「それは教えてくれなかったそうです。カメラ店の主人も悩んでましたよ。男ならともかく、女が隠し撮りってなんなんだろう、と。うさんくさかったけど、昔からの顔馴染みのよしみで」

「方法を伝授したのか」

「いちばん確実なのは第三者に頼んで、離れた場所から望遠で撮ってもらうことだね、って教えたんだそうです。そしたら、協力者は望めないという条件で、と言ったんだとか」

「協力者は望めないという条件、ねえ」

「そもそも外から内部が見えない場所だから、みたいなことも言っていたらしい」

「外から内部が見えない場所……？」

「自分ひとりでやるしかないとしたら、バッグとか紙袋に細工してカメラを仕込む。シャッター音が気になるなら、ビデオカメラで撮りっぱなしにして、あとで適当な画像をプリントすればいいとか。知っている範囲でいろいろ教えたそうですけど、全部だめだ、って」

「なぜ」

「荷物を持っていてはいけないんだ、とかって」

「どういう意味だそりゃあ」

「よく判りませんが、問題の相手と会う場所へ荷物を持ってゆくことは禁じられているんだ、とかなんとか。そんなふうにとれる内容を、彼女はぼそぼそ呟いてたらしいです」

「はて。なんなんだろうないったい」

「結局、彼女のお気に召すアイデアは出てこずじまい。そのまま帰っていったとか。ずいぶん変なことを訊くもんだと思って、記憶に残っていたんだそうです」

気になる証言だが、はたして立石恵理殺害事件と関係があるのか否か。

「あると思うね」というのが知原の意見だ。「彼女の自宅の部屋を調べた限りでは、生前の被害者にカメラやビデオ撮影の趣味があった様子はない。犯人たちにかかわる過程でなんらかの必要にかられた、と見るべきだ」

その立石恵理の自室は三十代の女性のものにしてはずいぶん殺風景で、夜九時に帰宅し朝の三時まで、ひとりでいったいどうやって時間をつぶしていたのかが想像できない。パソコン、デジタルカメラ、CDプレイヤー、テレビ、DVDデッキなどの家電製品はおろか、書籍や雑誌すらろくに見当たらない。ファンシーグッズひとつない。母親によれば恵理は、およそ趣味と呼べるものを全然持っていなかったらしい。

恵理の遺品のなかで唯一、捜査陣の目を惹いたのが大判のスケッチブックだ。といっても彼女は絵を描いていたわけではない。ひらいてみると、どのページにもなにやら書き込みがしてある。○○町とか△△通りなど、清和井市内の住所といっしょに、××コーポとか＊＊ハウスなど集合住宅と思われる名前が一ページにつきひとつずつ、延々と並べられている。その数およそ二十。そしてそれぞれの建物の名前の下に「分譲」とか「賃貸」「オートロックなし」「通路側の下、道なし、すぐ隣家の塀」「非常階段、外、下の敷地狭し」など、わりと細かな項目が鉛筆で綴られている。

当初は恵理が親元を離れひとり暮らしをするための物件探しメモかとも思われたのだが、それにしては奇妙なページがあった。〈ユニオンコースト・ジャパン〉という清和井市でいちばん大きなシティホテルの名前とともに「ロビーの吹き抜け、充分、ただしやや低し」などと書かれているのだ。まさかホテルに住むつもりだったとも考えにくいが、どうしてこのページだけ唐突に異色な内容なのかと、捜査陣はしばらく頭を悩ませた。

あるとき捜査官のひとりが、問題のスケッチブックに名前が書かれている物件が分譲賃貸ともに、いずれも五階建て以上のマンションであることに気づいた。そして、ひょっとして恵理は飛び下り自殺を考えており、これはその実行場所の選定用メモではないかと指摘したのである。なるほど、オートロックがない場合はそのまま最上階へあがってゆき、通路の胸壁を乗り越えられる。オートロックがあっても宅配便かなにかを装えば内部へ入り込み、適当な階へ上がれる。建物通路側の隣りの家屋の形状や非常階段の下の敷地の広さなど、通常の不動産選びではあまり詮索しないはずの点が問題になるのは、飛び下りて転落した後の状況をシミュレーションしていたからだと納得できるし、住居物件のメモかと思っていたら唐突にホテルの名前が出てくる理由も、これで頷ける。吹き抜けになったロビーへ飛び下りる方法もあると検討していたのだろう。「充分」というのはおそらく胸壁を飛び越えること自体は可能という意味であり、「やや低し」というのは現物を見ると高さが少し足りないため、実行してもひょっとしたら死にきれないのではないかと分析していたわけだ。

さらにこの仮説を敷衍（ふえん）すると、恵理は毎日路線バスに乗り、飛び下り自殺するのに適当な場所を探し回っていたのではないかという可能性が導かれる。そして帰宅して自室に籠もり、スケッチブックにメモを記しながら、その日の成果を吟味していたものと考えられる。

「来る日も来る日も、死ぬことばっかり考えていたのかねえ」宍戸は渋い顔で慨嘆した。

「そんなに世を、はかなんでいたのか。一時はあれだけ栄光に輝いていた選手が」

ただし四月二日に彼女がどこへ行っていたのかは依然、謎のままだった。急に隠し撮りの方法を近所のカメラ店の主人に相談したりしている事実と考え併せると、恵理にとって飛び下り自殺以外に新しい関心事ができていた可能性もあるが、問題の当日、はたして彼女はいつものように路線バスで移動したのかどうかに関してすらなんの証言もなく、確認がとれていない。

「バスか。バス、ね。バスでいったい、どこへ行っていたんだろうな。って」聞き込みに回りながら知原はそう首を傾げた。「あれ、なんだか最近、同じことで悩んだような気が……」

ただの独り言だったが、そのひとことが妙に長嶺の心にひっかかる。しかしどうしてなのか、いくら考えてもそのときは判然としなかった。

「しかしまさか、こんなにも長く引きずるとは。あれからもう半年だぜ」

収穫らしい収穫もなく市内を歩き回る途上、ふたりは腹ごしらえのため、ランチタイムを外して小さな中華料理店に寄った。

「前回の容疑者さえまだしぼれていない段階で、新たな犠牲者が出るとは正直、思わなかった。係長もだいぶ、よれてたよ」

ワンタン麵と炒飯セットを注文した知原は、餃子とライスを頼む相棒を見て、頭を掻く。

「あ。そうか。いけね。おまえさん、麵類が苦手だとか言ってたっけ。悪いことした。他の店にすりゃよかったかな」

「別にかまわんよ。ラーメンしかメニューにないわけじゃなし」

「いやあ、そうは言ってもな。ここはワンタン麵が最高の売りなんだ。にしても、日本人に生まれて麵が嫌いとは、因果な」

ほんとうは長嶺は麵類が苦手ではない。むしろ好きである。大好物と言ってもいい。しかしひと前で食べるのが嫌なのだ。恥ずかしい、という感覚すらある。麵を口へたぐり込み、啜り込む己れの姿を他人に晒すくらいなら女装を見られたほうがまし、みたいな。他の食べものなら別に平気なのに。なぜ麵なのか、自分でもよく判らない。麵のもたらす独特の触感が口唇的官能性に通ずるのかと考察したりするが、はっきりしない。

「この事件、ひょっとして」ちゅるりと音を立ててワンタンを啜り込み、知原はひとりごちた。「もっと長引いたりして……」

知原の予感は当たった。

五月を過ぎ、六月になっても、捜査はいっこうに進展しなかった。筈谷由美と立石恵理の関係もまったく不明だ。一課長が例に挙げた美容院だが、ふたりとも全然別の店を利用している。美容院のみならず、ふたりが遭遇していそうな接点はまったく見えてこない。

由美が昔、短いあいだとはいえ小学校の教諭をつとめていた事実に気づいた者が、年齢からして恵理が彼女の生徒だった時期があったのではないかと指摘したが、これも無関係だと判った。恵理の出身校は由美がつとめていたのとは全然別の小学校だったのだ。

「どう思う」聞き込みの途上、休息しようと公園のベンチに座り、知原は長嶺に訊いた。

「どうしてこんなに、ないない尽くしなんだろう。よかったらおまえさんの考えを聞かせて欲しい」

「おれが知ってることは、みんな知ってる。おまえも知ってる。そのおまえがなにも判らないっていうのに、おれになにが判る」

「しかし、おまえさんだけだぜ。筈谷由美と立石恵理の事件を、去年の贄土師華子の件と関連づけて考えているのは」

「あれは忘れてくれと言ったろ」

「他の捜査官たちとはちがう視点を、おまえさんは持っているわけだ。こいつは言わば強みだぜ」邪険にしても知原には暖簾（のれん）に腕押しだ。「ひとつ、意見を聞かせてくれ。根拠とかなくていい。単なる印象とか、そういうレベルで」

「例えば」無駄と知りつつ長嶺は、露骨に舌打ちして、肩を竦めてみせた。「どんなことを」

「被害者の数が、贄土師華子をふくめて三人だとして、彼女たちには、いったいどういう接点があったんだろう」

「さあね。しかし、共通点はある」

「おそらく屋内だろうと推測される別の場所で殺害された後、車で運ばれ、戸外へ遺棄される、という点か」

「それは犯人の手口の共通点だろ。おれが言ってるのは、被害者たちの属性に関する事柄だ」

「というと」

「まず全員女性であること」

「そうだな。それが？」

「そしてみんな、小柄な体格をしている」

「小柄……」知原は首を傾げた。「とは、どういうことだ、いったい」長嶺の胸中をさぐるかのように眼を細める。「たしかに贄土師華子は小学生並みの身長だったし、筈谷由美も華奢なほうだ。立石恵理に至っては現役時代の愛称の由来にもなったほど小柄なことは有名だったが……それがいったい、どうしたというんだ？」

「犯人たちの動機はなんだと思う」

「それが判らないから、苦労している」

「例えば、恨みか。しかし被害者たち全員に均等に恨みを抱いているようなやつがいるのか。そんな人物を想定するより、動機なき連続殺人をくりかえすやつのほうが現実にはいそうな気がする。少なくともおれは、な」

「……それで？」

「犯人グループは被害者を殺害した後、遺体を戸外へ運ばなければならない。単独犯ではなく複数犯だとしても、人間の死体がやっかいなお荷物である事情に変わりはない。同じ苦労するなら、小柄な女性の死体のほうが軽くて扱いやすい。そういうメリットがあるってことさ」

「おいおい」さすがに知原は唖然となった。「まさか犯人たちは、そんな基準で被害者を選んでいる、とでもいうのか？」

「単なる印象でいいとおまえが言うから、与太を飛ばしてみたまでだ」

「やつらに動機なぞない、殺人そのものが目的だから、というのか。しかし、贄土師華子は殺されてはいないんだぞ。これはどう説明する？」

「殺そうとしたら、襲われそうになったショックで心臓に爆弾をかかえていた彼女が急死した。どうしようもない。それ以上なにもせず、死体だけ遺棄した。そういうことなんじゃないか」

「……なるほど。一見めちゃくちゃなようだが、おれはけっこう納得した」

「変わったやつだよおまえは」

「これが動機なき連続殺人だとして、だ」長嶺の皮肉にも知原はいっこうに動じない。

「どう思う、やつら、またやるつもりかな？」

「おれに判るわけないだろ」

「贄土師華子の遺体が発見されたのが昨年の六月二十日、筈谷由美が十月六日。約四ヶ月、あいだが空いている。そして今年の四月三日に立石恵理。筈谷由美の事件から約半年空いている。どちらもほぼ同じ間隔と言えなくもないが、これをはたして犯人グループの行動パターンであると考えるべきか否かとなると、ちょっと判断に迷うところだ。ひょっとして、今年の秋頃、やつらは再び行動を起こす……のかな？」

知原のこの予測は外れた。秋どころか、七月になるのを待たずに、次の犠牲者が出たのだ。

意匠（裏）

あの謎めいた少年は、縁もゆかりもない者たちの葬儀に参列するのが趣味らしい。自分と同じように……良弘は最初、そう考えた。

詳しく調べたわけではないが、あの少年が参列していたふたつの葬儀の故人、贄土師華子と筈谷由美のあいだに、つながりはなにもなさそうだからだ。年齢差からして少年がふたりの共通の知人であるとは考えにくい。そもそも前者の葬儀にはセーラー服で、後者には男物スーツで現れるなんて尋常ではない。便宜的に少年と呼んでいるものの、はたして男なのか、それとも女なのか。うさんくさいにもほどがある。香典泥棒などではないとしたら、葬儀マニアとでも呼ぶべき人種なのだろう。良弘がそう推測しても無理はなかった。

男と女の恰好を使い分けるのは葬儀社の人間の眼をはばかっての変装なのか、それとも異性服飾趣味なのか。いずれにせよ、これからもあちこち葬儀に参列し続けていれば、もしかして再びあの子と遭遇するチャンスが訪れるかもしれない、そう思った。良弘は彼の美貌にとり憑かれていた。より正確に言えば、あの美しい脚に。

　もともと六月、贄士師華子という女の葬儀で出会った時点で、あのセーラー服姿には強烈に惹かれていたのだ。普段は被写体を下半身の背後から捉える傾向の強い良弘にしては珍しく、不審を買うリスクをものともせず、あの子を真正面から撮影したという事実からもその執心ぶりが窺えよう。脚だけを別に撮りたい気持ちよりも先に、そのあまりの美貌ゆえバストショットを押さえておかないともったいないと思ってしまった。時間的余裕がなく肝心の膝から下のアップが撮れずじまいになったが、それでもこのセーラー服の写真は良弘のコレクションのなかでも上物である。

　もっといろいろなアングルから撮影しておきたかったが、あの少女はさっさと斎場から出ていってしまい、結局見失った。なんとかいま一度姿を拝みたいと願いつつ、そんな機会はもうあるまいと諦めていたのだが……まさか、こんなかたちで。再び葬式という場で遭遇したのも驚いたが、なんと今度は男の恰好で現れるとは。意表を衝かれる、なんてものではない。

　あれは女装した男の子なのか？　それとも男装した女の子なのか？　どちらでもいい。なんとかしてもう一度会いたい、良弘は切実にそう願った。性別は問わないが、できれば女の恰好をしているところに巡り合いたいものだ。魅惑の黒タイツ。あの美しい脚を拝みたい。舐めるように拝んで拝んで、拝み倒したい。

　もしあの少年――少女かもしれないのだが、敢えて少年と想定することでこれまでの人生において未体験だった官能美に震えている己れに良弘はまだ気づいていない――が葬儀マニアだとすれば、またどこかで会える可能性はある。ただ心配なのは、これまでのように新聞の告知欄からランダムに選ぶという方法でそれが果たせるか、という問題だ。ひょっとしてあの少年は少年なりになにか基準をもって参列すべき葬儀を選んでいるのではあるまいか？　なんの根拠もなかったが、考えれば考えるほど、そんな気がしてならない。

良弘は念のため葛城に、生前の筈谷由美は贄土師華子と親交がなかったかと電話で訊いてみた。

『贄土師？　いや、聞いたことのない名前だ。といってもおれはこの数年、由美先生と直接付き合いがあったわけじゃないからな。旦那さんのほうの知り合いかもしれんぞ。そっちの方面にも訊いてみちゃどうだ』

いや、おそらくそうではあるまい。最初に考えた通り、夫の人間関係も含め、筈谷由美と贄土師華子とのあいだにはなんのつながりもあるまい。良弘は改めてそう結論した。

ではあの少年は参列する葬儀を、いったいどういう基準で決めているのだろう？　良弘と同様まったく無作為なのだとしたらお手上げだが、もしも選別の法則があるのなら、なんとかそれをつきとめられないものか。あれこれ頭を悩ませてみたが、なにも思い浮かばない。

ともかくあちこちの葬儀に、せっせと顔を出し続けてみるしかない、のか？　となると、あの子に再会するためには相当の僥倖（ぎょうこう）が必要となりそうだが。なにかいい方法はないものか。

妙案が浮かばぬまま、良弘はこれまで通り、新聞の告知欄を見てランダムに選んだ葬儀に参列し続けた。しかしあの子は、女装男装にかかわらず、見当たらない。写真のなかの美貌の幻影を追い求めるあまり、せっかくのデジタルカメラがすっかり無用の長物と化しつつある。通常ならば充分に及第点のはずの女の脚に出くわしても、あの少年のセーラー服と黒タイツの組み合わせと比較した途端、たちまち色褪せてしまうのだ。

やがて良弘は、インターネットでタイツやストッキングのショッピングコーナーをチェックするたびに、あの少年がそれらの商品を穿いているシーンを夢想するようになった。これも似合いそうだ、あれも似合いそうだ。無我夢中で見て回るうちに、気がつくと「購入」をクリックし、手続きをすませてしまっていたりする。

いつかきっと、これらをあの子に穿いてもらえる日が来る、なんの根拠もなくそう確信する己れに危ないものを感じつつ、良弘は年明けを迎えた。またひとつ老いるのだ。ネットショッピングで購入したタイツやストッキングが次々に郵送されてきて、山のように溜まってゆく。

そのなかにインターネットのコスプレショップで買ったセーラー服もあった。あの少年が着ていたのはたしか私立野生司（のうす）学園の女子制服で、デザインが微妙にちがうものの、インターネットで見つけた商品のなかでは、いちばん似ている。そう思った途端、衝動買いしてしまったのだ。

なにをばかなことをやっているんだろう、と自嘲しながらも、商品が届くと心がときめく。パッケージのモデルの美しさに惹かれ、つい開封してみることもあったが、もちろん、なかから生身の女が出てきたりはしない。もこもこした黒い生地の塊りが引きずり出されるだけ。

なんだかなあ。良弘としてはまさか自分がパソコンのマウスをクリックする際、見本写真のモデルがそのままタイツやストッキングを穿いた姿で送られてくるなどと期待するほど愚かだとは信じたくない。だがいざ商品が届き、わくわくしながらパッケージを開け、そこに入っているのがただの生地だけだと確認したときの落胆ぶりに鑑みるに、どうもあながち否定しきれないのもたしかだ。

中味だ。中味が欲しい。中味あってこそのタイツだ。パンストだ。わしに中味をくれ。飢餓感は日々募ってゆく。あの少年でなくてもいい。誰か、これらのタイツやセーラー服を着てみてくれる女はいないか。良弘はそう煩悶するが、すっかり隠居した身でそうそう若い娘と付き合いがあるわけもない。そもそも女性の知り合い自体、少ない。

こんなときこそインターネットの出会い系サイトとかいうものを活用すべきか。そうも考えるが、根が小心者の良弘、いまひとつ踏ん切りがつかない。素性の怪しい赤の他人に己れの嗜好を知られるのは抵抗があるし、美人局の類いの質の悪い罠にひっかかるかもしれないではないか。ええい。くそ。袋小路だ。打つ手なしだ。なんとかならんのか。

この世は自分の手に入らないモノで満ちている。良弘は己れの人生を呪った。若いときは、それなりの努力さえすれば欲しいモノが手に入る、そう信じることもできた。が、この歳になると、はっきり断言できる。手に入らないモノは、なにをどう足掻いても手に入らないのだ、と。

詐欺だ。なにもかも詐欺みたいなものだ。この女さえ手に入ればめくるめく快楽は自分のモノだと信じ、あらゆる貢ぎ物を尽くして結婚してみれば、不良債権を一生かかえ込んだだけ。そう。すべては不良債権なのだ。妻もそう。子供もそう。孫だって。なにひとつ、こちらの思うようにはならない。なにひとつ自分を幸せにはしてくれない。

あれも手に入らない、これも手に入らない、さんざん見せびらかされ、指を咥えたまま放っておかれる、それがわしの人生か。中味もなく、ただくたりとするだけの黒い生地のコレクションが増えるたびに、そう思い知らされる。なのに買い続けるのをやめることができない。

未開封のタイツ類はどんどん溜まる。股下オープンのパンストとかボディストッキングなんて目新しいものを見つけると、ついクリックしてしまう。二階の寝室の、パソコンを置いてある机の横の押入れに隠してあるのだが、そろそろ溢れ出てきそうな勢いだ。どうするんだこれ。ふと理性が戻り、心配になってしまう。特に自分の年齢のことを思うと、我ながら困ったやつだと溜息が出るばかり。ある朝、ぽっくり死んだりしたら、どうするつもりだ？　娘夫婦や孫が遺品を調べるぞ。タイツやパンティストッキングのコレクション、そしてコスプレ用セーラー服が押入れから、どどっと掘り返されるんだぞ。いいのかおい。

ずいぶん金をかけてしまったが、思い切って早めに処分したほうがいいかもしれない。いや、処分するべきだ。どれだけ集めてみたところで実際に穿いてもらえる娘と知り合う機会なんてなかろうし。いや。いやいや。判らん。判らんぞ。人生、なにがあるか判らない。もうちょっと様子を見てみよう。って。そんな悠長なことを言っているあいだに、それこそ心臓麻痺に見舞われるかもしれんじゃないか。交通事故に遭うかもしれんじゃないか。たった一日ちがいですべて手遅れになるかもしれんのだぞ——などと朝起床するたびに、今日こそコレクションを処分すべきか、それとももう少し待つべきかと心が千々に乱れる良弘なのであった。

春になり、暖かくなってくると、街なかでタイツを穿いている女性をめっきり見かけなくなった。寂しい反面、ホッとしたような複雑な心地でいた良弘は、ふとある新聞記事に目を留めた。

オリンピックに出場経験のある元卓球選手、立石恵理が惨殺されたというニュースだ。

遺体は砂湖町の路地裏で発見されたらしい。なんと、自宅のすぐ近所ではないか。物騒な世の中になったもんだとおののく一方で、記事のなかの『警察では昨年、清和井市で起こった主婦殺害事件との関連について調査中』という箇所が気になった。

主婦殺害事件？　記事に名前が出ていないので断定できないが、良弘が知る限り、清和井市で昨年殺害された主婦といえば、あの筈谷由美しかいない。だが、なぜこのくだりがそんなに気になるのか、自分でも判然としない。

良弘はこの日の葬儀参列は中止し、ニュースをかたっぱしから見てみた。すると、あるワイドショーが『——犯行手口に昨年、清和井市の住跡川の河川敷で惨殺死体となって発見された筈谷由美さんのケースとの類似点が見られる模様』と報じた。やはりそうかと確認はできたものの、だからなんなのか、もうひとつピンとこない。

まてよ。ふとあることを思いつき、良弘は図書館へ行った。昨年六月の地元新聞の閲覧を申し込む。六月二十一日付けの朝刊に〈粧坂ニュータウン〉で発見された六十から七十代とおぼしき女性の変死体の一報が掲載されている。この時点で贄土師華子という名前は、まだ記されていない。遺体に死後動かされた痕跡が認められるため、警察では事件と事故の両面から調査中、とある。

贄土師華子という名前が出るのは翌日の朝刊である。が、死因は心不全だったと判明、としか報じられておらず、以降この件に関する続報はまったく見当たらない。

良弘は考え込んでしまった。ひょっとして、贄土師華子という女も筈谷由美と同じように殺害されたのではないか、と考えたのだが、どうやらちがうらしい。彼の頭にあったのは例のセーラー服姿の少年のことだ。あの子は参列する葬儀をどうやって選んでいるのか。その法則がここに隠されているのではないか、そう閃いたのである。例えば殺人事件の被害者となった者の葬儀ばかりを選んで参列している。とか。突飛な仮説だが、そういう変な趣味の持ち主が絶対にいないとは言えまい。

しかし贄土師華子が自然死だった以上、これは共通点ではない。どうやら見込みちがいだったようだが……いや。まて。ほんとうにそうか？

良弘は改めて考えてみた。新聞記事では詳しく説明されていないが、贄土師華子の遺体には死後動かされた痕跡があるという。たとえ死因は心不全であっても、彼女の死になんらかのかたちで犯罪がからんでいるという可能性は残っているわけだ。ということは……

＊

立石恵理の葬儀が執り行われたのは、殺害事件報道があってから十日後のことだ。部外者である良弘にそのあいだの経緯を知る由もないが、おそらく遺体が司法解剖から戻されてくるまでに時間がかかったとか、そんな事情なのだろう。

そういえば今日は夜、例の〈やもめ会〉の飲み会がある。葛城も来ると言ってたな。会場はいつも同じ。同級生の経営する割烹料理店。ここは新鮮な魚介類が売りなのだが、年齢のせいか良弘は最近、昔ほど刺身を美味しく食べられない。箸をつけても途中でしんどくなり、残してしまう。若い頃は考えもしなかったが、人間の身体は、生ものの消化のために相当体力を消耗するのではあるまいか。できれば今夜は焼き魚にして欲しいもんだ。そんなことを思いながら良弘は路線バスに乗った。

斎場へ到着した良弘は、いつものように受付で香典を渡し、本名と住所を記帳した。はたしてあの少年は現れるのだろうか？　つい周囲をきょろきょろ見回しそうになるのを、ぐっとこらえる。

聞いた話では、殺人犯が被害者の葬儀にこっそり現れることはたまにあるらしく、それを見越して警察官が張り込みにきたりするという。そう思うと、どの顔も喪服を着た刑事のように見えなくもない。こちらが挙動不審になっては、よけいな注意を惹いてしまいかねない。

焼香した後、良弘は参列者用の控室に入った。テレビ画面で葬儀の進行状況をモニターできるようになっている。焼香をすませてきたとおぼしき老若男女が思い思いの席に陣取っているが、テレビ画面を観ている者はいない。小声でもっぱら、立石選手の現役時代の活躍ぶり、そしてその後の挫折の軌跡について、あちらでこそこそ、こちらでひそひそ囁き合っている。良弘は立石恵理の名前こそ知っていたが、あまりスポーツに興味がないため、初めて聞く逸話ばかりだ。

（挫折……か）

人間にとって普遍的な試練とも言えるが、自分の半分以下の年齢で世間から引き籠もった挙げ句、殺害されるに至る人生とは、はたしてどんなものだったのだろう。良弘には想像もつかない。

なにげなしにモニター画面を見た良弘は、ふいに眼を剝いた。思わず、あっと声を上げそうになる。黒いワンピースを着た若い女が焼香しているところだ。いや、若い女に見えるが、あれは……

走り出したくなるのを必死でこらえ、良弘は控室を出た。受付の横を抜け、葬儀会場を後にする。斎場の正面玄関へ出た。

そこで待っていると、さきほど焼香していた黒いワンピース姿がやってきた。肩にこぼれたセミロングの髪を掻き上げる仕種は女にしか見えない。今日はタイツではなく、限りなく透明に近い黒のストッキングだが、それでも良弘の心は震えた。考えるよりも先に身体が動き、駈け寄ってしまう。

「きみ」

そう声をかけた。ワンピース姿の少年は、ぴくりと視線を上げる。

「今日はセーラー服じゃないのかね。例の野生司学園の」

意味ありげにそう言ってやっても、咄嗟のことでピンとこないのか、少年はきょとんとしている。

「この前に会ったときは男の恰好だったね。黒のスーツ姿で」

少年の美貌が強張った。じわりじわりと怯えの色が拡がってゆく。

「贄土師華子、筈谷由美、そして今回の立石恵理、か」良弘は深呼吸し、声を低めた。

「きみが彼女たちになにをしたかは、敢えて問うまい」

はったりをかましただけだったが、なにか核心を衝いたらしい、ワンピースに包まれた華奢な体軀が硬直し、いまにも逃げ出しそうになった。

「気がついているだろうけど」その細い身体に跳びかかりたくなるのをかろうじて自制し、良弘はさらに、はったりをかました。「会場に警察のひとが来てたよ」

ぶるぶる唇が震える。少年の双眸は恐怖の念に染まり、いまにも泣き出しそうだ。

「大丈夫だ。きみさえものわかりがよければ、わたしはなにも――」

肩に触れようと手を伸ばすと、少年はぴくんと痙攣し、あとずさる。

「逃げようたって、だめだ」

我ながら恐ろしくなるほどサディスティックな衝動にかられ、良弘は唸った。これまで亡妻や娘に一度として手をあげたこともない善良そのものの一小市民だったはずの男に、凶暴な獣性が宿った瞬間。

「どうすれば……」少年は涙眼で訴えた「ど、どうすればいいの？」

「悪いようにはしない。悪いようにはしないとも。ちょっとだけ、わたしに付き合ってくれれば」

助けを求めるかのように少年は、そっと左右を窺った。だが周囲にひと影は見当たらない。諦めたのか、結局こくりと頷く。

はやる心を抑え、良弘は少年を促した。斎場の前でタクシーを拾い、自宅へ向かう。

「あの……」

車から降り、家のなかに招き入れると、少年は玄関口で足を止めた。哀願の眼を良弘に向ける。

「どうするつもり……なの？」

「それは、いっしょに来れば判る」

「さわらないで」

そのとき良弘と少年のあいだには、だいぶ距離があった。手を伸ばすような素振りをしたわけでもない。怪訝に思い、良弘は少年を見た。

「あの……」美しい顔が苦悶に歪む。「なにをしてもいい。なにをしてもいいけど、身体にさわるのだけは、やめて」

「なんだって？」

「さわらないで、絶対に。それだけは勘弁して。お願い。約束してください」

「あ……ああ、いいとも」

よく考えてみれば、わしがいちばんやりたいことって、この子に接触せずとも可能なのよな。そう思い当たり、良弘は急に強気になった。少年の哀切な表情に心が揺れ、罪悪感と後悔の念が湧きかけていた矢先だったのだ。

「きみにさわらなければいいんだな。約束しよう。絶対にさわらない。約束するとも。そのかわり、やって欲しいことがある」

おずおず付いてくる少年を、二階の寝室へ案内した。隣りの家から覗かれないよう、カーテンを力いっぱい引き、天井の明かりをつける。良弘は押入れを開け、これまでネットショッピングで買い揃えたコレクションを畳の上に並べた。

「もう一回約束しておこう。わたしは絶対に、きみにさわるような真似はしない。そのかわり、見せて欲しいんだ」

「見せる……？」

「そう。これを穿いて」

良弘は未開封のパッケージをひとつ手に取り、差し出した。特にお気に入りの黒、六〇デニールのスクールタイツだ。

「そして、これ」とセーラー服も取り出した。「きみがこれらを身に着けているところを、写真に撮らせて欲しい」

「しゃ……写真？」

「わたしの願いはそれだけだ。何度も言うが、それさえやってもらえれば、きみの身体にさわるような真似はしない。絶対に」

しばらく黙り込んでいた少年は、やがて躊躇(ためら)いがちに口をひらいた。「ほんとうに……ほんとうに、それだけなんですね？　これを着てみせたら、帰してくれるんですね？」

「約束する。もちろん、撮った写真がわたし以外の者の眼に触れることはない。絶対に。それも約束しよう。安心するがいい」

だいぶ恐怖の念が薄れてきたものの、少年の表情はまだまだ固い。

「そしてなにより」良弘はさらにひと押しした。いかにも、なにもかも知っているふりを装って。「きみが彼女たちの葬儀に顔を出していたことも、警察には黙っていてあげよう」

やはり女たちの死となんらかのかかわりがあるのだろうか。少年は覚悟を決めたみたいに頷いた。良弘がなにか証拠を握っている可能性を危惧しているのだろうか。ここで当然、もしかしたら少年こそが女たちを殺害した犯人か、もしくはその仲間かもしれないという可能性にも思い至らなければならなかったのに、やっと中味を手に入れたぞという征服欲の奔流に、良弘のまともな思考力は洗い流される。

「じゃあ、着替えてもらおう」

「……ここで？」

「別室へ行かせたらきみが逃げるかもしれない、なんて用心しているわけじゃない。きみが着替えているところも見せて欲しいんだ」

完全に観念したのか、身を竦ませながら少年は背中へ手を回した。ジッパーを下ろす。黒いワンピースが、すとんと畳へ落ちた。黒いブラジャーと黒いパンティストッキングだけの姿になる。

良弘は息を呑み、慌ててデジタルカメラをかまえた。「こ、こここ、こっちを向。いや。い、いや。ちょ、ちょっと斜めのほうが。そそそう」

声がうわずる。指がぶるぶる震え、良弘はなかなかシャッターを押せない。興奮のあまりか、激しい立ち眩みがする。ふらっと身体が傾き、危うく昏倒しそうになるのがはっきり判った。たっぷり数秒ほども視野がブラックアウトする。こんなに劣情を催したのは生まれて初めてだった。血管という血管が千切れそうだ。

少年はブラジャーを外した。なかに詰めてあったパットといっしょに畳へ落とす。たいらな胸が現れた。局部が男性器のかたちに隆起しているのがナイロン越しに見てとれる。パンストの下は男物のブリーフだ。やはり男だったのか？　この眼で改めて確認してもなお信じられない。

少年はパンティストッキングを脱いだ。男物のブリーフが艶消しなので、良弘はそれも脱ぐよう命じる。

少年は言われた通りにして、パッケージから黒いタイツを取り出した。爪先を差し入れる。二本の脚が黒い生地にぴっちりくるまれてゆくさまにうっとり見惚れていた良弘は慌ててデジタルカメラをかまえなおし、立て続けにシャッターを切った。

「あ。スカートは、まだいい。上だけで」

セーラー服の上着、そして黒タイツ姿になった少年。その美しさ、妖しさ。男性器が六〇デニール越しに丸く盛り上がり、うっすら透けて見えていてもなお、その色香は寸毫もそこなわれない。

良弘の息遣いは乱れに乱れた。こめかみがどくどくと脈を打っている。股間のものが勃起し、陰毛が下着とのあいだに挟まり、痛い。どうなっているんだ。いったいこれはどうなっているんだ……いまにも暴発しそうな欲望をはっきり自覚せざるを得ず、良弘は戦慄した。わしにそんな趣味はない。あるはずないじゃないか。男だぞ、この子は。いくらこれだけ美しかろうと男なんて。男なんて、だ、抱きたいと思うはずが。し……しかし。

しかしこうして嬉々として撮影している以上、男に対しても肉欲を抱けるということなのでは？　いや、ちがう。良弘は頑固に否定した。それは問題がちがう。写真とはあくまでも二次元的イメージが重要なのであり、男性的実体に価値があるわけでは決してない。

いわば擬似的な女性性なんだ。そうなんだ。わしは、きれいな脚が黒タイツに包まれてさえいれば、それでいいんだ。激しい葛藤をかかえたまま良弘は撮影を続ける。

少年に指示し、畳に横臥させた。膝をちょっと浮かせるポーズをとらせる。そのあまりの悩ましさに良弘の意識は吹き飛び、なにがなんだか判らなくなった。

良弘はデジタルカメラを放り出し、少年に跳びかかった。細い身体を抱きすくめ、頬ずりをする。あっと悲鳴を上げた後、まったく抵抗がないのに気づいて見てみると、少年はぐったりしている。うすく白眼を剝き、動こうとしない。

襲われたショックで失神したのか？　そのほうが都合がいい。これはわしのモノ。わしのモノだ。好きにしてやる。思うさま、しゃぶり尽くしてやる。もはや良弘は深く考えなかった。理性も良識もかなぐり捨てて服を脱ぎ、全裸になった。

少年の股をひらかせ、身体を割り込ませた。全身をぴったり密着させるようにして、のしかかる。六〇デニールに包まれた爪先から足の裏、ふくらはぎにかけて己れの怒張を蛇のように這わせる。太腿に挟み込み、ぐいぐい腰を動かした。

黒タイツの感触がもたらす愉悦に浸りながら、頭の片隅で良弘は、少年の様子がおかしいことに気づいていた。冷たい。呼吸をしていない。まるで死んでいるみたいだ。いや、ほんとうに死んでいる。白い胸からは心音がまったく聴こえてこない。

少年の急死という事態を良弘は認識していた。認識していながら、くねくね淫靡な腰の動きはまったく止まる気配を見せない。にやけたまま黒タイツ越しに少年の膝や臀部を撫で回す。

強烈な違和感が良弘を襲った。ちがう……これはちがう。そう思った。自分が求めていたのはこれではない、と。こんなものが欲しかったのではない。おかしい。おかしいぞ。ちがう。もっと。そう。わしが望んでいたのは、もっといいもののはず。もっともっと気持ちいいもののはずなのに。どういうことだ、どういうことなんだ、これはいったい。まさか。まさかこれも詐。不。不良債。雑念を振り払おうと良弘はさらに腰の動きを加速した。

がっと痰を吐くような唸り声とともに良弘は絶頂を迎えた。その刹那、視界が完全にブラックアウトする。良弘は頭をかかえ、あーあー呻く。ぱくぱく口を開けるが、涎が垂れるだけで、まともに声が出てこない。ふらふら少年から離れ、立ち上がった良弘の股間のものは屹立したまま、湯気と白い液体を噴き散らかした。

視力を失った三白眼で、ひくひく下半身を痙攣させ、独楽のようにくるくるふらついていた良弘は、やがてどすんと畳に尻餅をつく。その拍子に彼は絶命した。恍惚と苦悶のないまぜになった表情で、ぐらりと身体が傾く。側頭部が机の角に激突したが、もはや痛覚は残っていない。

陰茎を勃起させたまま、だらりと仰臥する全裸の老人。

黒タイツを穿いた鼠蹊部とセーラー服のリボンを白濁した液体まみれにされた少年。

皓々とした明かりの下、ふたりはともに呼吸をせず、横たわったまま。

室内で動くものは、なにもない。

＊

数時間後。

戸外はすっかり暗くなっている。セーラー服姿のクルミはゆっくり呼吸を始めた。起き上がり、しばし放心していたが、やがて室内の惨状を見て、ひゅっと息を呑む。急いでもとのワンピースに着替え、部屋から立ち去った。

良弘の遺体をひとり、残して。

「もしかして病院、みたいな場所なんじゃないかと、ふと思ったのですが」

捜査会議でそう発言したのは宍戸だ。我ながらいまひとつ納得していないものの、せっかく思いついたので一応披露しておこう、みたいな口ぶりで。

病院？　と困惑の声があちこちから上がる。

「もしくは療養所とか、老人ホームとか。その類いの場所で。要するに、そこかしこで車椅子に乗ったひとを誰かが押してやっていても、まったく不審を買わない、という」

「車椅子、か」

「それを使って犯人たちは」尾之上が、察しよく身を乗り出した。「筈谷由美と立石恵理の遺体を運んだ、というんだな？」

「ええまあ。前回のおさらいになりますが、おそらく犯人たちはどこか屋内で被害者を殺す。その後、死体を遺棄するため戸外へ運び出さなければならないわけですが、車に積み込む際、被害者たちを車椅子に乗せ、駐車しているところまで移動したのではないか、と。

運搬をスムーズにするためばかりでなく、目撃者対策として」

「殺害現場から車を駐車している場所まで、ひと目に晒される危険性のあるルートを通らざるを得ないから、か」

「そういうことなんじゃないか、と。すでに死亡している被害者を座らせ、あたかも病人が眠っているかのように装い、車椅子で運ぶ。あるいは遺体の表情を隠すためサングラスやマスクを掛けさせることも考えたかもしれないが、そうした小細工は却ってひと目を惹いてしまう恐れがあるし」

「同じ伝で、血痕の付着した頭髪にスカーフなどをかぶせて隠したりしたら、却って目立つかもしれない、と。そういうことなんだな？」

「主観的イメージの問題なので、まったくの憶測に過ぎませんが、例えば筈谷由美、彼女のようなタイプの女性にスカーフをかぶせたりしたら見た目が泥臭くなり却って注意を惹いてしまうかもしれない。と。犯人たちはそう考え、多少手間でも血痕を拭うほうを選んだのではないか、と」

「死体の服を着替えさせるのは大変だから、裂けたブラウスやワイシャツを隠すためには、いかに面倒でも上着は被害者に着せなければならない、というわけだ」

「あるいは最初からそのつもりで、犯人たちは事前に、被害者たちが上着を脱ぐよう仕向けていたのかもしれません。適当な口実をつけて」

「なるほど。被害者が上着を着ていない場合は、別にジャケットやコートを用意する、とか。そういう手順かもしれんな」

「そして、車椅子に座らせた遺体の下半身は、膝掛け、もしくは毛布で隠す。こうすれば靴を履かせる手間が省けます」

「いっぽうで上着を着せたりしているのに、か?」反論の声が上がる。「遺体に靴を履かせるのが、それほどの手間かねえ」

「総じて死体を始末するのはやっかいな作業ですから。たとえ些細なことでも省ける手間はなるべく省きたい、という気持ちなのかも」

「で、被害者たちの靴はそのまま持ってゆき、遺体といっしょに捨てた、と」

「遺体を車椅子に乗せたまま車に積み込んだのだとすると」と別の捜査官が口を挟む。「犯人たちはそれ相応の大型車輛を使っているのかもしれん」

「ひょっとして介護用の特殊車輛を使用している、とか?」

「かもしれんが、そうとも限らない。これまでの考え方からすれば、車椅子で移動しなければならないのは殺害現場から車までのあいだだ。車まで辿り着けば、あとは、それこそ身障者を介護するふりでもして両側から遺体を担ぎ上げ、シートに座らせればいい。通常のセダンでも充分可能だろ」

「そういえば筈谷由美、彼女の遺体は臀部を高く突き上げ、顔を地面にこすりつけるみたいにしていたが、あれは、ちょうど座席におさまって硬直していたのを、型から抜かれるようにしてそのまま突き倒された、という感じの姿勢だった」

「そうか。そうだったな。なるほど。車椅子、か」どうしてもっと早く考えつかなかったのかとでも思っているのか、一課長は妙に忸怩たる口ぶりだ。「しかしそれなら別に、殺害現場が病院もしくはそれに準ずる施設であると限定して考えなくてもいいんじゃないか。一般の公道にだって電動の車椅子を利用している通行人はいる。手押しで公園などを散策しているひとだって、たくさんいるだろ」

「うむ。日常生活のなかで、さほど物珍しい光景とは言えまい」

「まあそういうことですね」やはりさほど自信のある仮説ではないからか、宍戸にしては珍しく淡白に譲歩する。「例えば療養所などの施設ではないか、というのは単なる思いつきに過ぎません。ただ、この犯人は、メンバーが何人いるかはともかく、複数犯なのはどうやらまちがいない。そのうちの誰かが問題の施設にかかわりのある者だとしたら、あるいはなんらかのかたちで犯行に便宜をはかってやるといったことも可能だったのではないか、と。そう考えただけです。ただし」

あくまでも冷静に、自説に突っ込みを入れる宍戸だった。

「その類いの場所で、はたしてどういう名目で被害者たちをキャビアやフォワグラなどで歓待するのかは、まったく不明ですが」

*

「――ちょっと付き合わないか」

そう知原から声をかけられると、そんなつもりはなくとも無意識に長嶺は身構えてしまう。

「なんだ」

「おまえさんが興味を抱くかもしれんと思って。南里班が扱ってた件。といっても、どうやら事件性はないってことで落着しそうなんだが」

「なにかあったのか」

「老人が自宅で変死した。地元食品メーカーを定年退職後、奥さんに先立たれてひとり暮らしをしていたとか。七十六歳。名前は直井良弘」

「それがどうした」

「この爺さん、妙な趣味があったらしくてな」

「趣味？」

「どうやら、あちこちの葬式にせっせと通ってたらしいんだ。しかも自分とはまったくなんの関係もない、赤の他人たちの」

「そりゃまた奇特な」

「ほぼ毎日となると、奇特のひとことじゃすまないぜ。しかもこの爺さんが最後に参列してたのが、立石恵理の葬式だったとくる」

「なんだと？」

「それだけじゃない、爺さん、昨年の笘谷由美の葬式にも参列していたことが確認されている。驚くなかれ、贄土師華子のもだ」

「おい、そりゃあいったい……」

「といっても彼女たちだけじゃなくてな。さっきも言ったように、そういう趣味だったらしいんだ。他にもランダムに選んだ葬式に連日、出かけていたようだから、この三人のがそのなかに入っていたこと自体は多分偶然なんだろう」

「からかってんのか」我ながらおとなげないと危ぶむくらい、かっとなる。「思わせぶりなこと、言いやがって」

「からかっているわけじゃないんだが。どうした。興味ないか」

「赤の他人の葬式に出るのが趣味とは」長嶺は気持ちを落ち着けた。「また変わってるな」

「人間、趣味嗜好はまさに十人十色。奥深いぜ。それだけじゃない。どうやら爺さん、盗撮の趣味もあったらしい」

「盗撮？」

「家庭用プリンタで印刷された写真がフォトアルバムに残っていたんだ。本人が参列したと思われる葬式の新聞の告知欄の切り抜きといっしょに。最初はなにを撮ろうとしたショットか、よく判らなかったらしい。とにかくやたらに他の参列者を、特に女性を、背後から撮影している。下半身を狙ったとおぼしきアングルで」

「スカートのなかでも覗いてたのか」

「そういう写真はなかったそうだ。それを狙って失敗したふうでもないらしい。で、トイレに飾ってあったパネルを見てようやく見当がついた。どうやら女性の脚のほうじゃないか、と」

「脚？」

「いわゆるフェチってやつだな」

「フェチ……」

知原にあてこする意図はないのだろうが、長嶺はそのひとことで妙に心を掻き乱される。

「その証拠に、自宅の押入れからいろんな種類のストッキングが多数発見されている。ほとんど未開封で、女性用フリーサイズ。ネットショッピングでせっせと購入していたらしい」

「未開封？　てことは、自分で穿くためじゃなかったんだな」

「気色悪いことを言うね、おまえさんも。開封したものもないわけじゃない。どうやらモデルに穿かせてたらしい。デジタルカメラが発見されていて、データメモリに、ちょっとおもしろい画像が残っていたんだとさ」

「どんな」

「気になるか？」

結局、知原にうまく乗せられるかたちで長嶺は、南里班へ連れてゆかれた。そこの橋詰という若い刑事は以前、知原に別件でなにか便宜をはかってもらったことがあるらしく、直井良弘の自宅で発見されたというデジタルカメラを見せてくれた。

「遺体は全裸で、射精した痕跡があった」ついでに概要も説明してくれる。「セーラー服と黒いタイツが傍に放り出されていて、そこにぶちまけられていた。下世話な想像でなんだが、おおかた、せんずりでもかいてたんじゃないの。自分で撮影したこの画像を見ながら、な。興奮のあまり、文字通り昇天しちまったってわけだ」

遺体発見時に残されていたというデータメモリの画像と、それらを鑑識課で拡大プリントした印画紙を見せてもらう。いずれも被写体はセーラー服と黒タイツに華奢な身体を包み込み、畳の上でさまざまなポーズをとっている。危うく女性かと勘違いしそうな優美なボディラインだが、うち何枚かは、タイツの局部が男性シンボルで盛り上がっているところをはっきり捉えている。撮影者の趣味で脚のほうにばかり注意が向いていたのか、被写体の顔はまともに写っていない。

「へたな女よりこっちがよかった、ってか」

「というと、この爺さん、生前、こっちの趣味だったのか？」

「さあな」興味なさげに橋詰は肩を竦める。「少なくともアルバムのほうに整理されていた写真を見る限り、被写体は全部女のようだが。なにしろ葬式というおおやけの場所だし。みんながみんな女装した男なんてこた、あんまり考えられん」

「脚というパーツに執着していたのだとしたら」と知原が指摘する。「特に性別にはこだわらなかったのかもしれない」

「言うことを聞いてくれる女のモデルが見つからなかっただけ、なんじゃないの」

「実際」妙に皮肉っぽい橋詰とは対照的に、知原はあくまでも真面目くさって腕組みをした。「このモデル、ちょっと男とは思えないほど、きれいな身体のかたちをしているし、な」

長嶺は上の空で頷いた。彼が注視しているのは被写体の身体ではなく、手だ。

被写体自身の膝や、セーラー服のリボンにそっと置かれている、そのかたち。美しい、と思った。指が長すぎず、短すぎず、手の甲から手首へかけての反り方もしなやかで、艶やか。爪のかたち、バランス。すべて長嶺の理想を完璧に体現している。これなら。

これなら、あの古岳由美にも負けな……いや。彼女の手よりも美しい。遥かに。

「このモデルの男が爺さんを殺したかもしれない、という可能性は？」

「ないね」あっさり橋詰はかぶりを振った。「死因は脳溢血。遺体の発見が早かったこともあり、はっきりしている」

「たしか、ひとり暮らしだったんだろ。誰が見つけたんだ」

「発見時の夜、爺さんは昔の同級会に出席する予定だった。ところが、いっこうに現れない。連絡もない。なにしろ歳が歳だ。もし万一のことがあったらと、知人のひとりが飲み会の途中で様子を見にいったってわけ。そしたら不安的中。その段階で、死後六時間から八時間てとこだった。遺体の側頭部に、机の角にぶつけたとおぼしき損傷があったが、所見によればおそらく死後のもので、死因と直接的な関係はないんだとさ」

「じゃあこの被写体は、まったく無関係？」

「データメモリの日付を信用するなら、同じ日に撮影会をやっていたんだから、死亡時にも現場に居合わせていた可能性はある。第一発見者が自宅へ行ったとき、玄関のドアに鍵が掛かっていなかった事実に鑑みれば、眼の前でいきなり爺さんが頓死したものだからびっくりして、へたにかかわり合いになるまいと逃げ出した。そんなところだろ」

「射精の痕跡があったというのが、この被写体の着ているセーラー服なんだろ。爺さん、死亡時にこいつと性交してたんじゃ？」

「相手にセーラー服を着せて、な。考えられなくもないが、こいつがタイツを穿いたままだったとしたら、どうかね。破けてもいなかったし」

「穿かせたまま口腔性交とか手淫とか、いろいろさせてたかもしれん」

「まああな。あるいはタイツを破ろうと挑みかかったところで先走ったとか、被写体の脱いだ衣装をおかずに自慰していたとか、状況はいろいろ想定し得るが、いずれにせよ、モデルの男が殺したっていうのはまずあり得ない」

「つまり、事件性はまったくない、ってところに落ち着くと」

「そういうこと」

ふたりのやりとりを長嶺は相変わらず上の空で聞いていた。拡大プリントされた被写体の写真を、このままこっそり持ち去ってしまいたい……そんな誘惑と戦いながら。

自分以外の手にこんなにも心が騒いだのは、ひさしぶりだ。ほんとうに。古岳由美以来、他者の身体に欲情する己れに戸惑う。性交だったか自慰だったかはともかく、被写体を使って射精にまで至ったという老人に対する激しい嫉妬さえ湧いてくる。これは……おれのものだ。おれのものにしたい、そんな飢餓感にも似た衝動が突き上げてくる。おれのものに……なんとかおれのものに。

橋詰に礼を述べ、聞き込みに出かけるべく知原は長嶺を促した。

「——どうだ」

知原にそう訊かれ、やっと長嶺は我に返った。

「どう、というと？」

「おれが別に、おまえさんをからかうつもりであそこへ連れていったわけじゃないと、判ってもらえたかな、ってこと」

長嶺は用心深く口をひらく。「単なる与太の類いじゃないというのは判った。が、なんでおれが興味を抱くと思ったのか、よく判らん」

「あの爺さんは、贄土師華子、筈谷由美、そして立石恵理の葬式に参列していた。受付で記帳された筆跡も本人のものと確認されている。さて。それがはたして、いまおれたちが追っかけている一連の事件と、どう関係するか。ご意見を拝聴したいね」

「どうもこうもあるか。無関係だ」そっけなく長嶺は一蹴した。「あのな、故人が参列していたのが問題の三人のだけだったっていうんなら、そりゃおれだって、これはなにかあるなと思う。しかしそうじゃない。爺さん、葬式という葬式にかたっぱしから参列してたんだろ。だったら――」

「遺体発見現場に残っていたデジカメのデータメモリ、気がつかなかったか」

「なんの話だ」

「あの撮影会が行われたのは、立石恵理の葬式と同じ日なんだぜ」

長嶺は立ち止まった。しばし考え込む。

「……だから？」

「被写体の背後に写っている壁や畳からして、撮影会が爺さんの自宅の二階で行われたのは、まちがいない。セーラー服やタイツなどの衣装は、部屋に残っていた明細書からして、爺さん本人がネットショッピングで購入したものだと推定される。では、あの被写体の男を、爺さん、いったいどこから調達してきたんだろうな？」

「知るか、出会い系サイトとか便利なものがある時代だ。その気になりゃ、どこからでも――」

「おかしいと思わないか。盗撮趣味のためわざわざ葬式という、極力自分が目立たない地味な場所にせっせと出没してたような御仁だぜ。それがだよ、男とはいえ、そうやすやすと美形のモデルを自宅まで連れてこられるものなのか」

「顔はろくに写ってなかったじゃないか。美形かどうか、当てにならん」

「仮に女のモデルが調達できないから男で間に合わせたのだとしても、なかなか美しい身体だったろ。こそこそ葬式を回って盗み撮りに明け暮れてた爺さんにしちゃ上出来、っていうより、いささか唐突な印象を否めないんだがね、おれは」

「なにを言いたいんだ、いったい」

「ひょっとして、爺さん、あのモデルの男を、立石恵理の葬式会場で見つけたんじゃないか、と。そんなふうに思うんだが」

「かもしれんな」

「にしても腑に落ちない」

「どうして」

「写真を見る限り、被写体は特に縛られたり、拘束されている様子はない。撮影会のあいだ、抵抗などはしていないわけだ」

「そりゃあそうだろ。合意の上でモデルを引き受けたんだろうから」

「どうして合意したんだ」

「そんなこと、おれに訊かれても」

「なにか脅迫材料があったんじゃないか」

「え？」

「爺さん、あのモデルの男の弱みをなにか握っていたんじゃないか、と。そんな気がするんだよ。だからこそ被写体も撮影に同意した」

　長嶺は黙り込んだ。眼で知原に先を促す。

「地元の葬式という葬式にかたっぱしから参列しているうちに、爺さん、なにかに気づいたんじゃないか？　例えば、あのモデルの男が立石恵理を殺した犯人にちがいない、とか」

「……どういう根拠で？」

「それは判らないが、なんらかの理由であの被写体の男は、他の被害者たちの葬式にも参列していたのかもしれん。その法則性に爺さんが気づき、男を脅迫した——というのはどうだ」

「考えすぎだ」長嶺は、にべもない。「いくらなんでも飛躍しすぎだろうそれは。だいたい、遺体を運ぶために車椅子を使うほど用意周到な犯人たちが、いったいなんだってまた被害者たちの葬式に参列なんて酔狂な真似を――」

「そうか。そうだったな。なるほど。車椅子、か」よほど印象深かったらしく、知原は捜査会議での一課長の口調を真似た。「言われてみればまさに、なるほどだ。どうしてこんな単純な方法に、もっと早く思い当たらなかったんだろう」

さっきまで熱心に開陳していた自説を忘れたかのように、話題をあっさり切り換える。やっぱりこいつ、真剣なふりして、からかってただけなんじゃないか？　長嶺はそっと知原を睨んだ。

「被害者たちが生前、健常者だったから、とか」

「案外そんなことが目眩ましや先入観になってしまうのかもな」長嶺の曖昧たっぷりの反応にも知原はいちいち律儀に頷く。「それはともかく、殺害現場が病院もしくはそれに準ずる施設、というのはどんなものかね。おまえさん、どう思う」

「病院かどうかは知らんが、例えばなにか施設みたいな場所が殺害現場なのだとしたら、犯人グループの誰かがそこの関係者である、というのは発想として、なかなか悪くない」

「ふうん、そうか？　おれは正直、現実味があるとはちょっと――」

「そしてその施設の内部に、立石恵理が隠し撮りしたかったものが、あるんだろうさ」

「ほう」知原は眼を細めた。「なるほど。そいつは検討の余地ありだな」

「立石恵理がカメラ店の主人に相談したとされる内容から類推すれば、その施設へは私物を持って入れない規定なんだろう。協力者に撮影してもらうのがむりというのは、付き添いの同行が認められていないからだ。部屋の内部は外から覗けないようになっているという話だし」

「聞いていると、なんだかずいぶんものものしい感じだが」知原は腕組みした。「なぜそんなに警戒が厳重なんだろうな。なにか特殊な集まりというか、秘密の会合でもあるとか？」

「かもな」

「そしてそこで被害者たちは、キャビアやフォワグラで接待される、と」

「そういうことなんだろう」

「仮に立石恵理が隠し撮りしようとしたのが秘密の会合の様子だったとする。なぜそんな写真を撮りたかったんだろう。マスコミにでも売るつもりだったのか？　だとしたら、それなりにニュースバリューのある事柄のはず。会合の主旨がスキャンダラスなのかもしれない。その施設とは病院とか療養所の類いではなく、かなりいかがわしい目的のためのものなのかもしれない」

「いかがわしい目的……」

長嶺の脳裡に、会員制秘密クラブという言葉が浮かんだ。そう。例えば彼自身がひそかに通っている女装クラブのように。だがその考えをこの場で口にすることは、即座に己れの秘密を知られる心配はないだろうとはいえ、躊躇(ためら)われた。少なくとも知原のような得体の知れない相棒の前では。

「怪しい説法をする新興宗教の類いとか。な。どう思う？」

「かもしれん」

「信者たちを率いる、カリスマ的な教祖がいるわけだ。かなり魅力的で、フェロモンむんむんの。そう考えれば、ひとり息子にそっぽを向かれて脱け殻になっていた筈谷由美が急に活きいきと艶っぽくなっていた理由も判る。その教祖にのぼせあがっていたから——いや、それはおかしいか」

「どうして」

「考えてもみろ。その手の新興宗教にかかわる者は必ず金を搾りとられる。お布施と称して、な。しかしこれまでのところ被害者たちから、それほどまとまった金が流れ出た様子はない」

立石恵理は父親が建設会社の重役で、家庭の資金状況はかなり裕福だが、娘が生前、金遣いが荒かったという証言は出てきていない。むしろ母親など、なにか気晴らしに習いごととか、せめてファッションにでも興味を示したらいいのにと、婉曲ながら消費を勧めていたくらいだという。

「筈谷由美にしたって、もしも怪しい教祖の類いに入れ込んでいたのだとしたら、自分がエステなんかに通ったりしている場合じゃない。お布施に使い果たし、すっからかんになっていたはずだ」

「そう……だな。たしかに」

「贄土師華子をいちばん最初の被害者と仮定するなら、彼女に至っては生活保護を受けてもおかしくないくらい質素な生活ぶりだったんだ。こりゃあ、ちょっと見込みちがいかな」

「そうか……」理路整然とした論証ぶりにつられてか、長嶺はさきほど言うのを躊躇っていたことを口にしてみる気になった。「じゃ、おれの考えもちがうか」

「ん。なんだ、おまえさんの考えって？」

「おれはさっき、ふと思ったんだ。新興宗教とかじゃなくて、女性専用の秘密クラブかなにかじゃないか、と」

「秘密クラブ……」

「高級風俗、とか。秘密厳守で会員制の。被害者たちはキャビアやフォワグラで接待されるくらいだから、それなりにリッチな感じがする」

「なるほど」知原は頷いた。「なるほどな。そこにいい男がいるわけだ。筈谷由美はそいつにのぼせあがった。営業上ではなく、なんとか個人的に恋愛したくなった。そいつに気に入られたいがため、少しでも美しくなろうと借金をこさえてまで努力した。そして立石恵理も、クラブ以外では会えないそいつの姿をフィルムにおさめ、ひとりこっそり愛でたくなり、なんとか隠し撮りできないものかと知恵をしぼった、と。なるほど。なるほどね」何度も頷くものの、同時に首も傾げる。

「なかなかおもしろいんだが、しかしそれも」

「そうなんだ。新興宗教の場合と同じだ。仮にそんな、女性専用の高級会員制秘密クラブがあるとしても、被害者たちには金がない。少なくとも使った様子はない」

「まさか、無償で遊ばせる、なんて奇特な真似はせんだろうしな」

「ボランティアじゃあるまいし。酒や喰いものを用意する費用だってばかになるまい。なんだ。そういや、いま憶い出したが、これじゃ結局、いつぞや宍戸が披露したホストクラブ説と、まるで同じだ。やれやれ。おれも焼きが回ったよ。真っ先に宍戸説を全面否定しておきながら、気がついたら自分がまったく同じ線に囚われてる」

「男と遊ばせたのはいいが土壇場になって彼女たちが金を払えないと知り、それで殺した、なんてことでもなかろうし」

「金を持っているかいないかぐらい、見れば判りそうなものだ。筈谷由美はともかく、贄土師華子にしても立石恵理にしても、ろくに化粧もお洒落もしていなかった。そんな彼女たちに、どうしてわざわざ声をかけ……」

ふいに長嶺の声が途切れた。立ち止まり、虚空を睨む。その表情が、けわしい。

「どうした？」

「そう……そうなんだ。そこからして、おかしいじゃないか」

「なんの話だ」

「秘密クラブかどうかはともかく、そういう、会員を集める組織の類いがあるのだとしよう。そんな特殊なグループの存在を、被害者たちはいったいどうやって知った？」

「自力で探した、とは思えんな。向こうから彼女たちを勧誘したんじゃないか？　少なくとも、そのほうが現実味がありそうな気が」

「なぜだ」

「え。なぜ……って」

「なぜその組織は、勧誘する相手として、特に彼女たちを選んだんだ？」

「それは、えと。それはあれだ。ほれ。この前おまえさんが言ってたじゃないか。被害者たちはいずれも女性で、しかも小柄な体格をしている、と。その条件を満たし――」知原は絶句し、まじまじと長嶺を見つめた。「まさか……お、おい」

「そのまさか、なんじゃないか。おれはそんな気がしてきた」

「その組織とは、選定基準を満たす女たちを連れてきて殺すこと自体が目的だ……と？

この前おまえさんがそんな意味のことを言ったときも驚いた。というより呆れたが、こうなってくると、な。一概に話半分に聞き流せない気がしてきたぞ」

「仮に犯人グループが、最初から殺人そのものを目的として被害者たちを選び、勧誘したのだとしたら……」長嶺は顔をしかめた。「秘密の場所へ誘い込んだ彼女たちを、先ずは無料で遊ばせていたのだとしても、さほどおかしくはない」

「むしろ無料だったからこそ被害者たちは誘いに乗ったのかもな。とんだボランティアだ。そこがホストクラブとはもっとも似て非なる点か」

「うむ」

「しかしおまえさん、こいつはべらぼうな話だぞ。つまり犯人たちが営んでいる集まりとは、秘密クラブというより殺人クラブとでも称すべきもので、今回の動機なき連続殺人とは実はターゲットの諸条件から始まり、殺害方法、遺体遺棄手順に至るまで、すべてがマニュアル化されている、と」

「——すまん」考え込んでいた長嶺は、急に小走りになった。「ちょっといいか」

「え。おい」慌てて知原は長嶺を追う。「どうしたんだ、いきなり」

「どこだ」

「見てみたいところがある」

「ホテル。〈ユニオンコースト・ジャパン〉」

「ユニオン――立石恵理がスケッチブックにメモしていた、あれか。なぜ？」

「自分でもよく判らん。判らないが」もどかしげに長嶺は首を振った。「なるほど、被害者たちは、殺人クラブの選定基準を満たすターゲットとしてピックアップされた者ばかりだったんだろう。しかし彼女たちのほうは、仮に無料だったとしても、どうしてのこのこ誘いに乗ってしまったのか」

「決まってる。魅力的な餌があったからだ」

「餌……ね」

「それこそが、筈谷由美が急に派手になり、立石恵理が隠し撮りをしたがった理由であることも、まちがいあるまい」

「やっぱり男、か？」

「同じところの堂々巡りで歯痒いが、少なくともおれはそれくらいしか考えつかん。おまえさんは、どうだ」

長嶺は答えず、タクシーを拾った。

〈ホテル・ユニオンコースト・ジャパン〉へ到着。豪奢で広大なロビーに、ふたりの捜査官は足を踏み入れた。吹き抜けになった二階と三階部分がフレンチや中華などのレストラン街になっており、胸壁の向こう側はランチタイムサーヴィス目当てのひとだかりができている。

長嶺と知原もエスカレータで二階、そして三階へ順番に上がってみた。ロビーを囲む胸壁は上半分が透明になっていて、階下を見渡しやすい。

「たしかに立石恵理の見立て通り、この高さじゃ、ちょっと死に切れないかもな。もちろん打ちどころが悪けりゃ――どうした？」

知原の声が聴こえないかのように、長嶺は吹き抜けになったロビーをじっと見下ろしている。視線がもどかしげにあちこち飛び回る。

「どうしたんだ、おい？」

「この眺め……」長嶺は眉根を揉んだ。「なにかを憶い出すんだ。なにかを」

＊

新たな犠牲者とおぼしき遺体が発見されたのは、六月二十八日、午前十時頃。県知事公舎の敷地のすぐ裏手の住宅街でだった。背中を丸めて民家の塀につけ、歩道に横臥していたため、酔漢か路上生活者が眠り込んでいるものと、それまで通行人たちは思い込んでいた。ようやく様子がおかしいと気づいた住民が近寄ってみて、死亡していることを確認。警察に通報した。

遺体は女性で、推定年齢十代から三十代と見られる。スポーツキャップ、カーディガン、そしてパンツと黒ずくめの恰好。下のTシャツだけ白で、これは刃物で横や背後から切りつけられ、ずたずたに裂けていた。後頭部には殴打された傷、首には紐状のもので絞められた痕が残っていたが、直接の死因は出血性ショックと見られる。血痕でどす黒くなったTシャツとは対照的にカーディガンのほうはまったく無傷だった事実や、黒いハーフブーツが自然に脱げたとは思えないかたちで捨てられていた点など、殺害手口や死体遺棄状況からして、筈谷由美と立石恵理を殺害したのと同一犯の可能性がきわめて高いと捜査陣は判断した。

ところが、肝心の被害者の身元がどうしても判明しない。例によって犯人は被害者のポシェットをいっしょに遺棄していたが、中味は化粧セット、ハンカチ、ティッシュ、黄金色の懐中時計などで、身分を示すものをなにも携帯していない。行方不明者リストのなかにも該当しそうな人物は見当たらない。警察は遺体の似顔絵、死亡時に着用していた衣服、持ち物などを公開したが、なかなか有力な情報が上がってこなかった。

被害者の身元が不明なまま七月になり、そして八月になる。捜査陣の焦りをよそに、あっというまに九月になり、そして夏が終わる。

十月。長い膠着(こうちゃく)状態を打破するきっかけをつくったのは、他ならぬ長嶺だった。奇しくも十月六日、筈谷由美の他殺体が発見されてから丸一年が経過した、その日。

聞き込みの途上、知原がふと顔を上げる。つられて長嶺が視線を上げると、〈仕出し料理／奥〉の看板があった。

「ん。しまった」知原はこの男にしては珍しく、心底残念そうに顔をしかめる。「今年は〈奥〉のトコロテンを喰いそこねちまった」

「トコロテン？」

「ああ。ほんのこの前まで夏だと思ってたのに。いつの間にか季節は鍋焼きうどんだ。もっとも、ここは、うどんも蕎麦もなかなかのものだぞ。天ざるなんて最高だ。もともとは蒸し寿司で有名な和風割烹の老舗なんだが。どうだ。ひとつ喰ってゆ。あ。すまんすまん。ついうっかりしてた。おまえさんは麵類全般がだめだったん——おい、どうした？」

長嶺は、ぽかんとしていた。これまでずっと自分のなかで魚の小骨のように引っかかっていたものがなんであったか、天啓の如く閃いたのだ。びっくりするくらい呆気なく。

「蕎麦……そうか、蕎麦か」

「どうしたんだ、いったい？」

不審がる知原を置いてきぼりにせんばかりの勢いで一旦署に戻った長嶺は、すぐさま担当係から覆面パトカーの鍵を借り出してくる。

「お、おいおい。待てよ」慌てて助手席に乗り込んだ知原は、呆れたように相棒の横顔を見た。「いきなりどうした？　どこへ行くんだ？」

長嶺は黙っている。

「ふん。着いてのお楽しみ、ってか？」

「ずっと自分でも不思議に思っていたんだ」ハンドルを操る長嶺は慎重に言葉を選びながら、口をひらいた。「古岳由美が殺されたとき、なぜおれは、すぐに〈粧坂ニュータウン〉で死んでいた贄土師華子のことを連想したのか、と」

「古岳……？　あ、筈谷由美のことか？」もの問いたげに眉をひそめる知原だったが、とりあえず話を聞いてみることにしたらしい。「それで？」

「蕎麦屋、だったんだ」

「あ？」

「古――筈谷由美の財布に入っていた名刺。〈しとろ房〉という名前の蕎麦屋。全国展開しているチェーン店だ。知ってるか」

「出張したとき、どこかの支店で喰ってみたことはある。一度だけだがね」あまり好い印象を抱いていないのか、知原は妙につれない素振り。「それがどうした」

「その清和井店が、実は〈ぱれっとシティ〉のなかにある」

「ぱれっと」

「郊外にあるショッピングモールだ」

「知ってる。まだ行ってみたことはないが」

「いつもノートを持って、ショッピングモールの休憩所で詩作していたという贄土師華子。

彼女は〈ぱれっとシティ〉の一部の従業員のあいだで『ぷち吟遊詩人』として有名だった。そう。〈ぱれっとシティ〉だったんだ、笘谷由美の遺体を見たとき、無意識のうちに〈粧坂ニュータウン〉で死亡していた女を連想させたものとは」

「たったそれだけのことで？」

「笑いたきゃ笑え」

「可笑（おか）しいと言ってるわけじゃない。勘とは、そうしたものさ」

「どこかでつながっている、しきりにそう囁くものがあるが、それがなんなのか、どうしてもはっきりしなかった。おれとしたことが。立石恵理が毎日路線バスでどこかへ出かけていたという話を聞いたとき、ショッピングモールのことを思いつかなきゃいけなかったのに」

「なるほど。それこそ乗用車を持っていなかった賛土師華子は、路線バスで〈ぱれっとシティ〉へ通っていたんだものな」

ふたりは巨大ショッピングモールへ着いた。出入口付近の道路で警備員たちが、駐車場へ入る車を誘導し、交通整理している。建物周囲の敷地の駐車スペースはかなり広大だが、すでに満杯のようだ。覆面パトカーで屋内駐車場へ上がったが、三階もすでに満車。この調子だと五階まで上がらなければならないかもと長嶺が危ぶんだ矢先、四階で空きを見つけた。車体をすべり込ませる。

長嶺と知原は三階へ階段で降り、連絡路を抜けて本館へ向かった。各店舗が連なる本館は横長の三階建てで、一階まで吹き抜けになっている。

「立石恵理は〈ユニオンコースト・ジャパン〉のロビーにも下見に行ってた……」長嶺は三階のＣＤショップの前で一日立ち止まり、階下を往き来する客たちを見下ろした。「この前、あそこでなにか判るかもしれないと思ってわざわざ見にいったのは、おれも無意識に、ここからの眺めを憶い出していたからだったんだ」

「そういえば」下りのエスカレータへ向かう長嶺についてゆきながら知原も周囲を見回す。「あのホテルと同じく、ここも三階分の吹き抜けか。両方とも普通の家屋の三階分よりだいぶ天井が高く、ゆったりめだが。おそらく立石恵理は、ここから飛び下りて死ねないものかと検討していたわけだな」

「そのとき、やつらに——犯人たちに、目をつけられた」

「どうしてそうだと判る？」

「彼女のスケッチブックに、ここの記録が残っていなかったからだ。その暇がなかったんだろう。ここへ来てすぐに、自殺よりも別の、新しい関心事ができた、と。そう考えられる」

「それが例の」知原は頷いた。「餌、か」

「そうだ。みんな、それで釣られた、贄土師華子、筈谷由美、そして立石恵理。ここがやつらの漁場なんだ」

「仮にそれが当たっているなら、四番目の黒ずくめの女も、ここで犯人たちと接触した可能性があることになるが――」

長いエスカレータで一階へ降りるあいだ、知原は頭上に拡がる広大な空間を見回した。服、装飾品、貴金属、家具類、食器、家電、楽器、美容院、旅行代理業、書籍、ありとあらゆる店舗が整然と並ぶ。各区画への連絡路が枝分かれする中心は、ひときわ広い円形のスペースで、インフォメーションコーナーになっている。

「あそこから」一階へ降りた長嶺は連絡路の向こう側を指さした。「左のほうへ曲がると、レストラン街になっている」

逆に連絡路を右へ行くと、ゲームアーケード。さらにそこからシネマコンプレックスへ通じるという構造だ。

「そこに例の蕎麦屋があるんだな。ところでおまえさん、筈谷由美を個人的に知ってたのか？」

やっぱりこいつ、どんな失言も聞き逃してくれないな。長嶺は苛立ちを通り越し、苦笑を洩らすしかなかった。

「小学生のときだ」へたに隠すより、無難な範囲内で事実を述べておくに限る。「彼女が新卒で着任したとき、おれは五年生だった。担任じゃなかったから、直接言葉を交わしたりしたことはない。だから黙ってた」

「まあ関係ないもんな、事件には」

ふたりはレストラン街へ向かう。和風、中華、イタリアン、甘味、串焼き、回転寿司、ファーストフード、カフェ、お好み焼き、さまざまな種類の店が立ち並ぶ。

「やれやれ。ここに一日いれば退屈しない。あっという間だ。シティって名前の通り、まさにひとつの街、って感じだな」

〈しとろ房〉は一階に在った。小綺麗な店内。作務衣姿の若い娘を呼んで身分を明かし、ちょっと話を聞かせて欲しいと頼む。生前の筈谷由美の写真を見せ、昨年の夏から秋にかけ、この女性が店を利用していないか訊いてみた。その娘は二ヶ月ほど前に採用されたばかりのアルバイトで、昨年のことは全然知らない。代わりに厨房から、店長と名乗る若い男が出てきた。同じ質問をしてみたが、利用客の顔などいちいち憶えてはいないという。

「あ。そうだ。そういえば、去年もたしか警察の方が来られてましたよ。この女のひとだったと思うんだけど、同じように写真を見せられて。見覚えはないか、って」

被害者の財布から発見された名刺ということで、別の捜査官が念のため聞き込みにきていたらしい。報告が上がっていない以上、なんの成果もなかったのだろうが、一応確認しておく。

「なんとお答えになりました？」

「いま言ったのと同じです。お客さんの顔なんていちいち憶えちゃいません。お蔭さまでけっこう繁盛していて、次から次へ注文を捌くのにせいいっぱいで。よっぽどの常連さんなら、まあ顔くらいは見分けがつくかもしれないけど、この女のひとは知らないなあ。ここへ来たことがあるかって訊かれれば、そうかもしれないし、そうじゃないかもしれない、としか」

「こちらのほうは？」

立石恵理の写真を見せてみたが、店長は下唇を突き出し、首を横に振るばかり。

「では、こういう女のひとはどうだろう」

未だ身元不明の四番目——公式には三番目——の被害者の似顔絵を見せ、着用していた衣服などの説明をしてみる。

「いやあ」店長は頭巾越しに頭を掻いた。「すみません。全然心当たりないです」

ふたりは礼を述べ、〈しとろ房〉を後にした。

「どうする？」

と指示を仰ぐように訊く知原に、長嶺はなにも答えず、ただ腕組み。

「レストランだけとは言わず、他の店も、かたっぱしから当たってみるか」

「いや」長嶺は顔も上げず、かぶりを振った。「いや、それはまずい」

「まずいって？　なんだそりゃ。たしかにテナントは、ざっと見ても百はくだらないようだし、大変は大変だが。なんなら係長に相談して応――」

「こんな雲をつかむような話、まともに取り合ってくれると思うか。なにかもっと、はっきりした根拠があるならともかく」

「言うだけ言ってみればいいじゃないか」

「いいか。もしもおれの考えが少しでも的を射ているとしよう。つまり犯人グループは、まさにここで狩りをしている、と。そこへ刑事みたいに眼つきの鋭い連中がだぞ、こそこそなにか嗅ぎ回り始めたりしたら、やつら警戒して、寄りつかなくなってしまうかもしれん。別の狩猟場を開拓されたりしたら、やっかいだ」

「じゃあ、どうするんだ」

「ちょっと待て。考えさせてくれ」

ふたりは休憩所のひとつへ移動し、空いていた長椅子に腰を下ろした。広いモール内を老若男女の群れが、ひっきりなしに往き来している。

「贄土師華子のことだが」いったいどこからこんなにひとが湧いて出たのかと素朴な畏怖をもって眺めていた知原は、ふと呟いた。「筈谷由美はさっきの蕎麦屋、立石恵理はエスカレータのある吹き抜けだとして、贄土師華子は、このなかのどの店へ行ってたんだろう」

「買物も食事もしなかったという話だ。もっぱら休憩所で――といっても、ここだったかどうかは判らんが——行き交う利用客たちを眺めながら詩作に励んでいた、と」

「そうなんだが、それだけだったかな。どこか特定の店へ行っていたとかいなかったとか、聞いたような気がするんだが」

「そういえば……いや、店じゃなくて」憶い出すよりも早く長嶺は立ち上がっていた。

「そうか。シネコンだ」

「シネコン？ 映画を観てたのか」

「いや、厳密に言うと、入場はしなかったらしいんだが——行ってみよう」

中央のインフォメーションコーナーの前を通り、ゲームアーケードへ向かう。まるで飛行機の格納庫のように大きく真っ黒な口を開けた部屋から、多種多様の電子音、そしてゲームに興じているとおぼしき歓声が響いてくる。

化粧室を通り過ぎて連絡路を抜けると、大きな矢印とともに〈ぱれっとシネマ・2F〉という標示。そこにエレベータがあった。ちょうど閉まりかけていた扉の隙間を縫い、長嶺と知原は箱のなかへ駈け込んだ。

エレベータのなかには先客がいた。四十代から五十代とおぼしき、ひとりの女。長嶺と同じくらいの身長で、痩せぎす。袖がふりふりの上着に花柄のロングスカートがなんとも泥臭い。長い髪に細かいウエーブをかけ、先端が肩からはみ出るくらい膨らませているのもいただけない。若づくりのつもりだとしたら明らかに方法をまちがえている。素材は悪くないのだから、きちんと化粧をしてそれなりのお洒落をすればもっと見栄えがするだろうに。自らの手で彼女にメイクし、着飾らせてやりたくて長嶺はむずむずする。それにしても暗い女だ。いまにも死にそうというか、生きているのがめんどくさいと言わんばかりの投げ遣りで疲弊した雰囲気。

二階で降りるや、長嶺はその女のことは忘れた。壁を見上げると上映中作品の巨大パネルが十点ほど掲げられている。広間を挟んで、手前がグッズ販売所、向こう側がチケット売場だ。

横長のカウンターになった売場には『当シネマの座席は全席予約制です。立ち見はございません。ご観賞希望の作品名、上映日、上映時間を係員にご指定の上、チケットをご購入ください』という標示が出ていて、制服姿の従業員が十名ほど並び、次々に客の行列を捌いている。

チケット売場の横は各種ドリンクや軽食などの売店で、オープンスペースのいちばん奥に各劇場への出入口がある。その頭上、建物の三階部分にあたる高さに巨大ディスプレイが設置されており、新作映画の予告編を延々と反復している。

「贄土師華子はチケットも買わず、予告編だけ眺めていたという話だ。多分あそこで」

長嶺が指さしたのは売店の横のスペースで、簡易テーブルと椅子が何組か並べられている。上映時刻を待っているとおぼしき家族連れや若者たちが思いおもいにドリンクを飲んだり、ハンバーガーをぱくついたりしている。

「あの娘なんか、どうだ」

全劇場共通出入口付近でもぎりをしている若い娘を知原は顎でしゃくった。長嶺は頷き、ふたりいっしょに歩み寄る。制服姿の若い娘に身分を明かし、贄土師華子のことを訊いてみた。彼女もアルバイトで、去年のことは全然判らないという。近くにいた、やや年配の女性に助けを乞うと「うーん。いちばん古株は関口くんかなあ。ちょっと待ってて。呼んでくる」と、まだ二十代とおぼしき青年を連れてきてくれた。

「関口ですが」と名乗った青年は、贄土師華子のことをよく憶えていた。彼女の遺体が発見された際、警察の事情聴取を受けたという。だが華子に関しては、既に長嶺と知原が知っている以上のことは、なにも聞き出せない。

試しに筈谷由美の写真を見せてみた。「いや、この方は知りませんね」との答え。

立石恵理の写真には「あ」と反応した。

「ご存じなんですか」

「だって立石選手でしょ？　ほら、卓球の」

有名人だから顔を知っていただけらしい。恵理がシネコンへ現れたことがあるかと訊くと、関口の知る限り一度もないとの返事。

「地元の有名人とかけっこう来ますから。そういうときは絶対に憶えてます。はい。もちろん、チケットを売るとか、なんらかのかたちで自分が接客した場合は、という意味ですけど」

「こちらは写真ではないのですが」と身元不明の黒ずくめの被害者の似顔絵を見せてみた。

こちらも反応なしかと半分諦めていると、意外や、関口はじっと考え込んだ。やがて首を傾げ、呟く。

「似てるなあ……」

「ご存じの方なんですか」

「個人的な知り合いってわけじゃないんですが、某女優さんに」

「え。女優？」

「望月真紀さん、といっても、よっぽどマニアじゃないと知らないかも。地元出身なんですけどね」

「ほう。何歳くらいの？」

「えと。三十くらいかなあ、いま」

「どういう映画に出演しているんですか」

「もとは演劇出身じゃなかったかな。インディーズ系の出演作は何本か観たことあります。一応メジャー作品にも出演してはいるけど、科白のある役柄だったたっけ？　という程度の。そういや何年か前、活動を一時休止中って噂を聞いたな。あれからどうしたんだろ」

「活動休止中というからには、地元に帰ってきているとか、そういうことなんでしょうか」

「いや、どうかなあ。ニューヨークへ移住したとかっていう話だったけど」

「ニューヨーク」

「詳しくは知らないけど。あ、そうそう」関口はなにを憶い出したのか、露骨に失笑を洩らした。「望月真紀といえば、去年の落成式に、とんだハプニングが」

「落成式？」

「このシネコンのですよ。ほら。ここってオープンしたのが去年の五月だったでしょ？」

厳密には〈ぱれっとシティ〉全体がオープンしたのは、去年の三月。〈ぱれっとシネマ〉の落成式が執り行われたのは、五月なのだという。中央で有名な映画監督や女優をゲストとして招き、かなり盛大なイヴェントとなった。

「その関係者受付に、変な女が闖入（ちんにゅう）してきたっていうんですよ。ぼくはその日、別の持ち場にいて直接目撃していなかったから伝聞なんですが。これが大騒動だったそうで。地元シネコンの落成式なのに、どうして自分をゲストに招かないんだ、責任者出てこい、とか喚きまくって。あばれる暴れる」

「その闖入した女が、ですか」

「そうなんです。警備員がとりおさえて名前を訊いたら、女優の望月真紀だ、って答えたらしいんですよ。ちょっとその」と関口は自分の、こめかみあたりで指を回してみせる。「これなひと、だったみたいで。そもそも落成式に居合わせた関係者たちの誰ひとりとして、望月真紀という名前自体を知らなかったっていうんだから。後でその話を聞いて、どうせ名前を騙(かた)るんなら、もっとメジャーな女優さんのにすりゃいいのにって笑っちゃって。いまでもよく憶えてるんですけどね」

＊

「望月真紀、か。どう思う」

「調べてみよう。その女が望月真紀本人かどうかはともかく、具体的な名前を出した以上、彼女の知り合いとも考えられるからな」

「うむ。あ、悪い」長嶺はトイレを指さした。「先に行っててくれ」

「了解」知原は掌(てのひら)をひらひらさせた。「キーをくれ。車を回しとくわ」

覆面パトカーのキーを知原に渡し、長嶺は男性トイレに入った。掃除が行き届いているらしく、清潔だ。センサーで洗浄水が流れる音を聞きながら用を足していると、長嶺の背後で個室のドアが開く音がした。

死角に入っているので見えないが、手を洗っているとおぼしき水音が聴こえてくる。長嶺が便器を離れ、鏡の前へ行ったとき、その人物は彼に背中を向け、乾燥機で手を乾かしていた。髪が長め。華奢な身体つきからして、まだ十代の少年といったところか。なんだか女の後ろ姿とまちがえそうになる。

ひょっとして、おれと同じ趣味のひと？　なぜか心のアンテナがぴんと立ち、そう長嶺に囁きかけてきた。妙に気になって、さりげなく首を捩じり、その少年の手を見てみる。

その瞬間、長嶺は雷に打たれたかのように硬直した。

あれは……

茫然自失して立ち竦む長嶺を尻目にその少年は腕時計を見た。もう用は済んでいるはずなのに、まるでなにかタイミングでもはかっているかのように、しばし佇む。そしてやおらトイレから出ていった。長嶺に背中を向けたまま。

あれは……

長嶺は茫然としたまま。いや、ほとんど酩酊状態だった。

あの手……あの手は……

古岳由美の手。いや、ちがう。

ちがう。あれは。

あれは、それ以上の。

はっと長嶺は憶い出した。あれは……あの手は、そうだ。見たことがある。以前この眼で見たことがあるぞ。どこで？
たしか、そうだ、直井とかいう、脚フェチの爺さんが撮影したデジタルカメラに残って
いたデータメモリの。あの被写体だ。

異物C

由衣は溲瓶（しびん）を洗っている。リズムよく次々と。おざなりに水で濯（すす）ぐだけですませる同僚もたまにいるが、彼女はちがう。決して妥協せず、ごしごし力を入れ、徹底的にやる。洗面所に隣接した洗い場には使用済みの簡易トイレもたくさん溜まっており、それらもまとめてきれいにする。

糞便と洗剤の臭いが混ざるなか、由衣の頭のなかはほぼ空白である。嫌だ、とか、臭いとか胸中で反復するいつもの愚痴めいた儀式をせずとも、仕事に没頭できる。むしろこうした洗浄作業のほうが、例えば患者の清拭（せいしき）などに比べ、由衣にとってはずっと気楽だ。

それは相手にしているのが人間ではなく、無機物であるという要因がやはりいちばん大きい。溲瓶や簡易トイレは、もちろん患者たちが再度使用すればまた汚れるものの、少なくとも洗ったそのときは完璧にきれいになる。こちらが思うさま大量に洗剤を使ったり力任せに乱暴にみがいたりしても文句を言わないし、その場でそれ以上汚物を排泄したりしない。体液を分泌されたりする心配もない。きれいになったアクリルやプラスティックのつるつるした感触が快感ですらある。

あの奇妙な少年の一件があってから、ほぼ一ヶ月が経っていた。少年の身体の冷たさ、そしてシーツに残っていたぬくもりを、由衣は記憶のなかでうまく反芻できなくなりつつある。やはりあの出来事は夢だったのかもしれない、そんな醒めた心境に陥ったりする。

「うーん、もーこんな仕事、他の病院みたいに専門業者を入れてくれりゃいーのに。ねー、由衣」横にいる畠山茂美（はたやましげみ）が作業の手を止め、大きく伸びをした。「来週、どうするか、決めた？」

「なんのこと」

「やだな、この前も言ったぞ。合コン、合コン」

「どっかの男子学生たちと、ってやつ？」

「そ」

「やめとく」

「えー。なんで。ちょうど日勤でしょ」

「なんか、めんどくさくてさ」

「睡眠をとったほうがまし、ってか」

「つか、男を相手にすんの、かったりい」

「あーん？　なんだ、なんだよおい。その歳で、もう枯れちゃってるの」

「てわけでもないんだけど。ま、今回は、やめときます」

由衣とて男性と交際してみたい気持ちがまったくないわけではない。激務の合間にふと忍び寄ってくる孤独感、それを慰撫してくれるパートナーがいてくれたらと願うこともある。しかし男の側がその思いに応えてくれるとは限らない。特に合コンに来るような男の場合、たとえ口ではなんととりつくろおうとも頭にあることは、ただひとつだけ。まちがえようがない。由衣にはそれが鬱陶しい。恐怖ですらある。肌と肌、粘膜と粘膜がこすれあう刺戟で溢れる体液、汗。にゅるにゅるのぐちょぐちょ。新陳代謝で常に老廃物を噴き出させている相手の肉体なんて指で触れるのも嫌なのに、密着させたり舐めたり、なんて。うげ。考えただけで気持ち悪い。

どう足掻いても男の側の要求に自分は応えられないのだから、最初から合コンなどには参加しないのが誠意ある態度というものだろう。由衣にとってそれは自明の理なのだが、もちろん茂美にまともに説明しても無駄なので「懲りずにまたいつか、誘ってちょうだい」と無難にまとめておく。

作業衣を脱ぎ、手を洗ってから備品室へ向かいかけた由衣の耳に、なにやら言い争う声が聴こえてきた。ナースステーションのほうからだ。

なんだろう。職員同士で揉めている、という感じではない。患者かその家族がクレームでもつけてきたのかな。

由衣が足早にナースステーションへ駈けつけてみると、騒ぎ自体はもうおさまっていた。ちょうど女の子が三人、なにやらぶつぶつ文句を聞こえよがしに吐き捨てながら、中央ホールのほうへ立ち去ろうとしているところ。三人ともセーラー服に黒いタイツ姿。〈野生司学園〉という小学部から大学まで基本的にエスカレータ式の私立共学校、そこの女子制服だ。三人のうちふたりはリボンが紺色で、高等部。あとのひとりはリボンが白で、これは中等部である。

リーダー格とおぼしき高等部の娘はすらりと背が高く、ととのった顔だち。もうひとりは柔道着が似合いそうな、がっしり逞しい身体つき。そして中等部の娘は、どこかモルモットを連想させる風貌がやや小面憎い感じ。

それぞれ個性的なはずなのに、なんだか互いに似たようなイメージが漂うのは、あながち制服のせいばかりではない。三人とも両耳の下で束ねた髪を赤や茶色に染めているところなど、まるでおとなの女が宴会かなにかの余興でふざけてセーラー服姿になってみせたかのような、どこかアンバランスで頽廃的な毒々しさを醸し出す。

その三人娘に、いまにも塩でも撒きそうな形相で仁王立ちになっているのは百合子だ。彼女に憎々しげなひと睨みをくれるや、女子生徒たちはようやく病棟から出ていった。

「どうしたの。なにかあったの？」

「知らない。連中、いきなりやってきたと思ったらさ」百合子は忌まいましげに音をたててファイルを仕舞った。「クルミちゃんに会わせろ、とかって。このくそ忙しいときに、ったく」

「クルミちゃん？」

「それとも、ミルクちゃん、かな。ミクルちゃんだったかな。ともかく、そんな名前」

「だれそれ？」

「苗字は、えと、なんとかって言ったな。忘れたけど。あの娘たちの同級生の子なんだと」

「同級生って、どっちの」

「え。どっちの、って？」

「あの娘たち、ふたりは高校生で、もうひとりは中学生でしょ。偽学生がコスプレしてたんじゃなければ、だけど」

「よく見てるね、由衣ったら」苦笑を洩らすと百合子は少し冷静になった。「そういえば、白いリボンを着けてたほうだ」

「中等部の娘ね、〈野生司〉の」

「ああそうそう。どうしても学校の名前が出てこなかったんだ。そいつの同級生の子なんだって。それがここの病棟に担ぎ込まれているはずだから、すぐに会わせろ、ときたもんだ」

「中学生の女の子なんて入院してたっけ？」

「してないわよ。一応調べてみたけどさ。それだけでも、こちとら大サービスなのに。言うにこと欠いて、隠すな、ときたもんだ。誰が隠すか。なにかのまちがいじゃないかって言ってやったのよ、口を酸っぱくして。なのに、いいやたしかに内科病棟の建物へ裏から運び込まれるのを見た、の一点張り。そんなこたあり得ないって丁寧に説明してやってんのに、聞く耳もたないんだこれが」

「変な話。だいたい平日のこんな時間帯に。学校はどうしたのかしら、あの娘たち」

「さあね。〈野生司〉っていや、途轍もないぼんぼんやらお嬢ちゃんやらばっかり搔き集めた学校でしょ。莫大な寄附金を積まないと入れないとかって。なんのためにそこまでして入りたいのやら。まともに授業なんて、やってんのかしらね」

「そういえば、うちの院長がいま〈野生司〉後援会の会長だって話だよね」

「え」百合子はうろたえ、由衣以外に誰も聞いていなかったことを確認するためか、そっと周囲を見回す。溜息をつき、ふと顔を上げた。「あ。そうだ。そのクルミって子、あたしも最初は女の子かと思って調べてたんだけど、よくよく聞いてみたら、男の子なんだってさ」

「男の子……」

そのひとことで由衣は閃いた……そうか、ひょっとして。

ひょっとしてそのクルミとは、一ヶ月ほど前、諸井を手伝って特別棟の部屋に運び込んだ、あの子のことなのでは？

そう思い当たった途端、確認したくてたまらなくなったが、まだまだ仕事がたくさんある。歯痒い思いでなんとか業務が一段落するまで我慢してから、由衣は急いで特別棟へ行ってみた。

専用エレベータで四階へ上がり、角部屋のドアに跳びついた。ハンドルレバーを回してみたが、鍵が掛かっている。

ドアに耳をあて、気配を窺ってみた。なにも聞こえない。もしも少年がこの前と同じ状態で担ぎ込まれているとしたら、なにも気配がないのが当然なので必ずしも室内にあの子がいないことにはならないものの、確認しようがない。鍵を持っていないと、どうしようもない。由衣はその場では諦め、業務に戻った。

日勤から上がる直前、浩江をつかまえることができた。息せき切って訊いてみる。

「あ、あの、主任」

「なに？」

「ひょっとして……あの子、来てます？」

浩江は、じろりと由衣を睨みつける。なにも言わず、曖昧に顎を引く仕種をして寄越す。

それだけで由衣には充分だった。

＊

あの少年に由衣が再び会えたのは、それからさらに二ヶ月ほど後のことだった。

夜、十時。深夜勤務の由衣は、消灯後の見回りに出ようとしていた。懐中電灯をつけると、まるでそれが合図だったみたいに廊下の向こう側から足音が小走りに近づいてくる。見ると、諸井猛だ。

その急いた様子にピンときた由衣は、自分から声をかけた。「先生」

「あ。きみ、及川くん、だったね」諸井は母親を探し当てた迷子さながら安堵の表情を浮かべる。「ちょうどよかった。すまんが、ストレッチャーか車椅子を調達してきてくれないか」

その指示に由衣は即座に反応する。はやる気持ちを抑え、車椅子を押し、諸井を追った。そこからはすべて三ヶ月前の出来事の再現となる。特別棟の非常口から駐車場へ出ると、例の謎めいた美貌の中年女性が待っている。セダンの後部座席にはパジャマ姿のあの少年。眼を閉じ、冷たい身体はぴくりとも動かない。どう見ても死んでいる。その身体を車椅子に乗せると、四階の角部屋へ連れてゆき、ベッドに横たえた。前回ストレッチャーだったのが車椅子に変わっただけで、あとはすべてビデオ画像を再生しているかのようなくりかえし。

「──すまなかったね」

由衣が少年に毛布をかけてやっている横で、諸井はどっかり倒れ込むようにして応接セットのソファに座った。心なしか、やつれていて、心労を窺わせる色の隈が眼の下にできている。

「大丈夫ですか、先生」

「ん」

「ずいぶんお疲れのご様子ですけど」

「そうかもな。最近よく眠れん」

「この子、また……?」

「ああ。困ったもんだ」

「こんなこと、お訊きしていいのかどうか判りませんけど──」由衣はこの際、思い切って好奇心を満たしておくことにした。「この子、先日、大丈夫だったんですか? その、つまり、あの後、ちゃんと……?」

「うん。といっても、ぼくはその場に居合わせていなかったけどね。ちゃんと目を覚まして、ひとりで帰宅したようだ」

「あのう、この子はいま、どういう状態なんですか? どう見ても、死んでいるとしか思えないんですけど、まさか――」

「判らん」

諸井はあっさりそう言った。しばらく沈黙が落ちる。このままうやむやにされるかなと由衣が案じていると、ふいに口をひらいた。

「及川くん」

「はい」

「きみ、ロミオとジュリエットの物語、知ってるかな。シェイクスピアの」

「えと、たしか」いきなりなにを言い出すのかと面喰らう。「仇敵同士の家の息子と娘がゆるされぬ恋に落ちるという、あれですよね」

「そう。運命的な出会いをしたふたりが、永遠の愛を誓うものの、悲劇的な結末を迎える。その経緯は知ってる？」

「ジュリエットが、家族によって強制的に縁談を進められてしまうんでしたっけ。ロミオへの操を守りたい彼女は、そこで、死んだふりかなにかして、それを乗り切ろうとする」

「そう。ところが肝心のロミオが、ジュリエットはほんとうに死んでしまったのだと思い込む。彼女のあとを追うつもりで自ら死を選ぶ。蘇生したジュリエットはそれを知って嘆き、今度こそほんとうに自ら命を絶ってしまう、と。えーと、たしかそんなストーリーだったと思う。細部は多少まちがっているかもしれないが。ところでロミオとジュリエットは実は、ふたりだけで秘密の婚姻を結んでいるというくだりがあって」

「そうなんですか？」

「いや、ぼくも原作をちゃんと読んでいるわけじゃないから、もしかしたら勘違いしている部分もあるかもしれないけど。ともかくその婚姻に立ち会ったのが、問題の修道僧なんだ」

「問題の、というのは？」

「さっき、きみが言ったでしょ。意にそまぬ縁談を押しつけられたジュリエットは、死んだふりをしてそれをやり過ごそうとした。その修道僧からひそかに渡された薬を使って、だ」

「薬……」

「仮死状態になる薬さ。呑めば呼吸をしなくなる、心臓も動かなくなる、体温もなくなる。だが何十時間か経つと、元通りに蘇生する、という」

「ほんとにあるんですか、そんな薬？」

「さあ」諸井は笑った。「知らない。シェイクスピアの創作だとは思うが。断言はしないでおこう。なにしろこの世にはどんな神秘がひそんでいるか、測り知れないから」

諸井は笑いを引っ込め、ベッドに仰臥する少年を横目で見た。

「彼のように、ね」

「この子は……」諸井がなぜこんな話を持ち出したのか、由衣はやっと理解した。「この子はいま仮死状態に陥っているというんですか。ちょうどジュリエットのように？」

「そういうことだ」

立ち上がった諸井は小型冷蔵庫を開けた。ホテルの客室並みにいろいろ飲み物が揃えられている。呆れたことにビールまである。ここが病院だという事実を、うっかり忘れそうになる眺めだ。

「たしかに彼はいま呼吸が止まっている。心臓も動いていない。体温も極端に低下している。以前に調べたときには瞳孔もひらいていた。どう見ても死んでいるとしか思えない状態だ。が……」さすがに医師としての良識が働いてか、缶ビールに伸ばしかけていた手を引っ込め、諸井はミネラルウォーターのペットボトルを開けた。「この仮死状態に陥ってから、だいたい六時間ないし十二時間のあいだに、彼は完全に蘇生する。なんの後遺症もなく、ね」

三ヶ月前に、どんなに遅くとも今日の午後三時までには正常に戻ると諸井が言っていたのは、そういうことだったのだ。

「どうしてそんな……そんなことが？」

「ぼくには判らないよ。たしかなのは、表面的な特徴はどうあれ、彼はほんとうに死亡しているわけじゃない、という事実だけ。例えば、これも以前に調べてみたんだけど、こういう状態にあっても、彼の脳波はちゃんと測定できるしね」

「脳波を。へえ」

「それから、持続して観察すると判るが、彼の身体には死斑の出現や死後硬直といった現象がいっさい見られない。通常、死後一、二時間もすれば死斑は認められるし、二、三時間で死後硬直も始まるはずだ。しかし、彼の身体は十時間経っても、ただ冷たいだけなんだ」

「つまり、死んではいないんですね。って、先生、さっきからそうおっしゃってるわけですが」

「まさに、ね。ただ意識を失っているだけ、というなら話は簡単なんだが……呼吸や心臓まで停止してしまう、というのは」

「特異体質、ってことでしょうか」

「そう言ってしまえばそうだ。実際に自分がかかわっていなかったとしたら、こんなこと、誰かに言われても絶対に信じなかっただろうが」ぐいとミネラルウォーターをらっぱ飲み。「こうして眼の前に実例があるんだ。まがりなりにも医師とはいえ、ぼくがいくらつべこべ言っても始まらな——」

「あの……先生」由衣は、おかしなことに気がついた。「さっきのお話ですと、この子はどんなに遅くても、明日のお昼前までには蘇生して、正常に戻るわけですよね？　あたしたちがなにもせず、放っておいても」

「そうだよ」

「だったらどうして、わざわざここへ運んでくる必要があるんです？　治療の類いを施すわけでもなんでもないのに」

　ペットボトルの動きが唐突に止まった。気まずい沈黙が流れる。

「……車で送ってきている方ですけど、あれは、この子のお母さまですか？」

　あまり言及したくないのか、諸井は無言のまま由衣を凝視するに留めた。

「お母さまも、さっき先生が説明なさったことはご存じなんでしょ？」

　無言のままだったが、渋々と頷く。

「だったら自宅で休ませておけば、それですむ話じゃありませんか？　わざわざ手間をかけて、ここへ連れてこなくても――」

「及川くん」

　ペットボトルをテーブルに置くと、諸井は深々とソファに身体を沈めた。

「改めてお願いするけれど、このことはくれぐれも秘密にしておいて欲しい」

　今度は由衣が無言で頷いた。

「なぜこんな不可解な現象が起こり得るのか。医学的な見地から述べられることはなにもない。少なくともぼくの手には余る。ただ、おそらく精神的な要因がからんでいるのだろうと推察される」

「精神的な要因、ですか」

「過度のストレスや緊張感、それに追い詰められ、現実逃避した結果、こうなる。文字通り、死んだふり、というわけだ。そういう意味では、一種の擬態のようなものかな」

「擬態……」

「さっきの譬えで言えば、ジュリエットに死亡という擬態を可能にさせたのは、特殊な薬だった。翻って彼の場合――」

「この子の場合は？」

「肉体的接触全般だろうと考えられる」

「え……？」

「彼は他人に触れられると、一種のショック状態に陥り、こんなふうになってしまう」

「触れられると？って……ただ単に、触れられただけで、ですか？」由衣は呆気にとられた。ひょっとして諸井にかつがれているのではないかと真剣に疑う。「こうやって、手で？」

「そう。それがたとえ誰であれ、自分以外の他者からの肉体的接触に耐えられない。指先でほんのちょこっと触れられるだけで、気を失う」

「ど、どうして、そんなことが？」

「だから言ってるだろ、まったく判らない。我々の常識を超越しているとしか言いようがない。ただ、彼にしても生まれたときから、こうした特異体質ではなかったようだがね。小学生の頃はごく普通の子供だったというんだ。それが中学校へ上がるのと前後して、なぜかこんなふうに――」

「こんな体質をかかえていては、とても学校生活なんか送れないのでは」

「そりゃそうさ。だから特別に学校の許可をとり、自宅で家庭教師を雇っているという話だ」

　それは〈野生司学園〉ですねと由衣は口走りそうになり、危うく思い留まる。この少年の保護者が何者なのかは不明だが、こうして〈諸井病院〉に便宜をはかってもらっているくらいだ、名だたる〈野生司学園〉にだってきっと大きいコネがあるのだろう。想像に難（かた）くない。

「そうやって自宅に籠もっているにもかかわらず、こうしてときおり仮死状態に陥ってしまう……ということは」由衣は考えをまとめながら、ひとりごちる。「ひょっとして、家族の誰かが彼に触れているのではありませんか？　しかも、こうなってしまうと重々知っていながら、敢えて……」

　諸井は無言だった。眼を逸らせ、由衣の顔を見ようともしない。それがなによりも雄弁な答えに他ならなかった。

「この子をわざわざここへ連れてくるのは、避難させるためなんですね? 仮死状態に陥っているあいだ、なにをされるか判らないから」

つまりそれは……由衣は思わず吐き気を覚えた。つまりそれは、この少年が常に性的虐待の危機にさらされているという状況を意味する。しかも他ならぬ家族の一員によって。それは誰だろう。わざわざ車で送ってきているくらいだ、少なくとも母親ではあるまい。いずれにせよ、この少年の家族が地元の名士だとしたら、一大スキャンダルなのはまちがいない。

「それだけではなくて――」諸井は由衣の胸中を読んだかのように補足した。「これは、この子の妄想を払拭してやるためでもあるんだ」

「妄想?」まったく予想外の言葉に由衣は、きょとんとなる。「なんのことです?」

「もちろんこの子自身、他者に触れられると自分が意識を失うことを知っている。ところが本人は、仮死状態ではなくて、どうやら自分が多重人格症の類いではないかと疑っているようなんだ」

「多重人格、ですか」

「意識を失っているあいだ、別の人格が自分の身体を操っている、と。そんな妄想にかられているらしい。そして、もうひとりの自分とは、とても危険で凶暴なやつだ、と。そう恐れている」

「危険で凶暴、といいますと」

「例えば他人に平気で危害を加えるような」

「でも、そんな事実はないんでしょ？」

「多重人格なんて彼の妄想だよ。それは我々の眼には明らかだが、意識を失う本人にしてみれば、いくらそう説明してもなかなか納得し難いらしい。だから、論より証拠ということで」

「そうか。仮死状態になった彼を隔離するわけですよね。そして、蘇生してみれば、自分はなにも変な行動はせず、ただ眠っていただけなんだという事実を示し、納得させるために？」

「そういうことだ」

「でも、なぜまたそんな。どうしてそんな妄想にとり憑かれたんでしょう。なにかきっかけでも」

「そりゃまあ、目覚めてみたら自分のすぐ横で、ひとが血まみれになって倒れていたりしたら……」

諸井は口籠もった。

由衣は待った。待ったが、いつになく厳しい諸井の表情を見る限り、どうやらこの点に関して、これ以上詳しく教えてくれるつもりはなさそうだ。

「だれ」由衣は無意識にそう呟いた。「誰なんですか、彼はいったい――」

　由衣は少年の苗字を訊いたつもりだったが、諸井はまったく聞き慣れない単語を発した。

「ラザルス――」

「失礼。いま、なんと？」

「彼のことをぼくらは、ラザルスと呼んでいる。もちろん便宜的にね。さすがに本名をここで口にするのは――」

「らざるす……って？」

「聖書に出てくる名前だ。本来はラザロ、かな。ベタニアのラザロ。マリアとマルタの兄弟で、イエス・キリストの友人にあたる。そして――」疲れのせいか酔っているみたいに頼りなげな口調を立てなおそうとしてか、諸井は大きく息を吸い込む。「そして聖書によれば彼は、イエスの奇蹟によって死より甦った、とされる」

「甦った……死より」

「ラザルス、というのは、そのラザロの英語読み……だったかな」

　集中力が切れてきたのか、たったいま己れが発した言葉がなんだったたか憶い出せないかのような、混乱した表情で諸井はぐったりしている。疲れの表情がいっそう顕著だ。秘密だ秘密だとくりかえしながらも浩江に、そしていまこうして由衣にも打ち明けているのは、自分ひとりでかかえ込みたくないのが本音にちがいない。それだけこの少年は〈諸井病院〉

にとって危ないお荷物なのだ。

「すっかり――」と諸井は立ち上がり、ドアのほうへ向かった。「時間をとらせてしまったな」

身体が半分眠っているのだろう、足がふらつく。その拍子に諸井は手をすべらせ、鍵束を床に落としてしまった。「おっと」

由衣は素早く駈け寄り、鍵束を拾い上げた。

「施錠ならあたしが」

「ん」

「先生、お顔の色がすぐれませんわ。もう今夜はおやすみにならないと」

半ば強引に諸井を追い出すようにして、いっしょに廊下へ出る。さりげなく自分の背中で手元を隠しながらドアのロックを掛けるふりをして、由衣は鍵束を返した。

「お送りしますわ。さ、早く」

献身三

　幸夫はまた、あの児童公園へ来ていた。

　酔いに足をふらつかせながら、眼はクルミを探している。ここに来ればあの子に会えるという保証などないのに、我に返ると、懐かしいベンチの周辺をうろうろしている自分がいる。このところ夕刻が迫ると不審者が出没するようなので警戒されたしとの通知が近所の住民に回覧されているため、公園内にはひと気というものがまったくない。もちろん、その不審者とは他ならぬ幸夫のことなのだが、本人は知る由もない。

　クルミを拾って実家へ連れていったのが今年の一月。あれから春、夏、秋が過ぎ去り、早くも冬が巡ってきた。あと一ヶ月余りで年が明ける。あっという間に丸一年が経過しそうだ。

　もう一度……幸夫は切実に願った。せめてもう一度、クルミを連れてかえりたい、と。一度だけでいい。なにも妙な真似をするつもりはない。一度だけあの子と夕餉(ゆうげ)をともにすれば、それでいいのだ。それだけで自分は満足する。後はもう、どうなってもいい。この世に未練などない。

逆に言えば、悲願を叶えるまでは死んでも死に切れない、そんな気持ちだった。両親の遺品の整理が済み次第処分するつもりだった実家も、思いを遂げるまで、ひと手に渡すことができない。あのときと寸分たがわぬ舞台が、どうしても必要なのだ。クルミとともに過ごした一夜、その再現のために。

クルミがあの夜、座っていたベンチに腰を下ろすと、幸夫はポケット瓶を取り出した。ウイスキィをひとくち呷る。熱く苦い塊りが喉もとを過ぎる、そのひとときだけ焦燥と憎悪が少しおさまる。このところ昼夜を問わず、アルコールが身体を抜けきる暇がまったくない。

早く陽が暮れてくれ。夜の帳が降りてくれ。暗闇がすべてを覆い尽くせ。霞んだ眼で公園内を眺めながら、幸夫はただそう呪う。

見たくない。

なにも見たくない。建物も。ひとも。眼に入るもの、すべてが鬱陶しい。

無意味だ。なぜなら、それらはなにひとつ、自分のものにはならないから。

以前はそうではなかった。世のなかに存在するものは、すべて自分のために用意されていたはずだった。まだいまは持っていなくても、誠意や努力次第でいずれは自分が所有できるようになるものばかりだったはずなのに。

気がついてみると、あれもこれも、なにひとつ自由にはならない。自分のものにはなってくれない。ならば。

ならば、意味などない。なにひとつ。

なぜ邪魔くさく存在する。めざわりだ。

素直に自分のものになってくれないだけならまだしも、すべてが裏へ回っておれを貶め、辱め、傷つける。そんなものばかり。そんなおまえらに。

おまえらに、なんの意味があるというのだ。なぜのうのうと存在し続ける。いったいなんの権利があって？

消えろ。壊れてしまえ。なにもかも。

壊れて、みんなみんな、消えてしまえ。

己れをとりまく世界が意味を失ったとき、幸夫自身もまた空洞と化した。あるのはただ、破滅の予感だけ。

しかし思い起こせば、それはいまになって急に訪れた局面でもなんでもない。最初からこうだったのだ。生まれたときからこの世は、おれという個人に対して、絶望しか用意してくれていなかったのだ。そんな単純明快な道理も知らずにおれは、能天気に四十年以上も生きてきた。だなんて。四十年以上、だぞ。騙された。

騙されてたんだおれは、ずっと。ずっと。

詐欺だ。この世は詐。

「よ」

ふいにそんな声がした。

幸夫が視線を上げると、二十歳前後の男がそこに佇んでいる。見覚えのない風貌だが、ずいぶん馴れなれしい。

「そこ、いい?」と一応訊いたものの、幸夫がなにも答えないうちに隣りに腰を下ろす。

「最近、よく見るよね」

男のそのひとことで、ポケット瓶を傾けようとしていた幸夫の手が止まった。じろりと横眼で睨む幸夫に、男はにやにや笑いかける。

「ね、おじさん、どっから来たの?」

無言で幸夫はポケット瓶を呷った。

「荷物が全然ないよね。どこか、いいスポットをキープしてんじゃないの?」

どうやら男は、幸夫のことを路上生活者の類いだと勘違いしているらしい。無理もない。このところ幸夫は不精髭を伸ばし放題だし、夕方とはいえまだ暗くなりきっていないうちから、こうしてポケット瓶に吸いついている。

幸夫は改めて男を見てみた。蓬髪で、あまりに清潔とは言えない恰好だが、身なりをととのえればそれなりに気品のある顔だちと言えないくもない。身体つきも引き締まっている。

　無言のまま、幸夫はポケット瓶を男のほうへ差し出した。はたして最初からそれが目当てで近づいてきたらしく、ぱっと破顔する。

「どうもどうも」と礼もそこそこに、ウイスキィをラッパ飲み。「悪いね」と言うが早いか、もうひとくち。

「うー、あったまるう」

「……酒が飲みたいのか？」

　灰色に濁った空を見上げながら幸夫は、そう男に訊いてみた。

「それもあるけど。腹、減っちゃってさ」

「名前は」

「カイト」

「幾つだ」

「十九」

「家は」

　カイトは肩を竦めた。あまり詳しく語るつもりはない、ということか。ポケット瓶を返そうとしたので、幸夫は横に首を振ってみせた。

「もう要らないの？　へへ。気前いいんだね」

「テレビは好きか」

「んあ？」

　唐突な幸夫の質問に、カイトは瓶を持った手を止め、ぽかんとなった。

「一旦テレビを観始めたら、どうにも止まらなくなるほうか？」

「さあ。いや、テレビ、好きは好きだけどね。普通に。うん。別に。普通」

「音楽を聴き始めたら、周囲のことなんかなにも眼に入らなくなる質(たち)か？」

「えーと」

　困惑したようにカイトは頬をぽりぽり。

「食事をして腹がいっぱいになったら、たとえ傍にひとがいようともかまわず、さっさと寝てしまうクチか？　あるいは――」

「あのさあ、おじさん、なにを言ってんのか、よく判んないんだけど」

「酒を飲ましてやってもいい、という話さ。なんなら食事も」

「ほんと？」

「だが、マナーを知らないやつは、もうごめんなんでね」

「マナー、っていうと」

「いっしょに食事をするからには、それなりの礼節ってもんがあるだろ。きみは、はたしてそれをわきまえているのか」

「えーと」カイトは頭を掻いた。「いまいち話がよく見えないんだけど、まあおれって、そこそこだと思うよ。何事においても。うん」

「そこそこ、か」

幸夫は立ち上がった。

つられてか、カイトもポケット瓶を咥えたまま、腰を上げる。

「じゃあ、そのそこそこがどの程度のものか、ひとつ見せてもらおう」

「どこ行くの」

「ねぐら」

「そこ、喰いもの、あるの」

「なにが食べたい」

「カレー」

「おやすい御用だ」

「ひょっとして、おじさんがつくるの？　そんなことしなくても、ファミレスとか行けば」

「それはだめだ」

「そうか。そうだよね」幸夫の眼つきがけわしくなったことに気づかず、カイトはひとり納得。「やっぱり節約が大事だもんね。うん」

幸夫はカイトを実家へ連れていった。

近所一帯が妙に、しんとしている。まるで一夜にしてゴーストタウンと化してしまったかのように、ひと気が感じられない。いつも幸夫が現れるのを待ちかねては苦情を捩じ込んでくる町内会代表の老婆の姿も、なぜか今日は見当たらない。さまざまな異変に幸夫は気がついていたものの、さほど深く考えなかった。

裏門の鍵を開ける幸夫の手元を見て、カイトは怪訝な顔をした。

「ここ、おじさんち？」

「いや」幸夫はとぼける。

「じゃ、誰の？」

「知らんよ。たしかなのは、いまここにはだれも住んでいないってこと」

「そう。うん。そんな感じだよね。でも、おじさんが、なんで鍵を——」

持ってるのと続けようとしたらしいカイトは、裏門をくぐるなり、ぐっと語尾を喉に詰まらせた。己れの顔面を皮ごと毟りとらんばかりの勢いで鼻をふさぐ。

「う……げえっ」

「どうした」

「な、なんか、すげえ臭いがしてるんだけど……うわっ」眼に染みたのか、両手で顔面を覆い、咳き込んだ。「な、ななな、なにこれ？」

「いまどき汲み取り式なんだ」

「あれかな」幸夫は土間の古いほうの便所を指さした。「いまどき汲み取り式なんだ」

「へ、へえ?」カイトはいっぽうの手で鼻を塞いだまま、周囲をきょろきょろ。「トイレなの? それにしても、こ、これって、いくらなんでも」

「きみがこれまで寝泊まりしてたのは、ここよりもきれいだったのか」

「いやあ、どうだろう。いちばん良くて橋の下、とかだったけど」

「なら似たようなものじゃないか」

「そ、そうかなあ……だいいち、これだけ臭ってんのに、近所からクレームがこない?」

「くるよ。だから昼間はなるべく、ここにいないようにしている」

ふうんと生返事したカイトだったが、土間の中央の井戸を埋め立てた部分を見た途端、ぎょっと眼を剝いた。鼻を手で塞いだままなので、眼球がぎょろぎょろ動き回るのがやたらに強調される。

「どうした」幸夫はコンクリートの埋め立て部分に足を乗せた。「斧も見たことがないのか」

そこに置いてあるのは太い樹木の切株を模した台座、手斧、そして電動ノコギリだ。

カイトは黙っている。視線を台座から離せないでいるようだ。正確に言えば、台座一面を覆う、黒ずんだ染みから。

「いまどきの若いやつは」幸夫は手斧の柄を握り、脂っぽく光る台座から引き抜いた。

「薪を割って風呂を焚いたりしないのか」

相変わらず鼻を塞いだ恰好のまま、カイトはゆっくりあとずさった。

「なんなら風呂にも入っていけ」

カイトは細かく痙攣（けいれん）するみたいに、かぶりを振った。「あの……お、おれ、やっぱ、帰る」

「遠慮することはない」

裏門を塞ぐようにして、幸夫はカイトの前に立ち塞がった。

カイトの全身がバネのように跳ね、ものも言わずに走り出す。身を屈めて幸夫の脇をすり抜け、裏門へ突進する。

ひょいと幸夫はカイトに足払いをかけた。べしゃっと蛙のような恰好で転倒。

素早くカイトの首を押さえつけるや、幸夫はその背中に馬乗りになった。

「おい。どこへ行くんだ」

「は、放、はなせよう」

「いまさら、どこへ行くつもりなんだ。まだ風呂も飯も、これからなんだぞ」

「要らねえよう。なんにも要らねえから。放せったら。放せよう。放してくれええっ」

「なぜ暴れる」

ごん、と手斧の柄でカイトの後頭部を小突いた。ぐもっと、くぐもった呻き声が洩れたが、おかまいなし。続けて数回、殴りつける。

「なぜ暴れる。なぜ帰ろうとする。さっき言ったじゃないか。そこそこだ、と。きみ。そこそこのマナーとやらを見せてくれるんだろ」

「や、やめ……」

頭髪を摑んでカイトの頭を引っ張り上げるや、顔面を土間に叩きつけた。抜けた髪を指にからみつかせたまま何度もくりかえしているうちに、カイトの顔面は鼻血と土まみれになった。

「や、や、やめっ、おじさん。やめて。やめてくれよお。かかか勘弁してくれ。頼むよ」

「頼んでいるのは、こっちのほうだということが判らんのか」それまで無表情だった幸夫は急に激しい怒気を迸（ほとばし）らせた。「どいつもこいつも。ばかにするのもいい加減にしろ。ひとの気持ちを、なんだと思ってるんだ」

「わ、悪かった。悪かったよ、おじさん。ごめん。ごめんてば」

「なぜ、これくらいのことができない。いっしょに飯喰って、楽しくお喋りしよう。それだけのことじゃないか。なにか望み過ぎてるか？　え。きみ。答えてくれ。ぼくはみんなに、なにかを求め過ぎなんだろうか？」

「そ、そんなことない。ない。絶対な、ないです。ありません」

「だったらなぜマナーを守らない。素直に気持ちよく、すべてを終わらせようとしない。

なぜ、ひとの気持ちを土足で踏みにじるような真似をする」

「わ、悪かったよ。おじさん。おれが悪かった。ここへ来ちゃいけなかったんだ。な。ごめん。もう帰る。ね。帰らして」

ふわっと幸夫は笑みを洩らした。こいつもか。そう虚無感に襲われる。こいつも礼節というものとは無縁の輩（やから）か。ただおれを貶め、辱め、傷つけるためにやって来たのか。ただそれだけのために。

おもむろに幸夫はカイトから離れた。

慌ててカイトは身を起こし、一目散に裏門へ逃げ出そうとした。そのとき。

ぶん。幸夫は横殴りに手斧を閃かせた。

「ひっ」

気配を察したカイトはからくも身を沈めて避け、直撃は免れた。が、掠めた背中がぱっくり割れ、鮮血が噴き出す。

ぎゃあっと悲鳴が上がった。

幸夫のなかではすでに、カイトの死体を解体する算段ができている。ガクから始めて、こいつで何人目だろう。十人目くらいまではきちんと数えていたような気がするが、はっきりしない。

最初のうちこそ、解体した死体を律儀に海や山に遺棄しにいっていたが、このところ面倒になり、汲み取り式便所に放り込むようにしている。いま二、三体はあそこに落ちているだろう。なに、もうひとつくらい、余裕だ。

「た、たすけ、たずげでぐでえっ」

再び前に回り込まれたカイトは思い余ってか、裏門とは逆方向、中庭へ逃げた。これが幸いして命びろいすることになる。

「たす、た、たすけてくれえっ、こ、殺される、殺されちまうよう、誰か、誰かあっ、ひいいい」

屋根のない中庭へ出たことで、カイトの絶叫が近所一帯に響きわたる。

さすがに幸夫は慌てて、中庭へ向かった。

そこへ、芝生を駈け抜ける足音が数人分。

「志自岐っ」

屈強そうな男たち。それが塀を乗り越えてやってきた刑事たちだと幸夫が知るのは、ずっと後になってからである。

同時に裏門が蹴り破られ、やはり数人の男たちがなだれ込んできた。

いずれもこの一年近く、複数の家出少年が相次いでバラバラ死体で発見されるという連続猟奇殺人事件を追っていた捜査官たちだ。志自岐家の近所の住民の密告を受けて調べているうちに幸夫の犯行と断定するも、物的証拠に乏しかったため、現場をとりおさえようとずっと張り込んでいた。この夜、児童公園でカイトと接触したのを確認し、緊急配備を敷いたのである。

手斧を持った手をだらりと垂らし、ぼんやりしている幸夫の腰に、捜査官のひとりがタックル。別の私服が腕を押さえ、凶器をもぎとった。

無抵抗のまま幸夫は首の後ろを誰かの腕で押さえつけられ、舌を嚙むのを防ぐためか、口に猿轡（さるぐつわ）のようなものを押し込まれた。昆虫標本さながら、よってたかって芝生に縫いつけられる。

ちょうど幸夫の鼻先の部分の芝生が丸くえぐれ、土が覗いていた。そういや夏頃だったか、拾ってきた餓鬼が酔っぱらってここで寝込み、ゲロを吐いたっけ。それ以来、枯れちまったんだ。こんなときだというのに、そんなことを憶い出して薄ら笑いする自分がいる。

「確保、確保」

「逮捕、容疑者、逮捕おおお」

「救急車、おい、救急車、救急車」

刑事たちの怒号が飛び交うなか、幸夫は妙にホッとしていた。そうか。そうだよな。当然いつか、こうなるんだよな、と。だったら。

だったら、まず友枝を殺しておくんだった……そう悔やみ、少し泣きたくなった。

聖餐Ⅲ

夜、七時になった。ずっとカーテンを閉じられっぱなしなため、かなり早い時間帯から全室、照明が灯っている。まったくなんの動きもないまま一日が終わろうとしている。自分ひとりしかいないふりをする芝居もさすがに疲れてきたのか、クルミは主寝室のダブルベッドに横になり、うたた寝しているところだ。そんな彼の身体に触れぬよう気をつけて充分距離をとり、智津香も添い寝。あと一時間経てばイチョウたちが迎えにくるわけね――背中を丸めてそっぽを向くクルミの後頭部を、頬杖をついて眺め、ぼんやりしていた智津香は、はたと我に返った。

え……てことは。

これで終わり？

途端に焦燥にかられ、智津香が上半身を起こした拍子にベッドが波打った。クルミの身体も揺れ、目を覚ましたとおぼしき気配が伝わってきたが、相変わらず知らんふりを続行。

これで終わりなの、クルミとは？　まって。まってよ。わたしまだなにもしていない。

って。そもそもなにもしないのがこの不思議な遊びの主旨なんだからそれは当然としても。なんにも満足できていない。まだまだこれから。そう。えと。そうなのよ。うまく言えないんだけど、とにかく。とにかく、この子といっしょにいたい。もっと。今夜のところは退散しなきゃいけないというのなら日を改めて、もう一回会いたいの。ここへ連れてきてもらいたいのよ、わたしは。

どうすればいいの。智津香は考えた。率直にイチョウたちにそう頼めば、望みを叶えてくれるのかしら？　そんな気もするような、しないような。そもそもあの娘たちの目的を判じかねる状態では、どうにも予測のたてようがない。

悩んでいると、クルミが身を起こし、立ち上がった。反射的に智津香がくっついてゆくと、主寝室から出て、トイレへ入る。

漫然とその後ろ姿を見送っていた彼女は、ふとあることを思いついた。足音がせぬようスリッパを履かず、そっと小走りに広間へ向かう。

何時間も前に注いだまま全然口をつけていない白ワイン。キッチンカウンターに置かれていたワイングラスを智津香は逆さにするや、流しに捨てた。蓋を開けて放っておいたボトルも、続けて傾ける。酒飲みが目撃したら、もったいなさのあまり泣き出しそうな光景だったが、おかまいなし。どんどん捨てる。水を流し、香りを消す。

中味の白ワインをほんの数ミリ残し、智津香はボトルをカウンターに戻した。空にしたばかりのグラスにその残りを注ぎ、置いておく。

次に冷蔵庫を開けた。三枚の大皿を見比べる。クラッカーのやつでいいかな。キャビアやチーズを載せたものをいくつかラップに包んだ智津香は、それを後ろ手に隠し持つ。待っているとクルミがトイレから出てきた。入れ代わりに智津香は密室に籠もる。便座を上げ、持ってきたラップの包みを拡げた。なるべく音をたてぬよう気をつけながら、具もろともクラッカーを細かく砕く。詰まったりしないよう念入りに粉状にして捨て、水を流した。

仮に昼間たてた仮説が的を射ているとしよう。すなわちイチョウたちは、智津香にクルミと接触するのを禁じつつ、実はそう唆(そそのか)しているのだとする。その意図や目的は不明だが、そんなイチョウたちは、室内の酒もオードブルも全然手つかずのままになっているのを見て、どう考えるだろう？

この女はもう望みがない。これっきり智津香とは縁を切り、他の客——客という表現が適切かどうかはさて措(お)き——を探そう。そんな判断を下すのではあるまいか？　確証はないが、もう一度クルミに会いたいのなら、今日ひと並みに飲み喰いしたかのような偽装を施しておいては損はあるまい。イチョウたちがわざわざ酒と軽食を用意してあったのは、客を油断させ、ルールを破るよう誘導するためなのは明らかだ。下戸(げこ)の女には用なしの烙印が押される可能性が高い。その点アルコールさえたしなむのなら、今回は不発でも次回は酔っぱらった勢いでクルミに触れるかもしれないので、もう一回チャンスを与えてやろう、と。イチョウたちがそう判定するよう、智津香としては期待したいところだ。

もちろんクルミは、智津香が自分に終日つきっきりでろくにキッチンに入ってもいないことを知っているわけだから、彼の口から矛盾が暴露される危険性はある。そのときは仕方がない。諦めよう。とにかく、ものは試しだ。

智津香にはもうひとつ読みがある。もしもクルミに再会させてくれるとして、それが具体的にいつになるかは判らないが、多分また準備が必要とかで、日が空くのではないだろうか。だとすれば、それを待つあいだの智津香の宿泊費を再びイチョウたちが立て替えてくれるかもしれない、と。いささかむしのよい計算ではあるが。

わたし、どうかしてる。智津香は我ながら苦笑を禁じ得ない。これから死のうという女がこの期に及んで、なんとか宿代の捻出方法を画策するなんて。笑えないし、みっともない。でも。

みっともなくていい。やっぱり会いたい。クルミといっしょにいたい。これで終わり、なんて嫌。せめてもう一度。

もう一度、死ぬ前に思い切り——智津香はトイレを出た。クルミを探す。バスルームのほうから水音が聴こえてきた。

扉を開けてみる。ガラスの壁に仕切られたシャワー室でお湯を浴びている少年の裸身。こちらへ向けた白い背中が水滴できらきら輝いている。

ひょっとして、わたしを誘ってるの？　時間ぎりぎりまで、約束を破るチャンスを与えてくれる、そういうこと？

その手には乗らないわ。智津香は腕組みし、ゆったりショーを楽しむ気分で、湯気にけぶり、きらめくクルミの裸身を眺め回した。見るだけで満足できる己れの余裕に優越感を覚えながら。きれいだわ。ほんとうに。あなたは最高。

ええ。もちろんわたしは約束を破ってやるつもりよ。ただし今夜じゃない。だってもう時間が残り少ないもの。せわしない真似は嫌い。この次。

この次に会うときこそ、わたし、遠慮しない。あなたのその身体を。この口いっぱいに。口いっぱいに味わい。

味わい尽くして、あなたを殺して。そして。

そしてわたしも死ぬ。死。

眩暈(めまい)を覚え、智津香はバスルームを出た。わたしが触れたら、きっとあの子は死ぬ……そんな妄想にとり憑かれている己れに危ういものを感じる。なぜなの。ヒイラギの言葉は単なるレトリックだと解するべきなのに、なぜ「接触＝死」という突拍子もない図式が、こんなにも堅固にわたしのなかで既成事実化しているの？　やっぱり……やっぱり、順一のことで？

息子の顔が浮かぶと涙が滲む。順一。順一。まっていて。お母さんも、すぐにゆくから。ね。もうすぐ。もうすぐだから。

公平に言って、息子の死に妻がなんらかのかたちでかかわっていると祐哉が考えたとしても、それは当然なのだ。先月、運命の九月八日の夜、九時頃だったか、夫は残業でまだ帰宅していなかった。鷺宮の自宅にいたのは順一と、そして智津香のふたりだけだったのだから。

夕食後、順一は自分の部屋に引っ込んでいた。翌月、都内の某有名私大の推薦入試を控えており、勉強の真っ最中で。

そのとき電話が鳴った。洗いものの手を止め、智津香が受話器をとると『……もしもし、順一くん、いますか』と若い娘の声。同じクラスのナシダといいます、と付け加えた。智津香には聞き覚えのない名前だったが、その口ぶりからなんとなく息子との親密な仲が窺える。

順一を呼ぶと、やや焦り気味に受話器をひったくる。澤村家の教育方針で未だ所持することを禁じているのだが、そろそろ携帯電話が必要な歳頃かもしれない。最初はどちらかといえば喜色に溢れ、テンポよく受け応えしていた順一が、だんだん黙り込みがちになった。そのうち、はっきり喧嘩していると知れる感情的なやりとりになる。ガールフレンドとなにか揉めているのかしら……智津香がはらはらしながら聞き耳をたてていると、やがて順一は受話器を叩きつけた。

(どうしたの、順一)

眼を吊り上げ、ぶるぶる震えながら部屋へ戻ろうとする息子の血相に尋常ならざるものを感じ、智津香は慌ててそう声をかけた。

(な、なんでもない)

(なんでもないってことはないでしょ)

(放っといてくれよ)と荒らげた自分の声に驚いてか、息子の眼に正気が戻った。(ごめん、母さん、ごめん。ほんとにでも、なんでもないんだ)

(心配ごとがあるなら、言って)

(なんでもないんだ。ほんとに。誤解なんだ。彼女はただ、誤解しているだけなんだ)

順一がそれ以上詳しく説明しようとはしなかったため、問題のナシダ嬢とのあいだで具体的にどういういきちがいがあったのか、結局、智津香にとっては永遠の謎となる。

母親として腹立たしい思いを禁じ得なかった。どこの娘か知らないけど、非常識にもほどがあるわ。いま順一は本命の推薦入試を控え、いちばん大切な時期だというのに。ナシダって、梨田と書くのかな? 生徒名簿で住所を調べて文句を言ってやろうかしら。一瞬本気でそう思ったりもするが、もちろん実行に移す気はない。子供たち同士の問題、それも痴話喧嘩に親が口を挟んだりしたら、息子が恥をかくだけだ。

（ともかく、気を落ち着けて）微かながらようやく笑顔の戻った息子を見て、このとき智津香は安心していたのだが。（がんばってね）

元気づけるつもりで息子の手を握ってやった、まさにその刹那。

順一の顔が、さっと強張った。恐怖と憎悪がないまぜになったかのように蒼白になる。人間の表情があれほど瞬間的に激変するところを、智津香は生まれて初めて目撃した。どうしたのと訊こうとする母親の手を乱暴に振り払うや、わっと叫びながら順一は駈け出した。まるで、なにかスイッチの入ったロボットのような唐突さで。

（じゅ……順一？）

息子は裸足のまま一目散に家の外へ飛び出してゆく。これはただごとではないと悟り、しばらく呆気にとられていた智津香も後を追った。

追いかけたが、全速力で走る順一のスピードには到底かなわない。順ちゃん、どうしたの、待って、止まってと大声を上げたが、息子はちらりと振り返る気配さえない。見失わなかっただけでも奇蹟のようなものだ。

大通りへ出た。智津香が息を切らして角を曲がると、だらりと両腕を垂らし、突っ立っている息子の背中が見えた。街の夜景のなか、シャツに刻まれた陰影が荒い呼吸に波打っている。

よかった、ようやく止まってくれた……ホッとして智津香の足も緩みがちになった。しかし息子は決して止まったわけではなく、信号の変わるタイミングをはかっていただけだったと後で知れる。

信号が変わった。猛スピードで発進し、横切ろうとしたセダン。その前の横断報道に。

順一は身を。身を投げ。投げ出。

ぽーんと。まるで蹴られたサッカーボールみたいに。体重をまったく感じさせない軽さで。空中を舞う息子の身体。

あのとき智津香の口から迸った絶叫。クラクションが交錯する。

耳のなかでいまも残響している。智津香は、じっと自分の手を見つめた。この手が。

この手が。

順一を。この手が。殺してしまった。

さわったから？　わたしがさわったから？

そうなの？　わたしがさわったからなのね？

己れの掌の輪郭が、ぼやけた。涙を見られるのが嫌で智津香は、クルミの後でシャワーを浴びることにした。少年の残り香を嗅ぐためだとあの子は誤解したかもしれないなと少し遅れて思い当たったが、まあそれならそれでいい。髪を拭き、出てきたところで、ちょうど八時になった。

どういう段取りで終了するのかと思っていたら、あっさりクルミは部屋を出てゆく。玄関ドアのロックをふたつ外し、立ち去った。その直後、ドアチャイムが鳴る。

智津香は慌てて、キッチンカウンターに置いてあったワイングラスに跳びついた。底に残っていた白ワインを一気に飲み下す。飲んだというより舐めたにすぎなかったが、それでも頭がくらっとする。よたよたしながら玄関へ向かおうとしたところで、ドアが開いた。

イチョウが入ってくる。続いてヒイラギ。ふたりとも昼間会ったときの恰好のままだ。

「おつかれさま」とイチョウはにっこり。靴を脱いで上がると、まず広間のほうへ行った。

そのイチョウとすれちがう際、はからずも智津香は、げっぷをしてしまう。我ながら顔をしかめたくなるほどワインの香りが立ったが、カモフラージュのためには好都合かもしれない。

「さ。どうぞ」とヒイラギは智津香を車椅子に座らせた。膝掛けを渡し、ガーゼとサングラスで彼女に目隠しをする。昼間とまったく同じ手順だ。

「いきますよ」

イチョウが戻ってくるのを待たず、ヒイラギは車椅子を押し、智津香を部屋の外へ出した。

広間でイチョウはなにをしているのだろう？　智津香は内心どきどきした。彼女の推測通りならば、冷蔵庫の中味の減り具合を確認しているはず。さっき智津香の吐いた吐息がやけにフルーティだったのは白ワインのボトルをまるまる一本空けたから、と素直に勘違いしてくれますように。

エレベータで階下へ降りた。眼が見えないので、すべて音と気配による推測だが、どうやら昼間と同じミニバンに車椅子ごと乗せられたようだ。リフトによるとおぼしき浮遊感。

車内に入ると外気が遮断され、静かになった。誰も口をきかない。ドアの開閉音がしない。ヒイラギはもう車に乗ったのだろうか？ 運転席には多分アケビがいるだろうが、クルミは？ あの子もこのミニバンに乗っているのかしら。それとも。

しばらくしてドアの開閉音。ようやくヒイラギが乗り込んできたのか、イチョウが戻ってきたのか、それとも両方か。判断しかねている智津香を尻目にエンジンがかかった。

何分くらい走行しただろう、ふいに「さ。もういいかな」というイチョウの声がした。サングラスとガーゼが外された。見ると眼前にいるのはイチョウだ。車内の窓には相変わらずカーテンが引かれている。フロントガラスの外で夜の街が後方へ流れてゆくが、もちろん智津香にとってはまったく見知らぬ風景ばかりである。

車内にいるのは、運転しているアケビと、イチョウのふたりだけ。ヒイラギはいない。そしてクルミもいない。

「どうだった？」とイチョウが訊いてきた。

「え。ど、どう、って」

「堪能した?」

「ええ、それはとても」

「そう」

会話を切り上げられそうな雰囲気になり、智津香は慌てた。

「あの、あのね、わたし、あの子にもう一度会いたいんだけど。無理かしら」

「いいよ」

あっさりと頷かれ、拍子抜けする。やっぱり白ワインの仕込みが効いたか?

「ただし、すぐにというわけにはいかない。ちょっと待ってもらうことになる」

「どれくらい?」

「それはスケジュール次第」

「誰の。あの子の?」

「まあまあ、気長に待っていて」イチョウは馴れなれしい口調で、はぐらかす。「準備ができ次第、こちらから連絡するよ」

「でも、わたし」

「判ってるって。行くところがないんだよね。それもこちらで、なんとかしましょ」

会話が途切れ、やがてミニバンは停まる。

イチョウは智津香を促し、いっしょに車から降りた。アケビはひとり、ミニバンで走り去る。

ベージュとブラウンを基調にした制服姿のベルボーイたちに出迎えられ、智津香は面喰らった。周囲を見回してみると、どうやら大きなシティホテルのようだ。

「なにしてんの？　おいで」

きらびやかな建物、内装、そしてそれ相応のクラスの匂いを漂わせる利用客たちの群れを前にして立ち竦む智津香とは対照的に、ものおじせずさっさと歩くイチョウのあとを、慌てて追いかける。

余裕で十組あまりの客に同時に応対できそうなフロント。そんなレセプションカウンターが遠方に霞みそうなほどロビーも広い。この風景、見覚えがあるような気が。まてよ。ここって清和井市へやってきた当初、まだ軍資金が潤沢だったときに一度泊まらなかったっけ？　そうだ。智津香は憶い出した。宿泊費がやたらに高価かったため、シングルに一泊しただけで他へ移ったんだった。

フロントの列に並ぶのかと思いきや、イチョウは横で待機している女性従業員を手招きした。どうするんだろうと訝る智津香の耳に「オオクボさんを呼んで。支配人の」という囁き声が聴こえる。

黒衣を着た、小柄な中年男性が現れた。「これはお嬢さま。ようこそ」と満面の笑み。ちょっと待っていてとイチョウに言われ、智津香はロビーのソファに腰を下ろした。オオクボ氏はイチョウをフロントではなく、その傍らのスペースにでんと置かれた、豪奢なデスクへ連れてゆく。座ってなにかやりとりしていたふたりは、やがて立ち上がった。

イチョウといっしょにソファのほうへやってきたオオクボ氏、「大変お待たせいたしました。ご案内いたします。どうぞこちらのほうへ」と下にも置かぬ物腰で、智津香にも満面の笑み。

エレベータに乗り、二十三階のボタンを押す。案内されたのはスイートルームだ。唖然としている智津香に中年男性は「どうぞごゆっくり。なにかございましたら、わたくし、大久保でございます、なんなりとお申しつけくださいませ」と部屋のカードキーを手渡し、イチョウに何度もお辞儀しておいてから、立ち去った。

「とりあえず」イチョウは智津香の肩に腕を回し、ホストさながらのエスコート。ライティングデスクやコーヒーテーブルなど洒落た家具に溢れる応接間を抜け、寝室へ彼女を招き入れた。「当分ここにいなよ。支払いは心配しなくていい」

「……あなたって、お嬢さまなの？」

「女だからお嬢さんにはちがいない」

「じゃなくて、何者か、という意味なんだけど」

「あのねえ、智津香さん、あなたにとっていちばん大切なものは、なあに？」

「え」

「あなたがいま興味があるのはクルミちゃんだけ。ね。そうでしょ？」

　換言すれば、クルミに会いたいのならよけいな詮索はするな、という婉曲な恫喝（どうかつ）らしい。

「……そうね」

「退屈するかもしれないけど、気長にこちらからの連絡を待ってて。食事はホテルのなかにあるレストランならどこでも。レジでこの部屋の番号を伝えればそれでOK。クリーニングサービスもあるし、不自由はしないでしょ」

「あのう、ずうずうしいことは判っているけど、ついでにお願いしてもいいかしら」

「ん？」

「わたし、この服、なんとかしたいの。それとこの髪も。こんなみすぼらしい恰好であの子の前に出ることの恥ずかしさを、今日つくづく痛感したわ。だから、その——」

「へえ。そうこなくっちゃ」

　調子に乗るなと呆れたり怒ったりするかと思いきや、意外にもイチョウは上機嫌だ。

「クルミちゃんのために着飾りたいってわけ？」ひとさし指で智津香の顎をくいと持ち上げ、彼女を品定めするみたいに上から下まで眺め回す。「そうそう。そうこなくっちゃ。ここの地下はショッピング街になっていてブランド店がいっぱい入ってる。好きな服を選びなよ。貴金属もね、気に入ったのを買えばいい。もちろん美容院もある」

「まさか、それらの支払いも……その」

「心配ご無用」

「ほんとにいいの？　だって……」

「あとが怖い、とか？」

「怖くなかったら、どうかしているわ。こんなことまでしてくれて、あなたたちにはいったいどういうメリットがあるのか、と」

「昨日も言ったでしょ。それはそちらに悩んでもらわなくていい問題なの。ま、どうしても心苦しいっていうのなら、さ」イチョウはさりげなく智津香のウエストに腕を回してきた。「その身体で支払ってもらっても、こちらはかまわないけど？」

智津香は最初、風俗店の類いで働いて稼いでもらうという提案かと勘違いした。だがイチョウは、妙に熱を帯びた粘っこい眼つきで、彼女の背中から臀部にかけて指を這わせてくる。智津香の鼻に吐息を吹きかけ、長い舌で自分の唇をねっとり舐めてみせる。その意味を悟り、さすがに智津香は虫唾が走った。改めて、自分の子供くらいの年齢の娘っ子に翻弄される状況の異常さを認識する。

イチョウの手を払いのけようとして気づいた。この娘、遊んでいるだけなんだわ、と。智津香は腹立たしくなる。わたしをこんなふうにからかって内心大笑いしているにちがいない。とはいえ、もしも本気だったら？　この娘、わたしなんかよりずっと体格がいいし。むりやりベッドに押し倒されたら、抵抗できないかも。でもまさか……まさか、ね。

「心苦しくないと言えば嘘になるけど」智津香はつとめて剽軽な口ぶりで首を横に振った。「せっかくのご厚意だし。うん。ありがたくお言葉に甘えることにするわ。なんの見返りもなしで。ね」

「そりゃ残念。いやいや、そりゃけっこう」イチョウは底意地の悪い微笑のまま身体を離した。「じゃね、そろそろ失。あ、そうそう」

一旦踵を返した彼女は立ち止まり、智津香を振り返る。これまでになく表情が真剣だった。

「ひとつだけ断っておく。もう二度と〈ぱれっとシティ〉へは行かないように。いい？」

それが例の巨大ショッピングモールの名前だと智津香が憶い出すまで、しばらくかかった。

「いつでも連絡がつけられるよう、このホテルからは一歩も出ないこと。特にあのショッピングモールには絶対、近寄っちゃだめ。もし万一あなたをあの周辺で見かけたりしたら、すべてご破算。これは本気だよ。いい。金輪際、クルミちゃんには会わせてあげないからね。判った？」

はは あ、例のシネマコンプレックスの前で別の女を勧誘するつもりね？ 勘が智津香にそう告げた。新規契約が——契約という表現が適切かどうかは別として——まとまれば、それだそちらが優先され、智津香の待機時間は長くなる。新しい客が見つからなければ、それだけ早くこちらに順番が回ってくる、と。そういうシステムなのでは？

「肝に銘じておくわ」

「その言葉、忘れないこと。じゃおやすみ」

イチョウは出ていった。智津香の全身から力が抜ける。今日はなんにもしていないのに、やたらに疲れた。

特に当てもなくぼんやり室内を徘徊する。応接間のライティングデスクに『ようこそ〈ホテル・ユニオンコースト・ジャパン〉へ』と記されたルームサーヴィス・メニューが置いてあった。ひと月足らず前に一度泊まったばかりのはずなのに、ここの名前をいま初めて知った。空腹のような気もするが、食欲はまったくない。

窓から街の夜景を見下ろした。イルミネーションのなかに浮かび上がる己の鏡像に、ふと息子の面影が重なる。

順一……

あのときは判らなかった。どうして母親に手を握られたくらいで、息子があんな行動をとったのか、が。まるで事前にプログラムでも組み込まれていたかのように機械的に。

いまは判る。いやむろん、己れの腹を痛めた息子とはいえ、他者の深層心理にまで分け入れる道理はない。単なる想像にすぎないと言われればそれまでだが。遡ること五年前。順一が中学校へ入学した年に、自殺の謎の伏線は潜んでいる。

制服の衣替えの季節、順一は登校拒否になった。自室に引き籠もりがちになる。学校でなにか嫌なことがあったらしいのだが、詳しい事情をなかなか説明しようとしない。ぽつりぽつり断片的に息子が口にしたことをなんとか智津香なりにまとめると、小学校時代にとても仲のよかった同級生たちから急に掌を返したみたいに、いじめられるようになった。しかも向こうはその原因を順一側にあるとして、悪者にされているらしい。

クラス担任に相談したが、はかばかしい成果は得られなかった。当事者たちによれば親しみを込めてふざけているだけなのに一方的にいじめと曲解されるのは心外だと訴えている、と。そうたしなめられるばかり。担任として生徒たちを信じているのか、それとも単なる事なかれ主義なのか。

祐哉といっしょに息子を説得して、なんとか自室から出てこさせても、学校へは行こうとしない。順一は日ごとに鬱っぽくなってゆく。そしてある日、こんな絶望を吐き捨てた。

(ぼくが……八年前、ぼくが純二の代わりに死ねばよかった。純二のかわりにぼくが、お祖父ちゃんに殺されればよかったんだ)

幼少の頃お祖父ちゃんっ子だった順一が、そんなことを口走るほど精神的に追い詰められていたなんて……ショックだった。智津香は我を忘れて息子の手を握りしめ、いっしょに泣いた。すると。

俯き、母親の手に落涙していた順一が、ふいに顔を上げた。眼が据わっている。どうしたのと訊く間もなかった。息子はいきなり智津香の首に、手をかけてきたのである。（いっしょに）そう譫言のようにくりかえして。（いっしょに、お母さん、いっしょに……）慌てて息子の手をふりほどく。母親の叱責に正気に返ったのだろう、順一は茫然自失し、己れの両手をただ見つめていた。

（ぼく……おかしいよね？）ようやく発した言葉がそれだった。（ぼく、頭がおかしいんだよね……そうだよね、お母さん？）

それはちがう、あなたはお友だちに裏切られ、先生にも見捨てられて、いまちょっと疲れているだけなのよ。智津香は何度も何度もそう言い聞かせた。そのときはかろうじて息子が落ち着いた様子だったので、この一件は祐哉にも未だに告げていない。

あれから五年。

結局、中学校は不登校日が多いまま卒業することになる。さいわい学力的に秀でていた順一は希望通りの高校へ進学できた。同級生たちの顔ぶれが一新したせいか、少し明るくなり、自信もついたようだった。なにしろ母親の与り知らぬところで、ガールフレンドができていたらしいのだから。

そのナシダ嬢とのあいだに、いったいなにがあったのか。具体的には判らないが、順一が誤解なんだと訴えていたからには、互いになにか深刻な齟齬があったのだろう。想像にすぎないが、あるいは彼女から謂れなき非を咎められ、なじられたのではあるまいか。そしてそれが。

それが順一に、中学校時代の心の傷を憶い出させた。九月八日の夜、精神的に危うい状態の息子の手を智津香は握りしめた。彼女としては、あくまでも順一を元気づけるつもりで。ところが皮肉にも、その行為こそが息子にとって、辛い過去を招喚するスイッチになってしまったのだ。

あのとき順一は、条件反射的に母親の首を絞めようとしたのではあるまいか？　そして自分でもそれに気がついた。かつて中学校時代、一家無理心中事件を起こした祖父を模倣し、危うく母親を道連れにしかけた。いまナシダ嬢による誤解という精神的重圧に耐えかね、再び同じ現実逃避を反復しようとしている、と。そんな己れの暴走を察知し、必死で喰い止めようとした。だから。

だから家から飛び出していったのだ。このままでは自分は母親を殺してしまう、と。順一は言わば、自らの命と引き換えに智津香を守ったのだ——と見るのが母親としての感傷に流れがちな解釈であることは承知している。飛躍しているとする向きもあるだろう。しかし、そうとしか考えられない。最愛の息子を失った立場以前に、あの突発的と呼ぶには異常すぎる出来事に直接遭遇した者として言わせてもらえば、この推測は決して飛躍してはいない。むしろ大いに説得力がある。

すべては父、淳朗が起こした事件から始まっているのだ。問題は十三年前、父がなぜ一家無理心中をはからなければならなかったか、その動機だ。それがなにかも智津香は知っている。時間をかけて解きほぐしたわけではない。ずっと判っていたのだ。この十三年間、ずっと。ただそれがあまりにも一般的理解を超越していたため、これまで誰にも打ち明けられなかっただけなのだ。夫の祐哉にさえも。

父が母と孫の純二を殺し、娘の智津香も殺しかけたのは、母、香代が体調を崩したのがきっかけだ。といっても決して病状を案じたわけではない。おそらく父は考えすぎたのだ。このままでは自分よりも先に妻が逝去してしまうにちがいない、と。

妻に先立たれるかもしれない、その展開を父はなによりも恐れた。長年の伴侶を失う哀しさや寂しさゆえではない。父にとってそれは想像を絶する恐怖をもたらすカタストロフだったのだ。なぜなら。

なぜなら、妻が先に死んだら当然、夫である自分が喪主をつとめなければならなくなる。このどうにも避けようのない事態を、父はもっとも恐れたのである。

母、香代の葬儀には当然、あの口うるさい伯母、春江が上京してくるだろう。そして祖父の葬儀のときと同様、喪主としての手際、段取り全般についてあれこれ瑣末でくだらない揚げ足をとり、ねちねちねちねちと父をいじめるにちがいない。火を見るよりも明らかだ。

そんな子供じみた、ある意味ばかげた悩みが、あの悲惨な事件の動機に、はたしてなり得るのか。娘の智津香ですら俄には信じ難いが、あの姉弟の力関係に鑑みるに、これは決して冗談ではない。父は、伯母にいったいどれほどの悪口雑言を浴びせられるのかと戦々恐々とし、ノイローゼになってしまったのだ。もう喪主だけはやりたくない。絶対にやりたくない。だが例えば娘の智津香に代わってもらってごまかすこともできない。それこそ伯母の舌鋒の、恰好のネタになるだけだ。

　妻が先立つものと確信した父にとって、最悪の事態を回避できる方法は限られていた。まず、父自身が先に死ぬこと。当然、自殺という選択は真っ先に頭に浮かんだことだろう。それよりもいいのは、伯母のほうがさっさと死んでくれることだ。そうなれば、もうなにも憂いはない。伯母の葬儀の喪主ならば父は嬉々としてつとめたであろう。しかし口うるさいだけあって、歳老いてもなお血気盛んな伯母の生命力はゴキブリ並み、親族のなかでいちばん長生きしそうだ。あるいは父は、伯母を殺害するという極端な方法すら真剣に検討したかもしれない。あり得る話だ。同じ自分の手を汚すなら、愛する家族を失うより、そっちのほうがましに決まっている。しかし実行できなかったのは伯母が怖かったからだろう。

　もはや自分が先に死ぬしかない、父はそう思い詰めた。しかし根が甘ったれな父のこと、ひとりで死ぬのはどうしても嫌だった。母性的庇護への依存心の強い性格が、いちばん悲劇的なかたちで露呈してしまう。妻を道連れにと思い立ったが最後、殺人者の娘として、あるいは孫として生きてゆかせるに忍びないという自己中心的な憐憫にかられ、連鎖的に家族を手にかけてしまったのだ。

と、こんなふうに説明してみて、さていったいどれくらいの共感を得られるだろう。少なくとも智津香自身、あの伯母と父のやりとりを実際に見ていなければ絶対に納得するまい。しかしこれしかあり得ないのだ。

伯母のせいだ、なにもかも。十三年前、智津香が両親を、そして次男を失ったのは、伯母の春江のせいなのだ。

そして今回のことだって。春江は昨年すでに死去しているらしいが、今年順一が自殺した背景には間接的にしろ、まちがいなく伯母のキャラクターが原因として横たわっている。父の淳朗も、息子の順一も、みんなみんな、狂ってしまったのだ。狂わされたのだ、春江の歪んだ人間性によって。

それを本人の前で、ひとこと糾弾してやりたい。智津香が順一の葬儀を放り出してまで清和井市へやってきたのは、そのためだった。それだけのためだった。

なのに春江はすでに死去していたとくる。勝手にさっさと死んでいた、なんて。くそ。最後の最後まで、傍迷惑(はためいわく)な女め。ひとの家庭を、めちゃくちゃにしておいて。

寝室へ駈け込むと、智津香はベッドに跳び乗る。ぎゅっとカバーを握りしめた。涙が溢れる。口惜し涙が、あとからあとから。

口惜しい。口惜しい。春江さえ生きていれば、積年の恨みをさんざんぶつけた後、なぶり殺してやったのに。春江を殺して、わたしも死ぬことができたのに。殺してやりたい、春江を。この手で。生き返ってよ。叶うことならば、いますぐ、生きてここへ現れてちょうだい。さあ。さあ早く。殺してやる。殺す。殺す。殺してやる。

呪詛(じゅそ)をくりかえすうち、やがて泣き疲れた智津香はそのまま眠りに落ちる。

*

イチョウたちからの連絡を待つあいだ、智津香は身なりをきれいにととのえておくことにした。といっても、貴金属類を揃えたりして無駄に着飾るつもりはない。自分らしい恰好に戻るだけ。

ホテルの地下にある美容院でパーマを落とし、髪をカットしてもらう。彼女にしては珍しくすっきりショートになったが、変なソバージュよりはずっといい。美容師も、お愛想だろうけど「とてもお似合いですよ」と誉めてくれて、気分がいい。服も、無地のブラウスにスカートと、至ってシンプルかつ地味な組み合わせ。見るひとが見れば高価なブランドものと判るのだろうが、智津香にとってはおとなしい外見にホッとする。

そして、ただひたすら待った。二週間ほど経過しただろうか。

やっとイチョウから連絡があり、前回と同じ手順でクルミのもとへ向かうことになった。待ち合わせ場所だけちがっていて、ホテルの建物の裏に在る神社の境内。そこで、アケビの運転するミニバンに乗せられる。

前回と同様、イチョウに手荷物と上着を預けるとき、さりげなく訊いてみた。

「待って。あのね、お化粧セットだけでも、持っていっちゃだめ？」

「ん」

「だって今日も夜の八時までなんでしょ。半日あの子といっしょにいるのよ」不審に思われぬよう、ちょっと頰を膨らませてみせる。「途中でメイクもなおせないなんて、女にとって残酷」

「なるほど」はたしてイチョウは、あっさり頷いてくれた。「クルミちゃんのために常に美しくありたいってわけね。いいことだよ。うん。とてもいい。その意気その意気」

ほんとうに持ち込むのはお化粧用具一式だけなのか、小物入れのなかを念入りに調べられた。もちろん変なものはいっさい出てこない。あるのはただの化粧用具だけ。当然だ。

それこそ智津香にとって必要なものだから。ただし。

メイクのため、ではなく。

殉教4

結局警察は、黒ずくめの被害者がはたして望月真紀なのか否か、明確な身元の判定を下すことができずじまいとなる。指紋の照合やDNA鑑定をしようにも彼女ゆかりの物証がなにひとつ、ほんとうになにひとつ、入手できなかったからである。

望月真紀は、もしも生きているとしたら、いま二十九歳だという。地元の県立高校を中退し、上京。それを追って両親も代々続けてきた家業の薬局をたたみ、ひとり娘のもとへ引っ越した。真紀の芸能活動を支援するためだったが、アイドルとして大成して欲しいという両親の期待をよそに娘が演劇の世界へ身を投じた結果、家族はばらばらに。真紀は家出同然に両親と訣別。人生設計が狂い自暴自棄になったのか、父親は逐電。爾来(じらい)、杳(よう)として行方が知れない。母親は酔漢同士の喧嘩にまき込まれ殴られた傷がもとで死亡したとされるが、どこの墓に埋葬されたかもはっきりせず、真偽のほどは不明。望月一家が当時住んでいた東京の一戸建ての借家は現在高層マンションに建て替えられており、遺品も皆無。

独り立ちした真紀は知り合いのつてでインディーズ映画に出演したのを皮切りに、脇役でスクリーンデビューを果たすものの、なかなか大きな役がつかず伸び悩む。二十五歳のとき、本格的な演技の勉強のため渡米。ニューヨーク滞在中に知り合った映画監督志望の日本人男性と結婚し、一女をもうけているはずだという。

「いま思えば、あの頃から彼女、ちょっと精神的に不安定になってたんですね」とは以前、望月真紀と同じ劇団に所属したことのある男性が、警視庁を通じての問い合わせに答えての弁である。「可愛らしい女の子の写真つきの年賀状をもらったんですよ。娘ももう二歳──三歳だったかな──になりましたって。そのときぼく、親父が病死しまして。ちょうど年末だったもんで、知り合いの誰にも喪中の挨拶をする暇がなかった。そこで彼女にも、新年の挨拶がてら事情を説明するために、お詫びのメールを送ったんです」

当時真紀はすでにニューヨークから引き揚げ、東京に居をかまえなおしていたらしい。知人とはメール交換もしていた。

「そしたら怒りの返信が来まして。あたしはただ可愛い娘の成長ぶりを見せたかっただけなのに、とかなんとか、そういう意味の。詳しい文面は憶えちゃいませんが、要するに彼女、ぼくに無神経だとか非常識だとか責められたと思い込んでたみたい。もちろんこっちはそんなつもりは全然なくて、ただ事情を説明しただけです。普通そうでしょ？　喪中なのに年賀状寄越しやがって、なんて批難するするひとはまさかいないでしょ。なのに彼女、あたしに悪気はなかったのに不当になじられた、みたいな、しつこい被害者意識を振りかざしてきて。こんな変なひとだったかなあ、と。以前とずいぶん印象がちがうなあと、もう閉口したのなんの。ええ、それ以来、自然に彼女とは距離を置くようになりました。メールもしていないし、会ってもいない。旦那さんと娘さんですか？　さあ。全然知りません。たしかニューヨークで内輪だけの挙式をしたとかで、その知らせをハガキでもらったけど。それだけ。旦那さんにも娘さんにも直接会ったことないし」

　調べてみると望月真紀の本籍は清和井市の、かつて両親が薬局を営んでいた土地に置かれたままだった。一家総出で東京に居をかまえておきながらなぜ移さなかったのか不明だが、ここで戸籍上、彼女が独身のままであることが判明。生まれた子供の出生届も出していなかったらしい。結婚したといっても未入籍だったため、真紀の内縁の夫とされる男とその娘の行方を追う手だては完全に断たれてしまう。死別したという説もあるが、はっきりしない。知人たちがもらった年賀状の差出人の住所は東京都三鷹市になっているが、該当する者は住んでいないし、転居先も不明。再度ニューヨークへ行っているらしいという噂もあったが、まったく足どりがつかめない。そもそも警察が調べた範囲内では、望月真紀と親交があったとされる知人たちのなかで、彼女の内縁の夫と娘に直接紹介されたことのある者はひとりもいないのである。ニューヨークでの挙式や娘誕生などの報告は、すべて写真つきのハガキのみ。三鷹市の新居に招かれたことがあるという者もいない。写真のなかで真紀といっしょに微笑んでいる男と女児はほんとうに彼女の内縁の夫と娘なのか、

『高橋悟』『愛』と記された名前は本名なのか。ひょっとしたら家族写真は役者を使っての捏造で、すべて真紀の妄想の産物に過ぎなかったのではあるまいか、そんな極端な疑念すら湧いてくる。

　当初は知人たちに送られたハガキのいずれかに真紀の指紋が残存しているのではと期待されたが、照合可能なサンプルはついに採取できなかった。劇団や映画関係者たちのなかに、かつて彼女と同棲、あるいは経済的事情で共同生活していたという男女が何人かいたが、如何せん時間が経ち過ぎている。真紀ゆかりの品々は紛失、もしくは保管されていても掃除洗濯で毛髪や指紋は完全に消滅している。内縁の夫や娘のみならず、望月真紀という女性本人の実在すら疑わしくなるありさまだった。

　捜査本部の公式見解において三番目の被害者となった女が、仮に東京に住んでいたはずの望月真紀だとすると、いつの間にか彼女は清和井市へ舞い戻ってきていたことになるが、ではどこに滞在していたのか。これまた、はっきりしない。薬局だった実家は両親が東京で消息不明になった後、しばらくそのまま放置されていたが、数年前近所の火災の貰い火により建物が全焼。こちらも身元確認に役立ちそうなものはなにも残っていない。現在、真紀の父親の兄が、望月夫妻の失踪に伴う死亡宣告など法的手続を経て土地を処分する準備を進めているという。当の伯父としては、音信不通状態の姪が名乗り出てきて相続してくれるのがいちばん望ましいかたちなのだが、彼女が親類に連絡をとった、もしくはとろうとした様子はまったくない。地元の近親者にも知人にも頼らず、どこかに部屋でも借りていたのか。しかし店子や宿泊客が突然行方知れずになったという問い合わせもない。

歯の治療痕の照合をしようにも、彼女のカルテを保管する歯科医が発見できない以上、どうしようもない。例の伯父も長年姪とは疎遠で、彼女ゆかりのものをなにひとつ持ち合わせていない。黒ずくめの女の身元を明確に判定する材料は見事なばかりに皆無だったが、捜査陣としては多分望月真紀だったのだろうとの見解に傾きつつある。知人たちが受け取ったハガキに印刷されていた写真によって。骨格比較での厳密な同定には至らなかったもののの、ニューヨークで挙式したとされるウェディングドレス姿、年賀状の家族写真、いずれの真紀も、面変わりしたであろう分を割り引いても、黒ずくめの女にかなりよく似ている。

内縁の夫と娘がどうなったかはさて措き、望月真紀は俳優業の行き詰まりが原因で精神的に不安定になり、東京を離れ、ひっそり郷里へ戻ってきた。そして経済的に困窮し、例えば路上生活を余儀なくされていたところへ、ゆきずりの人物に寝所を提供されたのではないか。これだけマスコミを通じて情報提供を呼びかけているにもかかわらず、まるで梨の礫なのは、その人物が警察沙汰を嫌って届け出ないからか、あるいは殺人犯本人だからではないかと思われる。いずれにせよ、女優の夢ついえ、戻ってきた故郷で望月真紀は謎の連続殺人犯の毒牙にかかってしまった、というわけだ。

「――被害者たちの共通点は明らかである。まず、いずれも小柄な女性であるということ」

いっこうに自説を開陳しようとしない長嶺の態度に業を煮やした知原が、代わりに捜査会議で強弁した。「そしてみんな、人生に希望を失い、孤独で寂しい日々を送る身の上であったことです」

ひがな一日ショッピングモールの休憩所で過ごし『ぷち吟遊詩人』と呼ばれていた贄土師華子、溺愛するひとり息子にかまってもらえなくなり、ふさぎ込んでいた筈谷由美、スポーツエリート街道の途中で挫折し、自宅に引き籠もっていた立石恵理、そして女優の夢やぶれ、放浪生活をしていたとおぼしき望月真紀。

「そんな彼女たちの心の隙を、犯人グループは言葉巧みに衝き、殺害現場へ誘い込んだにちがいありません」

たしかに被害者たちのあいだで明確な接点が浮上しない上、殺害手口の尋常ならざる残忍さ。一連の犯行が動機なき殺人淫楽症の仕業であるという可能性も、捜査陣は真剣に検討せざるを得ない。死体遺棄手順の煩雑さを軽減するためにあらかじめ小柄な女性ばかりを標的として選ぶというのも、突飛といえば突飛な説だが、事件の凄惨さに鑑みて必ずしも現実性に乏しいとは言えない。そう同調する向きもちらほら現れてきた。しかし知原の主張は、肝心の点で却下されることになる。

「ただ、犯人たちが〈ぱれっとシティ〉で適当な被害者を物色しているというのは、どんなもんかな。たしかに孤独な者たちがそういうひとの集まる、にぎやかなところへ惹き寄せられる傾向は、あるかもしれん。しかしそれを言うなら、他にも同じような場所はたくさんある。デパートとか」

捜査本部が〈ぱれっとシティ〉を一連の犯行の拠点であると認めなかった理由はいろいろある。立石恵理が路線バスで通っていたのがはたしてくだんのショッピングモールだったのかどうか、裏づけがとれないこと。仮に箬谷由美が〈しとろ房〉で食事をしたにせよ、シネコン落成式でトラブルを起こした女が望月真紀だったにせよ、彼女たちふたりが定期的に〈ぱれっとシティ〉へ通っていたという確証はないこと。そしてなんといっても、贄土師華子を一連の事件における最初の被害者だとは認定できないこと、だ。

「たしかに〈粧坂ニュータウン〉の変死体には不審な点が多少あったものの、今回の件と結びつけるのは、いくらなんでも無理がある」

その無関係なはずの贄土師華子が出没していたという事実を、ほぼ唯一の根拠として〈ぱれっとシティ〉を連続殺人事件の接点だと推測するのは、さらに飛躍がある、という理屈だ。知原はなんとか反論を試みたが、結局退けられた。

しかし仮説の提供者である長嶺本人は、その成り行きに内心安堵していた。そのほうがありがたい、と。警察やマスコミに、あのショッピングモールに注目されては困る。困るのだ。

＊

あの手……

長嶺は、あの手にとり憑かれていた。十月六日、奇しくも古岳由美の命日に、天啓のような閃きに導かれ、訪れた〈ぱれっとシティ〉。

そこで遭遇した、あの少年。

あの美しい手に。

「――捜査員のひとりとして、もうこれ以上、犠牲者を出したくないと思うのなら」捜査会議の後、憤懣やるかたなしといった相棒に、長嶺はこう切り出した。「なにも言わず、おれに三日くれ。いや、二日でもいい」

「ん？」切り換えの早い知原は、すぐに冷静に問い質した。「なんの話だ」

「やはり〈ぱれっとシティ〉に犯人グループは出没していると、おれは思う。こうしているあいだにも次の標的を探している」

「だったらおまえさん、会議でもうちょっと援護射撃してくれないと」

「おまえの言い分が却下されたいまこそ、チャンスかもしれん」

「どういう意味だ、それは？」

「張り込みが大量にショッピングモールに投入されてみろ。犯人たちは警戒して、河岸を変えちまう。絶対に。この前も言ったが、そうなってはお手上げだ。やつらが新しい漁場をいったいどこで開拓するか、予測がつかない。だから、いまがチャンスなんだ。やつらが〈ぱれっとシティ〉で狩りを続けている、いまこそが」

「しかし、どうしようっていうんだ」

「こっちが次のカモになってやる」

「なんだと？」

「カモのふりして勧誘されるのを待つ。それらしい餌を撒いてきたら、あとはそれに喰らいつき、やつらの根城にくっついてゆくまでだ」

「……囮捜査、か。たしかにもう、それしかないかもしれんが、むつかしいぞ。だいいち女性捜査員の協力を得るためには、係長に相――」

「そんな必要はない」

「あ？」

「おれが囮になる」

「なにを言ってるんだ、おまえさんは」さすがに知原は呆気にとられた。「やつらが女性ばかり狙っていると言い出したのは、そもそも――」

「小柄で寂しい者たちばかりを、やつらが選んでいるのはたしかだろう。ただよく考えてみれば、それが女でなければならない必然性はない。たとえ男であっても、やつらの餌に興味を示すなら、同じように標的になり得る。判るか」

知原はまじまじと長嶺を見つめた。

「判るか、おれの言う意味が」

「……やつらの撒く餌は、男じゃないのか？」

「多分男なんだろう。だから、餌に喰らいつく確率は女のほうが高い、それだけの話に過ぎん。男に執心する男だって世のなかにはいる」

「つまりおまえさん、自分でその類いの男のふりをして囮になる、と？」

「そうだ」もちろん長嶺はこの相棒に対してすべて包み隠さず打ち明けるつもりはない。

「その手の男が孤独にさいなまれながら、巨大ショッピングモールで無聊をかこっている、と。そういう芝居をして網を張る」

「しかし……」

「おれならできる」長嶺は已れの小柄な身体をことさら誇示するように両腕をひろげてみせた。

かつて警察官採用基準をクリアできないのではないかと、ずいぶん周囲を心配させた体格。

「というよりこれは、おれにしかできまい。この貧相な体格を見て、これならたとえ男でも扱いやすかろうと判断すれば、やつらはきっと乗ってくる」

「さっき三日、いや、二日くれ、と言ったのは、どういう意味だ」

「ひとりでやらせてくれ」

「おい」

「単独行動でないとまずい。これが囮捜査だと万にひとつも、やつらに気づかれないために。だからさっき言ったんだ、いまがチャンスだとな」

「主任たちの眼が〈ぱれっとシティ〉から逸れているいまが、か」

「そのとおり」

「あのな、常識的に考えろ。そう言われておれが、はいそうですかと――」

「ふたり揃って本線離脱ってわけにはいかんだろ。なにせ、いま清和井市は未曾有の事態だ」

　全国展開している有名な酒造メーカーの御曹司が殺人未遂の現行犯で逮捕されたのである。逮捕劇には長嶺と知原も駆り出され、現場となった旧家の塀を乗り越える組に加わり、容疑者を拘束した。損壊死体が続々と発見された邸内は想像を絶する汚臭に満ち、そのすさまじさに天井の梁がたちまち腐ってしまいそうなほどだった。被害者はいずれも家出少年たちと見られ、正確な数を把握するのも困難な、一大猟奇事件に発展しつつある。裏づけをとるだけでも気が遠くなりそうな作業で、警察は慢性的に人手が足りない。当然ながら、長嶺たちが特定事件の専従班みたいな真似を許される道理がない。

「判るだろ。なにかあったときは、おまえが係長をごまかしておいてくれ」

「軽く言ってくれるぜ」

「できるさ。たったの二、三日だ」

「どうしてそう断言できる」知原は威嚇するみたいな眼つきで長嶺を睨んだ。「たった二日程度、網を張ったくらいで、やつらが喰らいついてくると、どうしてそんなに自信たっぷりに言えるんだ」

「おそらく、やつら一旦これと目をつけたら、接触してくるのは早い」

「ほう。なにを根拠にそんなふうに？」

「立石恵理がスケッチブックに〈ぱれっとシティ〉の記録を残していなかったからだ。もちろん確証はないさ。今回のことは一から十まで想像の積み重ねで、根拠もなにもありゃしない。だがおれは確信している。立石恵理は自殺の下見のために〈ぱれっとシティ〉へ行った最初の日に、やつらに目をつけられたんだ、とな」

　知原は眼を細め、腕組みをした。

「そして餌を見せられた。立石恵理は瞬時に、それに喰らいついたんだろう。もう飛び下り自殺のことなんか、どうでもよくなった。だからスケッチブックに候補場所のデータを残しもせず、なんとか隠し撮りができないものかと、そのことばかり悶々と考えるようになった。それ以来、彼女は犯人グループからの新たな接触を待つために毎日、せっせとショッピングモールへ通ったんだ」

「やつらは……やつらは釣り上げた獲物を、すぐに殺すわけじゃない、というんだな？」

「喰らいつきの度合いを見つつ、殺害現場へ誘い込むタイミングをはかるんだろう」

「そういえば、筈谷由美の携帯電話やパソコンに、不審人物と交信したような記録は全然残っていなかったが」

「餌を見せるだけで、やつらは標的に直接連絡する手段を与えない。餌を喰いたきゃ、せっせとショッピングモールに通え、というわけだ」

「そもそも贄土師華子は携帯電話はおろか、自宅に固定電話すら持っていなかったんだしな」

「頃合いを見て、やつらは餌を喰わせてやると持ちかけ、標的を現場へ誘い込む。おおよそ、そんな段取りなんだろう」

「贄土師華子の場合、それこそあっという間だったかもしれんな」

「というと？」

「彼女は詩人だったんだろ。それほどの餌、つまり男を見せられて、創作意欲を刺戟されないとは考えにくい。しかし彼女のノートには、それらしいモティーフを扱った詩作メモの類いは残されていなかった。釣り上げられ、ゆっくり餌を楽しむ間もなく、すぐに殺され――いや、彼女の場合は殺されそうになった、というべきか。そのショックで心臓がパンクしたのだとしたら同じことだが」

「まさしくな」

「なるほど」知原は、この男にしては大仰に溜息をついた。「だめだな、やっぱり」

「なんだ？」

「だめだよ、長嶺。おまえさんに単独行動をさせるわけにはいかん」

「どうしてだ。二日がだめなら、一日でも」

「おい。ちょっと頭を冷やせ。自分の言っていることが矛盾していると、気づかないか？」

「え……矛盾、て」

「なるほど。やつらが標的に目をつけ、接触してくるのは早いかもしれない。だが、さっきの説明によれば、そこから先が長いわけだ。そうだろ」

長嶺は黙り込んだ。珍しく口惜しげに。

「標的はなかなか餌を喰わせてもらえない。そのため、せっせと〈ぱれっとシティ〉へ通わなければならない、と。それは多分当たっているだろう。筈谷由美がエステに金をかけたり、立石恵理が盗み撮りの方法を模索したりする余裕があったのが、その証拠だ」

「知原、あのな……」

「肝心の餌を喰わせてもらえるまで、どれだけかかるか予測がつかない。一日や二日ではだめだ。実際にどうかはもちろん推測の域を出ないが、少なくとも現段階でのおまえさん自身の仮説によれば、そういうことなんだろ？」

「訂正する。餌はすぐに喰わせてもらえるんだ。だから標的たちはもう一回、食いたくなる。次からはその餌のある場所へ直接連れていってもらえる。やつらが殺害のタイミングをはかるのはそこからだ。〈ぱれっとシティ〉は漁場にはちがいないが、同じ標的が二度以上足を運ぶ必要はない、と。どうだ。これなら矛盾はあるまい？」

「百点満点とはいかんな。仮に〈ぱれっとシティ〉での接触が一回だけだとしても、それをこちらが最初のトライで決められる保証はないんだから」

「判った」長嶺は歯噛みした。「こうしよう」

「なにがそれほどおまえさんを情熱的にさせるか、おれとしてはそっちのほうに興味があるがね」

「聞いてくれ」勘が鋭く厭味な相棒を張り倒したくなる衝動を、長嶺はぐっとこらえる。「たしかにおまえの言う通りだ。それは判った。判ったから、一回だけチャンスをくれ」

「つまり一日だけ、か」

「そうだ。一日だけでいい。おれをひとりにしてくれ。網を張ってみる。それで、なにも収穫がなければ、潔く諦める。な」

「もし収穫があったらどうする」

「そのときは」長嶺は息を吸い込んだ。「おまえに知らせる。ふたりで係長に相談しよう」

「なるほど」明らかに完全には納得していない表情だったが、知原は肩を竦め、鼻を鳴らした。「それならまあ、いいか。ほんとに一回だけだぜ」

「約束する」

「おれにも知らせろよ、なにかあったらすぐに」

「あたりまえだ」

もちろん長嶺は、約束を守るつもりはない。

内科病棟へ戻るふりをして、由衣は備品室の陰に隠れた。諸井が非常口から駐車場へ出て車のエンジンをかけたのを確認しておいてから、そっと専用エレベータに戻る。もはや夜間見回りのことなど彼女の頭になかった。急変があっても、かまうものか。いっしょに深夜勤に入っている誰かが処置してくれるだろう。

六時間から十二時間のあいだ……六時間から十二時間のあいだ……今夜いったい何時頃、クルミという少年が仮死状態に陥ったのかにもよるが、仮に由衣が諸井と出くわす一時間前、午後九時頃だったとすると、いちばん早くて午前三時に、あの子は蘇生することになる。あと四時間あまり……あと四時間あまりで、あの子は再びこの病院から姿を消してしまうのだ。むろん不心得者の家族がいる限り何度でも担ぎ込まれてくるのだろうが、次がいつになるか予測できない。そのとき自分が必ず居合わせるという保証もない。だから、いまがチャンスだ。いましかない。いましかないのよ。焦燥にかられ、由衣の足はもつれる。

エレベータで四階に上がった。そのとき。

由衣は誰かの視線を感じた。ぎょっとして周囲を見回す。薄暗い廊下は、しんとしている。

壁と同化せんばかりに由衣は身を縮め、気配を消した。息をひそめ、耳をそばだてる。

なにも聴こえない。

しばらくじっとしていたが、なにも異状はないようだ。たしかにさっき、誰かの視線を感じたように思ったのだが……気のせいか？

角部屋のハンドルレバーに手をかけた由衣は、念のためにもう一度、薄暗い廊下を見回した。なんの気配もなかったが、音がしないように用心して、ロックの出っ張りが引っかかったままになっているドアを、そっと開ける。クルミがいつ目を覚ましてもいいように、つけっぱなしにしてある電灯の光が妙に眩しい。

ベッドにあの子が仰臥している。たまらず由衣は駈け寄った。

眼を閉じたままのその青白い顔。じっと見つめていると溜息が出る。美しいわ。

なんて美しいの？

少年の頬を撫でつつ、もういっぽうの由衣の手はシーツにかかっていた。最初は躊躇いがちに、いまにも少年が目覚めるかもしれないと警戒するみたいに緩慢な動きだったのが、やがて大胆になり、一気に剝ぎ取る。

由衣はそっと左右を見回した。誰もいない。誰もいないわよね？　だからこれは。

これはあたしのモノ。

あたしのモノよね？

少年の首筋に由衣の手がからみつく。ひんやり、ふうわりした肌の感触。ぞくりと由衣の背筋を官能の電流が貫く。

思わず浮かべた薄ら笑いをへばりつかせたまま、由衣の両手は電子制御されたロボットのように無駄なく動く。少年のパジャマのボタンをひとつ、またひとつ、外してゆく。剥いでゆく。

全裸になった少年の身体が、無防備に由衣の眼の前に横たわっている。胸から下腹部へ、大腿部から足首へと、彼女の手は少年の肌を這いずり回る。

すべすべしている。気持ちいい。

不思議だ。少しもぬるぬるしていない。患者たちの身体を拭いたり洗髪したりするときに感じる、あの独特のぬめりを帯びた人間らしい触感が微塵もない。発汗もしない、排泄もしない、つるつる、すべすべのあたしのお人形さん。

完璧だわ。完璧。歓喜のあまり由衣はベッドに飛び乗り、少年に覆いかぶさった。

完璧よね、あなたは、どこまでも。ね？

身体を逆向きにして、由衣は少年の股間を覗き込んだ。男性自身は勃起してはいないが、

「なんだって？」

「息していない。し、死んでる。死んでるよ」

「なにを言ってんだ。落ち着け」

「だって、ほ、ほら……」

イチョウ、アケビと呼ばれた娘たちは一旦由衣から離れた。

床に倒れている由衣からは死角になって見えないが、三人でベッドの上の少年を覗き込んでいるようだ。

「ほ……ほんとだ」

「ね？　ね？　ね？」

「どうなってんだよこれ」

「ほんとでしょ？　ほんとに死んでるでしょ？　クルミちゃん、し、死んじゃったあっ」

「どうなってんだよいったい」

「どうするの、ねえ、イチョウ、アケビ。どうしたらいいのよう。ねえったらあ」

「おいこら」

アケビと呼ばれた娘が由衣の髪をつかみ、引っ張り上げた。その拍子にナースキャップが脱げる。

「クルミちゃんになにをした。え？　なにをしたんだよ、おまえ」

首を絞められ、由衣は暴れた。

「な……や、やめ……」

「クルミちゃんになにをした」

「は……はなし……」

「こら、アケビ」イチョウと呼ばれた娘が彼女を制止しようとした。「落ち着け。そんなことしちゃ、このおばさんだって喋れない」

「いまさらなにを訊くことがあるんだよ。こんなことになっちまって」

「やめ……やめて……」由衣はアケビの手を剥がそうともがき、必死で声を出した。「ちが……ちがうのよ……彼は死んで……死んでいない」

「死んでいない？　けっ。なにを寝言を。全然息してねえんだよ」

「せ、せつ、説……せつっ」

説明するからと、ようやく言えた――と思ったのは由衣自身の錯覚に過ぎなかった。

彼女は絶命した。

「あ。おいおい。ちぇっ」

ぐにゃりと床に伸びた由衣の死体を忌まいましげに蹴り、イチョウは怒鳴った。

「どうすんのよ。死んじまったじゃないか。だから落ち着けって言ったのに」

「別にいいじゃん」アケビは不貞腐れる。「きっとこいつがクルミちゃんを殺して――」

「だから、そこらへんの事情を訊いてからでも遅くないと――」

ふいにイチョウは口をつぐんだ。由衣の死体を見下ろし、呟く。「……おかしいな」

「なんだよ。なにがおかしいの」

「てことは、この看護師、死体とエッチしようとしてたわけ？」

「まさか」

「いや、そういう趣味のやつもいるって話で」

「そうじゃなくて、ヒイラギ、さっきから言ってるだろ、こいつが殺しちまったんだよ、クルミちゃんのことを」

「じゃ、なんで自分も裸で？」

「そういや……クルミちゃんにキスしてたな、こいつ」

イチョウは眼を閉じて横たわっている少年をまじまじと見た。胸板あたりを撫で回していた手が、股間のほうへすべってゆく。

「ちょ、ちょっとちょっと……」

少年の股間に顔を埋め、陰茎を吸い始めたイチョウを見て、アケビとヒイラギは度肝を抜かれた。

「なにしてんのよ、こ、こんなときに。気でも狂ったの？」

「だって」イチョウは髪を搔き上げ、垂れ落ちる涎（よだれ）を舌の先で舐めとる。「だって、これが最後のチャンスだもん。クルミちゃんのこと、好きなようにできるのは」

アケビとヒイラギは顔を見合わせた。

「どうせ焼かれて灰になっちゃうんだ。このまま無駄にするのは、もったいない」イチョウは服を脱ぎ始めた。「見るのが嫌なら、外へ出てて」

「んなこと言ったって、どうするよ？　どんなにがんばってしゃぶったって、死んでんだよ、クルミちゃんは。勃(た)つわけねーじゃん」

「あーくそ、いま、おっ勃つものが欲しいのはこっちだっつうの」

イチョウは泣き笑いのような喘ぎ声を上げ、少年の脚を持った。太腿の部分に己れの濡れそぼった叢(くさむら)をぐりぐり、こすりつける。

「なんでもいい。なんでもいいよ、いければ」

イチョウの熱気が伝染したのか、アケビもヒイラギもとり憑かれたような眼つきになり、次々に服を脱いだ。

全裸になった三人は、さながら小さい砂糖のかけらにまとわりつく蟻の群れのように、少年の身体に自らの肌をこすりたてる。ありとあらゆる部分を互いに奪い合わんばかりに舐め回す。

が、淫猥な喘ぎの合唱は、しゃっくりのような悲鳴によって唐突に中断された。

イチョウ、アケビ、そしてヒイラギの順番で、視線が次々にドアのほうへ流れる。

諸井がそこに立っていた。一旦は車で帰宅しようとしたものの、別れ際の由衣の言動に不審を覚え、念のために戻ってきたのだ。

「な、なんだ……なんだなんだ、おまえたちは。ここでいったいなにを——」

少女たちが全裸で乱舞する非現実的な眺めにしばし呆気にとられていた諸井は、床に倒れている女が由衣であることに気がついた。

「お、及川くん？　きみ、どうし——」

由衣が死んでいると知り、諸井は驚くよりも、ぽかんとなった。恐怖が込み上げてきたのは、看護師の遺体と、痴情に耽る娘たちとのあいだの因果関係に思い至ってからである。

「お、おまえたち……？」

アケビがベッドから飛び下りるや、無造作に諸井の頭部を殴りつけた。

わっと泣き声を上げ、体勢をくずしたところへ膝蹴り。股間に命中する。

諸井は悶絶寸前で身体を丸め、床をのたうち回った。

「ちょこまかするな」

アケビは諸井の顔面を踏みつけた。逃げようとする医師を力任せに足の裏で押さえにかかる。

「クルミちゃんになにをした」イチョウは憎悪の籠もった眼で諸井を睨みつけた。「おっさん、ひょっとして医療ミスってやつ？　それをこっそり隠蔽しようと——」

「ち……ちがう。ちがうんだ。聞いてくれ。こ、これには複雑な事情があるんだ」

洟と鼻血で顔面をだんだらに染め、諸井は必死で言い募った。さきほど由衣にしたばかりの説明を再度くりかえすはめになる。

「……仮死状態、だって？」

三人娘は互いに顔を見合わせた。

「クルミちゃんが？　特異体質？」

「そ、そうなんだ。身体に触れられると、そうなってしまう。げ、原因はまったく判らないが。大。大丈夫」また殴られてはかなわないと、諸井は卑屈に合掌して頭をかかえる。

「大丈夫なんだ。あと数時間もすれば、彼は息を吹き返す。ときによって差はあるが、どんなに遅くても明日の朝の八時か九時頃までには、正常に戻るんだ。待っていれば判る。信じてくれ」

「ふーん。なるほど。なるほどね」

アケビとヒイラギが到底信じられないと言わんばかりの仏頂面を交わしているのとは対照的に、イチョウは無邪気に喜んでいる。

「そうか。そういうことなのか。じゃおじさん、ついでにもうひとつ教えて。クルミちゃんは、自分が仮死状態ではなく、多重人格症なんじゃないかと思い込んでいるんだよね。それって、特になにか理由でも？」

急に諸井は黙り込んだ。

イチョウが顎をしゃくると、アケビがずぃと近寄ってきた。

「か、彼のお父上がっ」慌てたせいか、諸井はごほごほ咳き込む。「彼が昔、お父上といっしょにいるとき、急に意識を失った。仮死状態になったんだ。そして目を覚ましてみると、お父上が頭から血を流して倒れていた、というんだ。さいわい命に別状はなかったが……」

「それ、クルミちゃんの仕業だったの？」

「ちがう。そんなわけはない。そのとき、たまたまお父上の行為を目撃してしまったお母さまが度を失い、発作的に……」

「ふうん」再び口籠もった諸井の顔を、イチョウはにやにや覗き込んだ。「そうなの。クルミちゃんのお父さまって、そういうやつなんだ」

まるで自身の痴漢行為の現場を押さえられたかのような、なさけない顔で諸井は身をよじった。全裸の少女たち三人に取り囲まれるという異常事態に、いまさらながら茫然となる。

「実際にはお母さまがやったことなのに、自分の仕業だったと思い込んでいるわけね、クルミちゃんは？　それが原因で多重人格症っていう妄想にとり憑かれるようになった、と」

「そ、そういうことだ」

「おもしろいね」イチョウは何度も頷いた。「アケビ、ヒイラギ。聞いたとおりだ。クルミちゃんは、あたしたちが連れてゆこう。変態の巣喰う自宅へ彼を帰すわけにはいかないもんね」

「連れてゆくって、でも、どこへ？」

「かくまう場所なら、いくらでもある。なんなら、この前あたしが買ってもらったばかりのマンションでも」

「お、及川くんは」ようやく諸井は由衣のことを憶い出したようだ。「彼女は……どうして？」

イチョウは無言で目配せする。察しよく、アケビとヒイラギが諸井に襲いかかった。

ふたりが諸井の腕を押さえつけ、イチョウが腹に馬乗りになる。両手で諸井の首を、ぐいぐい絞め上げた。

「とってもいいこと、教えてくれてありがと、おじさん。ほら、アケビ、ヒイラギ」諸井の首を絞め続けながらイチョウは指示する。「こいつ、いかせてやれよ。口か手で」

「ええーっ？」ふたりとも露骨に嫌そうな顔。「なんでそんな」

「お礼だよ、ほんの。いいからさっさとやる」

ぶつくさ文句を垂れながら、アケビとヒイラギは諸井のズボンのベルトを外し、男性器をまさぐり出した。ふたりがかりの刺戟に耐えきれず、あっという間に射精すると同時に、諸井は口から泡を吹き、息絶えた。

諸井から離れ、イチョウは由衣の死体を引きずってくる。仰向けにして、股をひらかせた。

「ほら。ぼけっとせず、手伝う」

アケビとヒイラギは、手や頬から白濁した液体を拭い落としながら、イチョウに手を貸した。まだ勃起したままの諸井を由衣の上に乗せる。そして彼女の両手を諸井の首にからみつかせた。

「肝心の部分がつながってないんですけど」

「そこまで面倒みてられるか。看護師を襲った医師が挿入寸前に抵抗され、どぴゅっ。互いに首を絞め合い、仲よく昇天て構図で上等」

「そんなにうまく騙されてくれるの、警察が？」

「知ったこっちゃない。さ。行くよ」

　イチョウはさっさと服を着始めた。

「そうかそうか、仮死状態、ね。特異体質、ね。ほんと、いいこと教えてもらった。これを使わない手はないよ」

「使うって、どんなふうに？」

「決まってるでしょ。これでクルミちゃんを、あたしたちのものにしちゃうのさ」

聖餐Ⅳ

　ドアが閉まり、ヒイラギは出ていった。沓脱ぎに置かれたままの車椅子。前回と寸分たがわぬ手順。目隠しのガーゼを留めていたテープの糊の残りでむず痒い眼尻を指でひと掻きして、智津香は奥の広間へ進んだ。が、クルミはそこにいない。

　探してみる。少年は主寝室にいた。前回と同じTシャツとトランクス姿。ベッドの上で胡座（あぐら）をかき、虚空を見つめている。瞑想でもするみたいにときおり眼を閉じたり、両足を伸ばして壁に凭（もた）れかかったり。

　智津香は小物入れから化粧セットを取り出し、ベッドの上に並べた。もちろんクルミは知らん顔をしている。かまわず智津香は口紅で、自分の左掌（ひだりてのひら）にこう書いた。

（これでどう？）

　左掌を少年の鼻面に突きつける。喋ってもいないし、あなたに触れてもいない、ただメッセージを見せるだけだから、ルール違反じゃないでしょ？　身振り手振りだけでいいから反応してくれないかしら——そんな謎かけのつもりだったが、さすがにこれだけではなんのことかピンとこないかも。とはいえ掌に書く以上、字数は自ずと限られる。

意表を衝かれてか、それとも油断していたのか、クルミは智津香の掌をまじまじ凝視したまま、しばし硬直してしまった。いきなり眼を逸らすのもわざとらしいかもしれないという、明らかな迷いが口もとに浮かんでいる。だがメッセージになんらかの反応を示そうとする気配はない。

やっぱりだめかな……そう落胆しつつ、智津香も左手を突き出したまま、動かない。ふたり揃って石膏像のように凝固したまま、さていったいどれくらい経っただろう。

やがて根負けしたのか、クルミは視線を上げる。であいがしらだった。初めて智津香と少年の眼が合った。

人工物のはずのご神体にふいに生命が宿り、眼を開けた……そんな鳥肌が立つような、厳粛な気持ちに智津香は襲われる。

クルミはまばたきもせず、哀しげな表情。智津香を見ているようでもあり、彼女の背後の壁を注視しているようでもある。

ブラウスの袖をまくり、剝き出しにした自分の腕に、智津香はさらに口紅で書いた。

（死ぬのはどっち？）

これは絶対に確認しておかなければならない。このためにわざわざ口紅を持ち込んだのだ。自分が死ぬというのなら、問題ない。すぐにでもクルミに触れ、旅立とう。だが。

その結果、この子のほうが死んでしまっては、なんにもならない。そう……順一のように。

さわったら死ぬ。それは己れの肉体的接触によって息子を失った智津香にとって、とても単なるレトリックや戯言としてかたづけられない。同じく禁じられている以上、言葉を交わすのもだめだ。喋ったら死ぬかもしれないなんて普通は真面目に考えたりしないが、常に息子の理不尽な死の場面にとり憑かれている智津香にとって、この点もおろそかにできない。ゲームのシステムを理解できるまでは、少年にさわるのも喋るのも御法度。

だから筆談は苦肉の策だった。前回来たとき、室内には筆記用具もメモ用紙の類いも見当たらなかった。イチョウに金銭的援助を頼んだのは、クルミのために着飾りたいという気持ちもなかったわけではないが、ペンがわりに口紅をうまく持ち込むための伏線だったのだ。

クルミは微動だにせず、ただ智津香の眼を見つめている。

最初は声を出したくなる誘惑をこらえるだけで消耗していた智津香だったが、やがて少しずつ余裕が出てくる。

(答えて)と念じた。その無言の想いが少年に通じたと、妙に神がかった気持ちで智津香が確信した、まさにそのとき。

クルミは視線を下げた。明らかに、智津香の腕の部分に書かれた質問を読んでいる。

改めて彼女を見た。そして。

クルミはやおら、ひとさし指で自分を指した。

え。智津香は息を呑んだ。死ぬのは……やっぱりこの子のほう？

狼狽する彼女を尻目にクルミは、同じひとさし指を今度は智津香のほうへ向けた。

ぴたりと停止する。

彼のひとさし指が彼女の目と鼻の先にある。

智津香は惑乱した。どういうこと？

どっちなの？　両方、指さしたりして。え。

え。てことは、つまり。死ぬのは。

わたしも？

この子だけじゃなくて、わたしも……？

掌と腕にクレンジングクリームをつけ、智津香はコットンパフで口紅のメッセージを一旦消した。

（ふたりともってこと？　なぜ？）

新たな質問をクルミは、先刻と比べるとさほどの抵抗なく見たものの、困惑の表情を浮かべた。

なにか言いたそうな気配を察し、智津香は口紅を少年に差し出す。

途端にクルミは唇をひきつらせ、細かく、かぶりを振った。

あ、そうか。さわっちゃだめなのよね。智津香はそっとベッドカバーの上に口紅を置く。

少し逡巡を覗かせたものの、結局クルミはその口紅を手に取った。自分の左の掌になにか書き込み、智津香に見せる。

（きいてないの？）

きいてないの……聞いてないの、ということだろうか？　なにを？　誰から？

智津香は首を傾げてみせた。

初めて不審げな表情を浮かべ、クルミはさらに自分の腕に書く。

（そのために来てくれたんでしょ？）

どういうことだろう。これではなにも判らない。少年自身、まだ書き足りなそうな様子。それを察し、智津香は少年の傍にコットンパフとクレンジングクリームを寄せた。

（さわると、死ぬ）

そう書き、クルミは再び自分を指さした。

つまり……つまり、智津香が彼に触れると、クルミは死ぬ。そういう意味なのだろう。

やはり……やはり、順一のように？

（そして、もうひとりのぼくがあらわれる）

メッセージが長くなり、書いては消し、消しては書く作業のくりかえし。

（そいつが殺す）

その六文字をじっくり見せておいてから、クルミは智津香を指さした。

これはつまり……智津香は考えた。

もうひとりのクルミが現れて。そして。

その彼がわたしを殺す、と。

そういうこと？

（きいてないの？）

再びクルミはそう訊いた。今度は口紅は使わず、唇をその言葉のかたちに動かして。

はっきり首を横に振って否定していいものやら判断がつかず、智津香は曖昧に微笑むに留めた。

クルミのメッセージを自分なりにまとめてみる。つまり彼は、自分は二重人格だと言っているのだろうか。智津香に触れられると別の人格が出現する。死ぬというのは、もとの人格が引っ込んでしまうという意味の比喩か。そして別人と化したクルミが智津香を殺す、そんなふうに解釈できる。ほんとうに死んでしまったクルミに、彼女を殺せる道理はないわけだから。

そうか……ひとつ納得できた。クルミは自分が、透明人間クラブというゲームの客をとらされている自覚がないのだ。つまりイチョウたちは彼に、この茶番の主旨について、智津香にしたのとはまるで異なる説明をしているにちがいない。

具体的にどう言い繕っているのか、はたしてその意図や目的はなんなのか不明だが、イチョウたちのことはどうでもいい。智津香にとって大切なのは死ぬことだけ。他ならぬクルミの手で。

智津香はベッドに乗った。

ぐいと両手を伸ばす。

クルミは驚いて眼を剝き、身体をよじって彼女を避けた。

(殺して)

中腰の姿勢で智津香は唇をゆっくり、そう動かした。己れを掻き抱くようにして。

(殺して)

クルミは唇を痙攣させた。首を横に振る。

智津香は口紅で掌に書いた。

(わたしを殺して)

スペースが足りなくなると、いちいち消して書きなおす。

(死ぬためにここへ来たの)

(わたしは生きていてはいけない)

(あなたの手で死にたい)

（殺して）
（わたしを殺して）
（おねがい）
実際に声を発しているわけではないのに、智津香の喉は嗄れ、息が乱れた。
彼女の勢いに気圧されてか、クルミはおそるおそる口紅を手にとる。
（どうしてそんなに？）
智津香は答える。
（息子が死んだから）
（まだ十八だったのに）
（死んでしまったの）
（わたしが殺した）
クルミの戸惑いを見てとり、書きなおす。
（わたしが殺したようなもの）
（わたしが、さわったから）
智津香を見つめるクルミの眼に昏い色が宿る。
（そうなの）
（わたしがさわったから）

（さわったから息子は死んだ）

笑い声が洩れそうになり、智津香は大きく口を開けた。声はまったく出ず、ひゅうという笛のような呼気が洩れ、涎が尾を曳く。

涙が溢れた。微熱とともに鼻がつまり、智津香の視界は霞んだ。

詳しく説明したい。この子に、順一が死ななければならなかった経緯をあますことなく。

でも無理。無理よ。こんなまだるっこい伝達方法じゃ。

言葉が足りない。クルミに誤解されてしまうかもしれない。でもいい。もういい。

殺したのはわたし。順一を殺したのは。わたし。わたし。わたしが。

（息子を殺した）

（わたしも死ぬ）

頭を振りたくり、嗚咽をこらえていた智津香はふと、クルミが彼女のほうに掌を差し出していることに気がついた。

しばらく茫然とその美しい掌を見ていた彼女は、ようやく理解した……そうか。

あなたに触れろ、ということね？　そしたら。

そしたらわたしを殺してくれるのね？

……順一。

あの日のことを憶い出した。あのとき、息子の手を握りしめた自分。

順一。待ってて。もうすぐ。もうすぐわたしも、逝く。
クルミに眼を据え、智津香はゆっくり、ゆっくり唇を動かした。
（いいのね？）
答えはなかったが、少年が掌を引っ込める気配はない。
彼女は手を伸ばす。
……順一。
息子の面影を脳裡に思い浮かべ、智津香はクルミの手を、ぎゅっと握りしめた。

殉教5

「――ここ、いい？」

そう声をかけられたのは長嶺の予想通り〈ぱれっとシティ〉のシネマコンプレックスの前でだった。休憩用の椅子に座っているところへ、イチョウと名乗る、まだ十代に見える若い娘が話しかけてきたのである。

「どうぞ」

長嶺は隣りの椅子に置いてあったハーフコートを退け、膝の上に載せる。空いたところに腰かけるイチョウの顔を確認した。まちがいない。

「あのね――」と気さくに話しかけてくる彼女を、長嶺は無遠慮に遮った。

「例の男の子のこと？」

勧誘にどのように乗ってみせるか事前にいろいろシミュレーションしてきた長嶺だったが、この切り口は我ながら想定外だった。イチョウという娘を改めて観察してみて、こちらから核心を衝き先制したほうが効果的なキャラクターではないかと踏んだのだが。はたして吉と出るか、凶と出るか。

いきなり出端を挫かれたせいか、イチョウは戸惑いつつも複雑な怒気を覗かせる。

「この前、ここで見たの。あそこから――」と長嶺は男性用トイレを示す。「とってもきれいな子が出てきて。なんだろうと思ったら、あなたが女のひとを誘ってるじゃない」

あのときイチョウが男性用トイレのほうを指さしていたのを憶い出して、はったりをかましただけだったが、どうやら図星だったようだ。

「なんだ、じゃあ――」自分のペースを取り戻そうとしてか、イチョウはことさらに悠然とジーンズの脚を組んだ。「じゃあひょっとして、あたしに声をかけられるのを待ってた？」

「ええ」

「なんのために？」

「あの子に会いたくて。他になにがある？」

「えーと……おねえさん、さ」

その「おねえさん」という言い方には露骨な皮肉とともに微妙な自嘲が含まれていた。いま自分が話している相手が女性ではなく、男であることにようやく気づいたらしい。

「つかぬことを訊くけど、そのとき、この恰好だったの？」

「いいえ。男物のスーツを着て」と再度男子トイレを指さした。「あそこにいたの。たまたま」

「なるほど、ね」

傍若無人に値踏みする眼つきでイチョウは、ハイネックのセーターにスカート姿の長嶺を、上から下まで眺め回す。

「髪は、カツラ？」

「そ。普段はサラリーマンだから」

「おそれいりました。そうと知って見ても、騙されそう」

「お世辞でも嬉しい」

「で、どこまで知ってる？」

「なにを」

「あたしたちがここで、なにをやってるか」

「勧誘してるんでしょ、お客を」

「まあそうにはちがいないんだけどね」一気に打ち解けた態度でイチョウは苦笑した。

「誤解しないで欲しいのは、あたしは別に、あの子とエッチさせるためにみんなに声をかけてるわけじゃないんだ、ってこと」

「わたしみたいなのは対象外？」

「だから、ちがうって。別におねえさんにだけ意地悪言ってるんじゃないの。いままであたしが声をかけた女たちの誰ひとりとして、あの子とセックスなんかしちゃいないのよ。もちろん会わせてあげてはいるけれど」

「そういうのじゃないんだとしたら」仕事抜きで長嶺は興味を抱いた。「いったいなに？」

「それはこういう趣向」密室にクルミとふたりきりで籠もり、透明人間として振る舞うという例のゲームのルールを、イチョウは説明する。「――そういうのって、おねえさん的にどう？」

「普通なら、なにがおもしろいんだって言うところだけど。あの子なら、ね。なかなか洗練されたお遊びだと思う」

「話が判るじゃん。で、どうする？」

「わたしでも対象外じゃないって言うんなら、ぜひお願いしたいわね」

「もちろんいいよ」

「あの子いま、いるの？」

「スタンバイしてる。もうすぐ――」イチョウは携帯電話を取り出し、時刻を確認。「この前と同じ場所から登場する。じっくりどうぞ」

「名前は？」

「ん？　ああ。彼、クルミちゃんていうの」

やがて男性トイレから少年が出てきた。あの子にまちがいない。遠くからでも長嶺は、あの美しい手を確認することができる。

「――で」少年が階段のほうへ消えるのを見送り、長嶺は訊いた。「どういう段取り？」

「別の場所を用意してあるから、そこでじっくりご観賞いただきましょ」

「いつ？」

「そっちの都合がつくなら、これから、いますぐにでも」

いろいろ理由をつけて引き延ばされると予想していた長嶺にとって、これは意外な展開だった。なんとか今日じゅうにセッティングしてもらうため、あれこれ虚々実々、かけひきしなければなるまいと覚悟していたのに。

「スケジュールを確認してみるから」携帯電話を耳に当てながらイチョウは立ち上がった。「ちょっと待っててくれる？」

通話しながらイチョウは、上映映画のパネルの下を往ったり来たり。

おかしい……勘が長嶺にそう告げた。他の被害者たちは、こんなにスムーズにことが運ばなかったはずだ、と。確証はないものの、長嶺がただ好奇心にかられただけの客ではないことを、イチョウは気づいているのかもしれない。

やはり正攻法は勇み足だったか？　少し悔やんだが、いまさら後戻りはできない。今日が千載一遇のチャンスだ。長嶺は待った。

「どーもおまたせ」五分ほどしてイチョウは戻ってきた。「大丈夫みたい。これから来る？」

する。

「ぜひ」

「じゃあ、こっち」

長嶺は戸外の駐車場へ案内された。ミニバンが停まっている。

運転席で、イチョウと同年輩の娘が待っていた。アケビっていうの、とイチョウが紹介
後部にリフトが設置され、車椅子が積み込まれている。それを見て、さすがに長嶺は緊張した。窓という窓にはカーテンが引かれているし……どうやら大当たりだな。

無視するのも却って不自然だ。長嶺は身を乗り出し、後部を覗き込んだ。

「これは？」

「見てのとおり。身体の不自由なお客さま用」

死体を運ぶためです、とはまさか言うまいが。

「では出発」

ミニバンは走り出した。

「というわけで——」おもむろにイチョウは手を伸ばしてきた。「おねえさんの持物、あずかっとくね。疑うわけじゃないんだけど、さっきも言ったように、クルミちゃんのこと、勝手に撮影されたりしたら困るから」

長嶺は素直にバッグを渡す。

「それからコートも」

「なんで？」

「なにか隠して持ち込めないように」

刺殺した後、傷を隠すための準備とは言えんだろうな。長嶺はハーフコートも手渡す。

やがて分譲タイプとおぼしき瀟洒なマンションに到着した。真新しい。

「じゃ、あれに乗って」

イチョウが顎をしゃくったのは車椅子だ。なにもかも予想通りに進んでいる。

「なぜわたしが？」

「変装。住民でない者が頻繁に出入りしていると、目立って噂になったりして困るからね」

車椅子のほうが目立つんじゃないかと突っ込んでおくべきか悩んだが、結局やめる。殺した後、運搬しやすくするためなのは明らかだ。

「これ掛けて」と取り出したのはサングラス。「おねえさんだって、誰かに見られて、へたに顔、覚えられないほうがいいでしょ」

長嶺はリフトで外へ降ろされた。イチョウが車椅子を押してくれる。

「さ、まいりましょ」

エレベータで最上階へ。表札の出ていない部屋に到着。

沓脱ぎで車椅子から立ち上がった長嶺は、部屋のドアからチェーンが取り外されていることに気がついた……なるほど。鍵さえあれば、いつでも室内へ押し入ってこられるってわけか。

「クルミちゃんはなかにいるけど。例の透明人間ルール、くれぐれも忘れないように、よろしく」

「忘れたら、どうなるの？」

「さあ」イチョウはにやりと笑い、車椅子を置いたまま出てゆく。「ころっと死んでしまうとか。あんまり想像したくないことになるかも、ね」

思わせぶりなことだ。まあいい。いまに判る。なにもかも。

長嶺は奥の広間へ入った。

クルミはキッチンカウンターに座っていた。先刻〈ぱれっとシティ〉で見たときと同じ、シャツにジーンズという恰好で、一本の口紅を弄んでいる。

少年は長嶺のほうを一顧だにしない。あくまでも設定に従い、行動するのだろう。

長嶺はまず室内をあちこち見て回った。ドアのチェーンが取り外されていること、窓という窓のカーテンが引かれていること、固定電話が見当たらないこと以外に特に不審な点はない。少なくともクルミ以外の人間は潜んでいない。

もちろんイチョウたちはいま、なんらかの方法で室内の様子を外から窺っているはずだ。

さて。

いったいここでなにが起こるのか。見極めるのは簡単。禁忌事項をすべて実行してみればいい。

長嶺はクルミへ歩み寄った。

口紅を持つ少年の手。ピアノの鍵盤に置かれた古岳由美の手は、もはや長嶺の脳裡で鮮烈なイメージを結ばない。すっかり色褪せてしまった。この子の手に比べたら。

「きれいな手ね、とても」

少年は驚き、長嶺を見た。いきなりルールを破られたからというより、男の声がしたからだろう。長嶺を女性だとばかり思い込んでいたらしい。

腰を浮かせたクルミの手を、長嶺はつかんだ。

あっとひと声呻くや、口紅が転がり、少年の身体はフローリングの床に崩れ落ちる。

「おい、どうした？」

眉をひそめ、長嶺は前屈みになった。少年が息をしていないことに気づき、さすがに動揺する。脈を見てみたが、ない。心臓も動いていない。

「これは……これはいったい？」

クルミの身体をまさぐっていた長嶺の指が、ふと硬質の感触を探り当てた。少年のシャツの胸のポケット。名刺ほどのサイズの、一見カードのようなものが入っている。これは。

なるほど。盗聴器か。やつら、これで室内の様子を窺ってるな。てことは。

少年の身体を床に横たえた長嶺が上半身を起こすと同時に、玄関のほうで二重ロックの外れる音がした。一回。二回。

来る。

イチョウを先頭に、三人の娘が入ってきた。ひとりは、さっきミニバンを運転していたアケビ。もうひとりの名前がヒイラギであると、長嶺は知らないまま終わる。

「困るわね、おねえさん」イチョウはわざとらしく溜息をついてみせた。「ルールはしっかり守ってもらわなきゃ」

「これはいったいどういうことだ」長嶺はイチョウとクルミを交互に見る。「この子になにがあった。なぜいきなり死んでしまったんだ？」

誰も答えない。

ヒイラギがキッチンへ入った。かちゃかちゃ音をさせ、包丁を何本も持って出てくる。これみよがしにアケビ、そしてイチョウに凶器を手渡した。

三人は長嶺を取り囲みながら、じりじり距離を詰めてくる。

長嶺の横でヒイラギが動いた。ソファに置いてあったクッションを手に取っている。

……返り血対策、か。

そう思うより早く、ヒイラギは突進してきた。クッションを楯にして。

刃先が迫ってくる。

長嶺は避けなかった。

左手でヒイラギの腕をブロックするや、折り畳んだ右腕を、振り上げた。

縦、肘打ち。

きれいにヒイラギの顎に決まる。天井に脳天をぶつけそうな勢いで、彼女の身体が宙に浮いた。

がっと呻き、仰向けにひっくり返るヒイラギの手からクッションが吹っ飛んだ。顔面を押さえ、床をのたうち回る。指のあいだから鮮血がしたたり、折れた歯がこぼれた。

アケビが眼を丸くして、ヒイラギに駈け寄る。

「なーんかおかしいとは思ってたんだよ」イチョウはにやにや笑っている。「おねえさん、あんた、しろうとじゃないね」

「この子がどうなったか、答えろ」

顔を真っ赤にしてアケビの手を振り払うや、ヒイラギが跳びかかってきた。包丁を逆手にかまえなおしている。

横殴りに刺してきたところを、長嶺は身を沈めて避けた。同時にローキックで、ヒイラギの太腿を薙(な)ぎ倒す。

バランスを崩したヒイラギの顎を掌底(しょうてい)打ち。

「いい加減にしとけ」

あえなく尻餅をついたヒイラギに、長嶺はひと睨みくれた。

「死ぬことになるぞ。正当防衛で」

そのひとことにいたく自尊心を傷つけられたらしい。ヒイラギはアケビの制止の声も聞かず跳び起きて、長嶺に襲いかかった。

表情をまったく変えず、長嶺は両腕を風車のように回し、力を撓めた。遠心力に乗せ、ぶん、と右足を振り上げる。

長嶺のスカートの生地がすぱっと裂けた。パンティストッキングは伝線。

回し蹴りを側頭部に喰らったヒイラギは、コーヒーテーブルに突っ込んだ。雷鳴のような破砕音とともに盛大に埃を巻き上げ、そのままぴく、とも動かなくなった。

アケビが慌てて彼女に駈け寄った。息を呑んで飛び退くや、弱々しく首を横に振る。

「な……なんだ、こいつ」

息も乱していない長嶺を畏怖の眼で遠巻きにするアケビとは対照的に、相変わらずイチョウはにやにや笑っている。

「おねえさん、でかだろうと思ったんだけど。ひょっとして、ちがう？」

「この子のことを説明しろ、と言っている」

「判ったわよ。そう睨まない」イチョウは上眼遣いで媚びるような声を出した。「まず安心してよ。クルミちゃんは死んでるわけじゃないから」

「しかしこれは、どう見ても……」

「だから、ね。つまり――」

聖餐V

クルミは静かに頭を垂れた。ベッドに足を伸ばした姿勢で壁に凭れかかったまま、動かなくなる。

智津香は彼の手を握りしめている。

少年の手はどんどんどんどん冷たくなってゆく。その冷たさは手を伝わり、いまにも智津香の心臓にまで届き、凍らせてしまうかのようだ。

そのままの姿勢で、一時間。

二時間。

智津香は待った。

もうひとりのクルミが出現するのを。そして彼が自分を殺してくれるのを。

しかし、なにも。

なにも起こらない。

三時間。

四時間。

智津香は待った。少年の手を握りしめたまま。

……順一。

息子の死が改めて迫ってくる。

わたしは、なにをしているのだろう。

この子は死んでいる。どうやらほんとうに死んでしまったらしい。そのことに戸惑ったり驚いたりする余裕は智津香にはない。順一も死んでいる。夫は遠く離れた東京にいる。

わたしを殺してくれる者は誰もいない。どこにもいない。

クルミの手を放そうとした。まるで接着剤で固めてあるかのように、なかなか放れない。

もういっぽうの手で指を一本ずつ剥がしていたら、一時間近くかかった。

そっと智津香は少年から離れる。クルミは無抵抗に、だらりと壁に凭れたまま。

いまこそ……

智津香は天を仰いだ。

いまこそあたしは、この子を。

この子のすべてを、口いっぱいに。この口。この口いっぱいに。

味わってやる。食べてやる。この子の全身を。この口いっぱい。いっぱいに。

口紅をつかむや、智津香は自分の口に押し込み、呑み込んだ。げっと吐き出してしまう。

唾液まみれの口紅はクルミの股間へ飛んでいった。

智津香は怯まなかった。逆流してくる胃液をものともせず、パフやティッシュなど、手当たり次第につかみ、次々に呑み込む。

お父さん……

喉に異物を詰め込んでいるとき、ふと浮かんだのは亡父の面影だった。

順一……

もがき苦しむ智津香の脳裡で、父親と息子の面影が交互にぐるぐる、ぐるぐる回る。眼が回る。

母の死に顔が。

回る。三歳の純二が。眼が。眼が回る。

祐哉。祐哉。あなた。ごめんなさい。回る。夫の顔が回。

やがて視界が暗転し。

窒息。

その刹那。

眼の前にいる少年が、ふいに顔を上げたではないか。しかも眼を開いて。

甦った？

クルミは起き上がっている。いや、起き上がっているように智津香には見えた。さっきまで死んでいたはずの少年が。
……順一。
順一、あなたなの？　あなたが。
あなたは。
あなたは。そんな。まさか。
生き返ったりしないで。わたしを待ってて。むこうで。
待っ。
回。
暗。
智津香は息絶えた。
少年を前にして、ひとりの女の死体が長々と横たわる。
まるで神殿に捧げられた供物のように。

殉教６

「──とまあ、そういうわけ」

　得々とイチョウは説明を終えた。

「医者にだって解明できないらしいよ。ただ、他人に触れられると仮死状態に陥ってしまう、と。それしか判らない」

　具体的な名前は挙げられていないが、彼女の説明によれば地元の大手病院で次期院長と看護師の変死事件が起こっているはずである。そしてくだんの病院とつながりのある地元有力者、これまた誰なのかは不明なものの、その息子が行方不明になっているわけだ。どちらの件も自分の耳に入っていないことが長嶺は気になった。あるいはその筋によって揉み消されているのか？

「なるほど」眼を閉じているクルミの傍らに落ちている口紅を、長嶺はさりげなく拾い上げた。「ラザルス……特異体質か。すると、この子はまちがいなく、元通りになるんだな」

「何時間後かに、ね。それはもう何度も確認済みだから、安心して」

「何度も、か。正確には四度だろ。さっきの話に出てきた、病院での蘇生を別にすれば」

「あん？」

「筈谷由美を殺したのは、おまえたちだな」

殺気だつアケビとは対照的に、イチョウは出来のよい生徒を誉める教師みたいに破顔し、大袈裟に両腕をひろげるポーズをとった。

「立石恵理。そして詳しい素性は不明だが、望月真紀とされる女。この三人に、そもそもの発端である贄土師華子を加え、四人。都合四回、おまえらはこの子を餌にした。そうだな？ 彼女たちはみんなこの子の美しさに惹かれ、ここへ誘い込まれた。この子に話しかけない、触れないというルールを、最初のうちこそ律儀に守っていたかもしれない彼女たちも、やがて回を重ねるごとに我慢できなくなる。客が約束を破ったのを合図に、おまえたちはここに踏み込んでくるわけだ。玄関ドアのチェーンをあらかじめ取り外してある部屋へ」

イチョウはおどけて拍手する真似。

「客がこの子に触れたかどうかは、服に仕込んである盗聴器ですぐ見当がつく。この子が昏倒したとおぼしき音や、いったいなにが起こったのかと狼狽（ろうばい）する客の声などで。そうだろ」

「なんだ。ちがうのかと思ったら、やっぱり、でかなの、おねえさん？」

「この子に触れたら死んでしまうかもしれない、おまえらは事前に客に、そう警告する。これにはふたつの意味があるんだな。ひとつは、この子が仮死状態に陥るということ。そしてもうひとつは、客自身が死んでしまうということだ。他ならぬおまえらに殺されて、な。ただし、いちばん最初の贄土師華子だけは心臓に爆弾をかかえていたせいで、クルミが死んだと思い込みショック死してしまった。おまえらがなんの手出しをする間もなく」

「お見事。なにからなにまで」

「判らないのは動機だ。なぜ、こんな手の込んだ真似をする？」

「あらま。それだって、おねえさんに判らないはずはありませんよ」

「いや。判らん」

「さっき説明したじゃない。クルミちゃんはね、自分が仮死状態になっているあいだ、別の人格に憑依(ひょうい)され、身体を勝手に操られている。そんな妄想にとり憑かれているんだ、って」

「それがどうした」

「せっかくだから、その妄想を既成事実化してあげようとしたのよ。あたしらの力でね」

「既成事実化……？」

「なにをぐだぐだと」たまりかねたのか、アケビが叫び声を上げた。「イチョウ、いったいいつまでこいつの無駄口に付き合ってんだよ。殺しちまえ。さっさと殺しちまえよ」

アケビの声が聴こえているのかいないのか、イチョウは薄ら笑いを浮かべたまま。動かない。

「くそおっ。おい」アケビは鬼気迫る形相で包丁をかまえ、長嶺に迫ってきた。「さっき正当防衛だと言いやがったな。でこすけ。正当防衛でヒイラギを殺したと。だったらてめえを殺すのも、こちとら正当防衛だ」

「やめとけ」長嶺はアケビのほうを見もせず、ぼそりと呟く。「命を無駄にするな」

うおっと吠え、アケビは跳びかかった。

包丁の刃先が長嶺の胸に、すうっと吸い込まれたかのように見えた瞬間。

横っ飛びに避け、長嶺は右手を閃かせる。

弾丸のように飛んできた一本の口紅を、アケビは身体をひねり、間一髪、躱(かわ)した。

独楽さながらに回って、アケビのふところへ跳び込んだ長嶺は、後ろ向きに回転肘打ち。

直撃。アケビの顔面が赤くひしゃげた。

わけの判らぬ罵詈(ばり)を吐き散らしながら包丁を振り回し、なおもむしゃぶりついてくる彼女の両眼に向け、長嶺の指が飛んだ。

眼球を射貫(いぬ)かれたアケビの、すさまじい絶叫が轟きわたった。そのまま長嶺は、まるで野球ボールを遠投するみたいに、彼女の身体をぶん回す。

コルクの栓を抜くような音がして、顔面を覆ったアケビの指のあいだから鮮血と脳漿(のうしょう)が噴き出した。よろよろ床に倒れ込んだ彼女は数回痙攣し、やがて微動だにしなくなる。

「警告はしたぞ」長嶺はイチョウを睨んだ。「続けろ」

イチョウは酩酊したような眼でアケビの死体を見つめている。いくぶん青ざめてはいるものの、まだ薄ら笑いがへばりついている。

「……なんの話だっけ」

「この子の妄想の既成事実化とか言ったろ」

「ああ、あれね。たったいま、おねえさんが謎解きしてみせてくれたとおり。クルミちゃんが仮死状態に陥っているあいだ、あたしたちは客を殺す」

「三人がかりで、か」

「ご覧のとおりさ」

「包丁でめった突きにする。抵抗がやまないときは頭を殴って昏倒させる。首を絞める。どうしてそこまでやる必要がある？」

「インパクトのある殺し方のほうがいいんだよ。蘇生したクルミちゃんにとっては、さ」

「というと」

「仮死状態に陥っているあいだ、自分は狂気にとり憑かれ、めちゃくちゃやっちまったんだ、って。そうクルミちゃんは思い込むって寸法よ」

「ちょ、ちょっと待て」長嶺はうろたえた。「するとなにか、この子は……」クルミを見る。「この子は、四人の女を殺したのは自分……だと思い込んでいるのか？」

「だからさっきから、そう言ってるじゃないの。クルミちゃんは自分が、ジキルとハイドみたいな二重人格者だと思い込んでいる、と。だったら、あたしらの力でその妄想を既成事実化してやろう、そう思ったのよ。それがすべてさ」

「既成事実化して、それでおまえらになんの……いや、まて。それはおかしいぞ」

「へ。おかしいって、なにが」

「おまえらは客を殺した後、その遺体を即座にここから運び出したはずだ。そうだろ？」

「そうだよ、もちろん」

「この子が蘇生するまで数時間。長かったら半日かかるんだろ？　遺体をそのまま部屋に放置しておいたら、死後硬直で車椅子に乗せられなくなる。戸外へ運べなくなってしまう」

「さすが、プロだね、おねえさん。そのとおり。あたしらはクルミちゃんが蘇生するのを待ったりしない。即座に死体を運び出し、血痕などの証拠も消してゆく。クルミちゃんをひとり、残してね」

「……つまりこの子が蘇生したとき、ここに死体はない。殺人があったという痕跡も見つからないわけだ。そうだろ？　なのに、どうして……」

戸惑う長嶺に対して優越感を覚えているのか、イチョウは晴れやかな笑顔になった。

「なのにどうしてこの子は、自分が殺人を犯したと思い込むんだ？　そんなはずは……」

「そもそも最初から考えてごらん。おねえさんは頭がいいんだからさ」

「最初、とは？」

「あたしらがクルミちゃんの秘密を知ったとき。例のモロイとかって病院で」

例の、と彼女は言うが、さっきの説明には出てこなかった病院名だ。

「おまえらは看護師を殺し、秘密を訊き出した後、その医者も殺したんだな」

「そう。その現場は放っておいた。医者のポケットから部屋の鍵を取り出してロックし、誰も入ってこられないようにして。クルミちゃんが蘇生するのを外で待った。生き返ったクルミちゃんは室内の惨状を見て、さて、どう思ったでしょう」

「緊急避難で運ばれてきた病院の特別棟で、仮死状態に陥っているあいだに自分は、介護してくれる看護師と医師まで殺害してしまった……と？」

「ご明察。さあ困った。クルミちゃんは、自分の特異体質にからむトラブルを処理してくれるはずの、誰よりも頼りにしていたひとたちを自ら殺してしまったってわけだ」

「と本人が思い込んだだけの話だ」

「そうだよ。そこであたしらの出番さ。外で待機していて、病院から逃げ出そうとしているクルミちゃんをつかまえる」

「善意の第三者を装って、か」

「さすが。ちゃんと先を読むね。知らん顔して、クルミちゃんが出てきた部屋に入ってみせ、あたしらが惨劇をしっかり目撃したんだってことを思い知らせる。クルミちゃんの弱みをここで、がっちり握ったってわけだ」

「心配しなくても警察に知らせたりしない、とかなんとか。恩着せがましくなだめるわけか」

「さよう。で、彼自身の口から特異体質に関するすべての秘密を語らせる。もちろん、あたしらはもう全部知っているんだけどね」

「語らせておいて、それから?」

「それは困ったことだと、親身になっていっしょに悩んであげたさ、もちろん。ほとぼりの冷めるまで安全な場所にクルミちゃんをかくまっておいてあげてから、タイミングを見て彼に提案した。いろいろ考えたんだけど、その特異体質と二重人格をなんとか治す方法があるかもしれない、と。それが——」

とイチョウは誇らしげに広い室内を示した。「これってわけさ」

「そこが判らない。もしもこの子が、すべての殺人を自分の仕業だと思い込んでいるのなら、どうしてこんな透明人間ごっこなんて茶番に自ら付き合うはずがある?」

「クルミちゃんは、自分がゲームで客をとらされているとは知らないからね、全然」

「なに?」

「これはさ、自分の特異体質を治すためのセラピーの一種だと、そう思い込んでいるんだ。あたしらがそう吹き込んだからだけど」

「セラピー、だと」

「ここへあたしらが連れてくる女たちはね、ボランティアってことになってんの」

「ボランティア？　なんの？」

「女たちはそれぞれの理由で死にたがっているひとたちばかりだと、クルミちゃんにはそう説明してある。破産したとか、不治の病にかかったとか、いろいろあって。でも同じ死ぬのなら、なんらかのかたちで社会のために役にたっておきたい。人生最後の善意ってわけだね。そういうひとたちをあたしらが探してきてやっていると。クルミちゃんは思い込んでるってわけだ」

「……それで？」

「人生は長い、他者との接触なしに生きてゆくのなんて不可能だからさ。なんとか特異体質を治さなければならない。あの医者も言ってたけど、やっぱり精神的な要因が強いだろうから、慣れが大事だと。そのための荒療治として、他人とふたりっきりで密室に籠もる、そういう訓練なんだとクルミちゃんには説明してあるんだ」

「なるほど。客の女たちにする説明とは、まったく異なるわけだ。しかしこの子には、客を透明人間として振る舞うよう指示してあるんだろ。それはどういう口実で？」

「普通に会話したりして親しげに振る舞ったら訓練にならない。あくまでも見知らぬ他人が同じ空間にいるという、精神的に負担の大きい設定でないと効果がないと。そう言い含めてあるのさ」

「そんなので訓練になるのか。大いに疑わしいと思うがね」

「少なくともクルミちゃんは疑っていない。藁にも縋る思いなんだよ。他者の存在というものに少しでも慣れることで、自分の運命が改善されるかもしれない、と。そう。改善。それがすべてのキーワードなんだ」

「しかし、客たちはやがて約束を破り、クルミにさわってしまう」

「そう。その結果どうなるか、客たちもちゃんと承知してると、クルミちゃんには言ってある。実際その通りだしね」イチョウはくすくす笑った。「約束を破ったら死んでしまうかもしれませんよと、毎回まいかい口を酸っぱくして断ってますって」

「だからボランティア、ってわけか」

「どうせ死を覚悟している女たちばかりだから、ということでね」

「だいたい判った。判ったが、この子は客にさわられた事実を自覚している。だから仮死状態に陥っていたこともちゃんと認識している。しかし、さっきも言ったように、この子が蘇生したとき、ここに客の遺体はない。惨劇を匂わす痕跡もない。なのにどうして自分がやった、と……」

「ここまで説明しても、まだ判らないの？」

「おまえらが後で伝えるのか、この子に？　やっぱり今回もだめだったよ、と」

「ちがうよ。ちがうちがう。まったくその逆」

「逆？」

「蘇生したクルミちゃんは、自分が意識を失っているあいだ、なにがあったか知りたいわけだ。そうでしょ。だから、あたしらに訊く。いったいどうなったの、と。ひょっとしてぼくはあのボランティアのひとを殺してしまったんじゃないか、と」

「どう答えるんだ」

「ううん、心配しないでいいよ、大丈夫だったよ、と。そう答えてやるのさ。いかにも心苦しそうな表情を滲ませて、ね」

きょとんとしていた長嶺の眼に、やがて理解の色が灯った。憎悪が燃え上がる。

「まさか……おまえら」

「さっきおねえさん、自分で言ったでしょ？　なんであそこまでめちゃくちゃな殺し方をする必要があるんだ、と。ひとつは、もうひとりの人格はとっても凶暴で怖いやつなんだというイメージをクルミちゃんに植えつけるための演出。もうひとつは、あたしらが棄てた死体の件が、絶対に新聞かテレビのニュースで報道されるよう仕向けるためさ」

「……当然、この子も知るわけだな」

「事前に客の名前をクルミちゃんに教えたりはしない。むしろボランティアのプライヴァシーだからという理由で、彼が訊いても絶対に明かさないようにしている。人間の心理って不思議なものよね。こちらが隠すと、必死で調べようとする。あたしらが放っておいても、クルミちゃんはニュースを見る。これが自分が殺したひとじゃないかとあたりをつけ、新聞の葬儀告知欄を調べて、客の告別式に参列してくるんだから、いじらしいでしょ？せめてもの罪滅ぼしのつもりなんだろうけど。やっぱり後ろめたいのか、毎回変装してる。一度、あたしのお古のセーラー服を借りてったことがあるよ。もちろん、理由も訊かずに貸してやったけど。なにに使うかはばればれ」

「なるほど、だから葬式に……」長嶺はひとりごちた。「そこで爺さんに眼をつけられたのか」

「ん？」イチョウは眉をひそめた。「なんの話」

長嶺は答えず、先を進める。

「おまえらが、大丈夫だったよと言ってくれたのは結局嘘だったと、ニュースによって、この子は知ってしまう」

「そのとおり。イチョウたちはあんなふうに言ってぼくを庇（かば）ってくれたけど、やっぱりまたやってしまった。目覚めたときボランティアのひとの死体が室内になかったのは、気を遣ったイチョウたちがこっそり遺棄しておいてくれたからなんだ、と。ぼくは仮死状態に陥っているあいだ、殺人鬼に変貌してしまうんだ、とね」

「どうしても判らないのはそこだ。いくらセラピーだのボランティアだのといった口実で騙されているとはいえ、四人も死ぬまで続けるなんて。おまえらはともかく、どうしてこの子がそんな……」

「たしかに。クルミちゃんも途中で絶望したのか、もうなにもかも嫌だと言い残して、行方不明になってしまったことがあるよ」

「行方不明……」

「二番目のボランティアが死んだ後だった。去年の年末から年明けにかけて」

古岳由美が殺害された後だ。

「後で話を聞いたら、もういっそこのまま死のうと考えながら夜、公園で野宿しようとしていたところを、中年男に拾われたんだってさ」

「拾われた？」

「ひと晩、泊めてもらったらしい。でもそのおっさんも、やっぱり我慢できなくなり、クルミちゃんに変な真似をしようとしたんだって。ところが仮死状態に陥り、蘇生してみると、そのおっさん、ちゃんと生きてたって言うんだよ」

「そりゃそうだ。そもそもこの子は二重人格でもなければ、殺人鬼でもないんだ。すべてはおまえらの陰謀で――」

「その話を聞いたときあたしらは、これはまずいと思ったの。そのおっさんを探し出し、もう一回クルミちゃんにさわらせ、殺してやろうかとも考えた。どっかの酒造会社のぼんぼんって話だったから、探すのは簡単。でも、やめておいた」

「どうして」

「その一件がきっかけになって、クルミちゃんがセラピーに積極的になったからよ。ひょっとしたらぼくにもまだ希望があるかもしれない、ってね。一度だけとはいえ、さわった相手を殺さずに済んだんだから。ちゃんと訓練したら、もっと事態が改善されるかもしれないと。せっかく本人がそう前向きになっているんだから、邪魔することあない。で、続けて客をとらせたってわけ。あたしらにとって都合のいいことが、もうひとつあった。この前の客。おねえさん、被害者は四人って、さっき言ってたけど、実はもうひとり、五人目がいたんだよ。このおばさん、どういうつもりだったのか、蘇生したクルミちゃんの眼の前で自殺しちまってね。彼女の死体、まだ見つかっていない？　あ、そ。とにかく、ここへ連れてくる女たちはみんな死にたがっているボランティアだっていう話にまた一段と説得力が」

「まだ肝心のことが判らない。なんでおまえら、こんな手の込んだ真似をした。この子にとって、卑劣としか言いようのない、姑息な茶番を」

「血の巡りが悪いんだねえ、おねえさん」イチョウは不貞腐れたような口調になった。

「すべてはクルミちゃんのために決まってるじゃない」

「この子のため？　ばか言うな。言ってることとやってることが矛盾してるぞ」

「頼りにしていた看護師と医者が死んで、クルミちゃんにはもう逃げ込めるところがなくなってしまったんだ。変態親父の待っている家に帰るわけにもいかない。だからあたしらが用意してあげたんだ、シェルターを。そうさ。ここはクルミちゃんのシェルターなの。いちばん安全な」

「おまえ、な」イチョウを見る長嶺の双眸は、哀れみと怒りがないまぜになっていた。「マッチポンプって言葉を知ってるか。自分で放火しておいて消火活動にいそしむみたいな真似を」

「なんでもいいんだよ」イチョウは突如ヒステリックな笑い声をあげた。「いいんだよ、なんだって。あたしらが満足してりゃそれで……」

言葉が途切れ、ぼんやりアケビとヒイラギの死体を見下ろす。いま初めて、そこに転がっていることに気がついたかのような面持ちで。

腑抜けになっているイチョウを無視して、長嶺は少年を抱きかかえた。

「おい」途端にイチョウの眼に正気が戻る。「なにしてんのよ」

「この子はおれが連れてゆく」

「頭、おかしいんじゃねえの」哄笑(こうしょう)に怒気を混ぜ込み、包丁をかまえた。「なに聞いてやがった。クルミちゃんは、あたしのものなんだよ」

「どけ」

クルミに肩を貸す恰好で抱き上げたまま、長嶺はイチョウを睨みつけた。

「どかないと、おまえも死ぬぞ」

イチョウは怯んだ。女装した男が叩きつけてくる圧倒的な殺気に、己れの不利を悟ったらしい。絶望がその顔を染め上げる。

「く……」

唇を噛みしめるイチョウを置いて、長嶺は部屋を出てゆこうとした。そのとき。

「くそおっ」

イチョウが切りかかった。

長嶺ではなく、クルミめがけて。

少年の胸に刃先が吸い込まれそうになる。

「……ちっ」

なにをどう判断する暇もなかった。

反射的に長嶺は、空いているほうの手でクルミを庇った。掌で直接、刃先を受け止める。

「お、おおおお、おまえなんかに……おまえなんかにクルミちゃんを渡、渡すくらいなら、この……この手で……この手で」

「手……」

初めて長嶺の表情が崩壊した。いまにも泣き出しそうに自分の手を見る。鮮血を溢れさせ、がっちり刃先を嚙み込んでいる手を。

「お……おれ……おれの手を」

度を失い、イチョウを蹴ろうとした。が、無意識にクルミを庇おうと動きが鈍くなった分、勢いが削がれる。そして自分の手を傷つけられたことで頭に血がのぼった長嶺には、決定的な隙ができた。

「しゃっ」

長嶺の掌を切り裂き、イチョウは刃先を振り上げた。指が千切れそうになる。

血煙を顔面に浴びながら、包丁を抜いたイチョウは、目蓋と頰をせわしなく拭い、すばやく逆手にかまえなおした。

もう一方の手で柄を固定し、突進。

「死ね」

セーターの生地を破り、長嶺の腹部に刃が吸い込まれていった。呆気ないくらい、するりと。

「死ねよ、おっさん」

イチョウの呪詛を頭上で聞きながら、長嶺の膝は崩れ落ちてゆく。

「ク……クルミ」

少年が転倒してしまわないよう、長嶺は寸前で足を踏ん張った。

「死んじまえ、くそ、もう一回……」

イチョウは包丁を抜こうとした。が、肉が刃先にからみつき、動かせない。

「は……放せ」

頭を下げて長嶺のふところにもぐり込んだまま、身動きがとれなくなっていることにイチョウは気がついた。いつの間にか長嶺の血まみれの手で、がっしり首を押さえ込まれている。

「は、ははは、放せよお」

イチョウは泣き声を上げた。

長嶺は答えない。ただ足を踏ん張る。踏ん張ってクルミが頭を打ってしまったりしないように、ゆっくり、ゆっくり床に横たえる。

「放せ、くそおおおっ」

「言ったはずだぞ」血の泡を噴きながら、長嶺は唸った。「どけ、と。さもなきゃ――」

「はな。放せよ。くそ。やめ……やめろおお」

クルミを放して両腕が自由になった長嶺は、さらに頑丈にイチョウの首を押さえ込んだ。

「やめ、やめて、痛い、やめて、いやあっ、ク、クルミちゃん、クルミちゃん、たすけて、お願い、たすけてえええっ」

悲鳴を上げ泣きじゃくるイチョウの首を、長嶺は捩じった。脛骨が折れる音が響くと同時に、ずっとかぶっていた鬘が外れ、床に落ちる。

静寂——ずるり。

ずるずるとイチョウの身体は長嶺の腕からすべり落ちてゆく。

「クルミ……」

少年のほうへ行こうとした長嶺は、力がまったく入らず、床に伸びてしまった。

まずい。予想以上にダメージが深い。

「クルミ……起きてくれ」

電話だ。電話はないか。固定電話はどこにもなかったが、こいつら三人の誰かが、おれからあずかったやつか、自分の携帯を持っているはず。それで知原に連絡して——そう焦るものの、探せるだけの体力がもはや残っていない。

「頼む……クルミ……起きてくれ」

そう言ったつもりが、まともに声にならず、掠れた息が出るだけ。このままでは……

この状態のままおれが死んだら……長嶺は絶望に呻いた。この子はまた勘違いしてしまう、と。

ここで死んでいる全員、娘三人と長嶺を自分が殺してしまったのだ、と。ちがう。

ちがう。ちがうんだ、クルミ。
全部ちがう。誤解をすべてとくから、頼む、いますぐ起きてくれ。目を覚ましてくれ。
目を覚ましてくれ……
叫んでいるつもりが、床に突っ伏した長嶺はもう息をしていなかった。
ただ脊髄反射で痙攣する唇が、虚しい動きで、愛しい名前を呼び続ける。
クルミ……クルミ……と。

解説

東えりか（書評家）

――「フェティッシュ」とはポルトガル語のフェイティッソから作られた言葉である。フェイティッソは人工的という意味を持ち、転じて、魔術（呪符・護符）を意味する――
（ポール＝ロラン・アスン『フェティシズム』白水社）

パリ第七大学精神分析学部教授であり精神分析家のポール＝ロラン・アスン氏はこの本で民族学の領域で誕生したフェティッシュという言葉が、どのように性科学、そして文学や芸術に影響を及ぼしていったのかを歴史的に考察した。ただ現代日本では特殊な性の志向や嗜癖に使われることが多い。

実際、フェティシズムが嵩じて性依存症となった人の治療を行うクリニックも存在しており、彼らは犯罪に結びつく痴漢や盗撮行為、小児性愛などであっても自分の衝動を抑えきれないという。治療に携わる精神科医の榎本稔は『やめられない人々　性依存症者、最後の「駆け込み寺」リポート』（現代書林）の中で、女性のハイヒールに異常な執着を示し、窃盗で8回服役した男や女性の下着の中を盗撮するのが生きがいであると言い切る男が登場する。

しかし昨今ではもっとカジュアルに「フェチ」と縮められて、脚フェチや匂いフェチなど身体のパーツやしぐさ、雰囲気などに性的魅力を感じる場合に使われることのほうが多いかもしれない。

本書『フェティッシュ』は〝何かにとり憑かれた人〟たちの群像劇である。そのとり憑かれ方が凄まじい。まさにポール＝ロラン・アスンのいう魔術的な憑依にも思えるのだ。

何かにとり憑かれた登場人物ひとりひとりを章立てにして物語は進む。

〈意匠〉では女性の黒ストッキングを履いた足を見るために訃報欄を毎朝チェックして葬儀へ出掛け盗撮をする七十歳過ぎの男を……

〈異物〉では人間の分泌する体液全般の臭いや感触に、なにか根源的な拒否反応を持ち始め、性的接触だけでなく看護をするときの肉体的な接触に嫌悪感を持つ看護師を……

〈献身〉では捨てられた恋人に強烈な未練を持ち孤独感を募らせる四十代半ばの資産家男性を……

〈聖餐〉では自分のせいで息子を自殺で亡くし、自らも自殺しようと彷徨う女性を……

〈殉教〉では連続殺人事件を追いつつ、過去の思い出の美しい手に異常な執着を見せ、夜な夜な女装する刑事を……

西澤保彦は彼らが本当に存在するかのように、日常を克明に描き、思考回路を辿り、身に着けているものを詳細に綴っていくことでそれぞれの人物像を浮き上がらせる。彼らは何に執着し、何を恐れ、何を目指しているのか。彼らを描写する言葉は耽美的でも露悪的でもなく、どこにでも存在するような人たちに思える。だが彼らが隠しているものは淫靡で醜悪で欲深い。

そしてこの物語を貫いている一人の人物がいる。特異体質を持つ絶世の美少年「クルミ」だ。クルミは人に触られると本当に死んだような仮死状態に陥る。だから誰も触れない。しかしその美しさを我が物にしたい人物は後を絶たない。禁忌を侵したのちに待つのは何者かの「死」である。

クルミの出現で普段は隠しきっていた欲望を満足させた者、さらに募らせた者、収束させた者、そして解放した者たちが錯綜する。彼らが最後に得たものは幸せなのか。

本書を読み終わった後、私はなぜか谷崎潤一郎『春琴抄』を思い出していた。よく知られた物語だろうが、あらすじはこうだ。

大阪の薬種商の娘で盲目の春琴に仕えた佐助という丁稚の物語だ。まれな美貌の持ち主だが気難しくて誰もが手を焼く春琴は、佐助を下僕にし、子供も生んだが、誰かの恨みを買い顔に熱湯をかけられる。その顔を見たくない佐助はわが目を潰しても仕え続ける。

クルミの存在は春琴と重なる。その存在自体がわがままで、周囲は腫れ物に触るように接するだけだ。だがごく一握りの人たちだけが、彼が生きることを手助けできる。クルミの身体のどこかに強烈な愛情、フェティシズムを感じることが至上の喜びとなっていく。『春琴抄』を美しい物語であると同時にある種のサイコホラー小説のようだと感じていた私はどこか似ているような気がしたのだと思う。

日本近代文学の研究者で決定版『谷崎潤一郎全集　全二十六巻』（中央公論新社）の編集委員でもある千葉俊二が著した『谷崎潤一郎 性慾と文学』（集英社新書）には『春琴抄』の世界をこう記している。

――男女がそれぞれ自己の理想とする異性を希求して、最大限の努力を払う姿を写し出していることには変わりなく、愛と性の交響する世界を描き出している。ことに性愛の重要性を強調する両者の姿勢は共通しており、私にはさほど大きな違いがあるとは思えなかった。

クルミを除いた本書に登場する人たちもそうだ。欲しいものを手に入れるために最大限の努力をしている姿は愛情にあふれている。それがどんなに倒錯的であろうとも。

『フェティッシュ』の単行本は二〇〇五年十月に発売された。西澤保彦のデビューが一九九五年なので作家歴ちょうど十周年の記念すべき作品である。

私が西澤保彦の小説を初めて読んだのは、現在でも代表作のひとつである『七回死んだ男』（講談社文庫）のノベルス版である。何者かによって殺される資産家の祖父を助けるため、同じ一日を何度も繰り返して経験する特異体質を使って解決するタイムリープ小説で、非常に斬新な結末に驚愕したのをよく覚えている。

タイムトラベルや超能力のようなSFの世界観の中にあくまでロジカルに本格的な謎解きを行い、非常に緻密な推理小説を完成させ、SF新本格ミステリーという新しいジャンルを確立させた。多くのファンが付いたのも頷ける。

それから三十年近く経ち、西澤保彦が作り上げた世界観の小説は珍しいものではなくなった。それどころか、ライトノベルブームのなかでは並行世界や異世界もの、タイムリープで人生や世界を変えるという物語は、小説だけでなくアニメやゲームに姿を変えて誕生していると言ってもいいだろう。

だが『フェティッシュ』はそれを踏襲した小説ではない。発表当時、読者の一部は意外さに驚かされたようだ。本書の登場人物のほとんどはリアルにそこらで実際に生きている人の姿をしている。世間体を気にし、職務に忠実で、家族思いである。

だが常識から逸脱するのは一瞬のこと。犯罪が絡んだりスキャンダルにならなければ、彼らのフェティシズムは表に出ることもなく闇から闇に葬り去られていったはずだ。唯一、クルミだけが現実から超越した存在で、ごく普通の人を狂わす。

実は『フェティッシュ』が発売される少し前、書評家の村上貴史が日本の作家にインタビューする「ミステリアス・ジャム・セッション」がミステリマガジン誌で連載されていた。（後に単行本『ミステリアス・ジャム・セッション』として早川書房より出版）

二〇〇一年九月号のこの連載で、西澤は自著を解説し、自分の創作ルールなどについて村上の質問に正直に答えている。

そこに気になる一文を見つけた。少し長いが引用する。西澤作品に顔を出すことが多い〈悪意〉についての考え方をこう語っているのだ。

――この世は悪意に満ちているという私の世界観の反映かも知れませんね。自分以外の人間も苦しんだり痛がったりするということを想像する力が、現代では失われつつあると思うんです。それ故に相手にひどいことをしてしまうわけで、その意味では、悪意すら存在していないといえるでしょう。かつて僕も他者に対する想像力を欠いていたと思い返すことがあるからなんです。その結果として人を死に至らしめたとかいうことはないのですが、その可能性を思うと恐ろしくなりますね――

『フェティッシュ』がこの〈悪意〉の発露の小説であるかどうかはわからない。だが〈悪意〉も描かれているのは間違いないと思う。

性犯罪の厳罰化や＃MeToo運動など、隠されていた人の欲望が暴かれているいま、本書が再文庫化されるのは大いに意味がある。

小説家・西澤保彦は現在でも意気軒昂に旺盛な執筆をつづけている。二〇二二年三月には『パラレル・フィクショナル』（祥伝社）を上梓した。西澤保彦らしい特殊設定ミステリで、予知夢を見る一族で起こる連続殺人事件をどのように防ぐか、その目的は何かをロジカルに推理していく物語で、西澤ファンなら間違いなく堪能できる物語である。本書『フェティッシュ』とともに楽しんでほしい。

本書は集英社より二〇〇五年十月に単行本、二〇〇八年十月に文庫として刊行されました。

本作品はフィクションであり、実在の個人・団体などとは一切関係がありません。

コスミック文庫

フェティッシュ

2022年4月25日　初版発行

【著者】
西澤保彦（にしざわやすひこ）

【発行者】
杉原葉子

【発行】
株式会社コスミック出版
〒154-0002 東京都世田谷区下馬6-15-4
代表　TEL.03(5432)7081
営業　TEL.03(5432)7084
FAX.03(5432)7088
編集　TEL.03(5432)7086
FAX.03(5432)7090

【ホームページ】
http://www.cosmicpub.com/

【振替口座】
00110-8-611382

【印刷／製本】
中央精版印刷株式会社

乱丁・落丁本は、小社へ直接お送り下さい。郵送料小社負担にてお取り替え致します。定価はカバーに表示してあります。

ISBN978-4-7747-6374-3 C0193